周末修禧 1
ZHOUMO XIU XI 1

酥油饼/著

时代出版传媒股份有限公司
安徽文艺出版社

图书在版编目（CIP）数据

周末修禧.1/酥油饼著.--合肥：安徽文艺出版社,2021.5
ISBN 978-7-5396-7072-0

Ⅰ．①周… Ⅱ．①酥… Ⅲ．①长篇小说－中国－当代
Ⅳ．①I247.5

中国版本图书馆 CIP 数据核字(2020)第 206930 号

出 版 人：段晓静	特约编辑：号　号　李姣姣
责任编辑：姚爱云	装帧设计：苏　荼　张　强　徐　睿

出版发行：时代出版传媒股份有限公司　　www.press-mart.com
　　　　　安徽文艺出版社　　www.awpub.com
地　　址：合肥市翡翠路 1118 号　　邮政编码：230071
营 销 部：(0551)63533889
印　　制：北京盛通印刷股份有限公司　　(010)52249888

开本：880×1230　1/32　印张：10.75　字数：300 千字
版次：2021 年 5 月第 1 版
印次：2021 年 5 月第 1 次印刷
定价：45.00 元

(如发现印装质量问题，影响阅读，请与出版社联系调换)

版权所有，侵权必究

目录
Contents

第1章 001	第2章 009	第3章 015
第4章 021	第5章 027	第6章 033
第7章 039	第8章 045	第9章 051
第10章 057	第11章 063	第12章 069
第13章 075	第14章 081	第15章 087
第16章 093	第17章 099	第18章 105
第19章 111	第20章 123	第21章 129
第22章 135	第23章 141	第24章 147
第25章 153	第26章 159	第27章 165
第28章 171	第29章 177	第30章 185

目录
Contents

第31章 191	第32章 201	第33章 207
第34章 213	第35章 219	第36章 225
第37章 231	第38章 237	第39章 243
第40章 249	第41章 255	第42章 261
第43章 267	第44章 275	第45章 285
第46章 291	第47章 297	第48章 303
第49章 309	第50章 315	第51章 321
第52章 329	第53章 335	

第 1 章

　　自从小周事业遇挫，就重新调动起周妈对她婚姻大事的关注。一夜之间，无数的熟人之子如雨后春笋般破茧而出，个个年轻有为、出类拔萃。

　　相过几次亲，亲身见证年轻有"伪"、"触雷""悲催"真相的小周拒绝再上当。

　　周妈冷笑着从口袋里掏出一张照片，气势惊人地拍在饭桌上，仿佛梭哈时掏出了一把同花顺。

　　事实也差不多。

　　照片上，一个相貌俊秀的青年正对着镜头笑，阳光洒在他微卷的深褐色头发上，隐约闪烁着一道光环，仿佛流落人间的天使。小周还记得第一眼见到照片时的心情，兴奋得像个小粉丝拿到了明星见面会的门票。

　　只是后来……

　　"你自己没有把握住正确答案，怎么能怪干扰项太多？"手握重要证据的周妈顿时占据了战略高地，力证相亲男也有优质股。

　　小周辩解："这是他几年前的照片，具有迷惑性！"

周妈说:"哦,那他本人怎么样?"

小周语塞。

几年后的本人当然是更加成熟一点点、英俊一点点、事业有成一点点……

周妈语重心长地对她说:"你不出去多看看,怎么知道下一站会有什么样的风景?"

"如果风景有点辣眼睛呢?"

"就当增广见闻、感知世界、陶冶情操呗。见多了穷山恶水,你才能找到最适合自己的世外桃源。"

可是她并不想要没有开通地铁的世外桃源。小周默默地抽出餐巾纸盒下的手机,准备开溜,被眼疾手快的周妈一把按住了。

可怜的餐巾纸盒,只剩寥寥数张,眼瞅着就能寿终正寝,临终前还被两母女夹击折磨。

两人正僵持不下,手机突然振了下。

小周"惊恐"地瞪大眼睛:"妈,你弄疼它了。"

周妈:"……"这夸张的演技,果然与其父一脉相承。

小周趁她失神,飞快地拿起手机,躲回房间。

快到跳广场舞的时间,周妈没有乘胜追击,只在门口提醒她必须将周六下午的时间空出来。

周六下午……

她打开二老板的微信,发出诚恳的请求:"江湖救急,周六下午求加班。"

二老板回复很快:"见上。"

小周才发现自己发消息之前,对方已经发来了一条:"明天去人民医院探望大老板,礼物可报销。"

今天周五,明天周六……没毛病。但是,活得比海龟都健康的大老板为什么会住院?

小周发的语音都有些颤抖:"你终于买凶篡位了吗?不是为了我吧?"

她这么讲,绝对不是自恋。大老板与二老板因为理念不同,貌合神离已久。

尤其是近日，因为对公司未来发展方向的分歧，几乎到了水火不容的地步。她作为二老板门下最著名的"走狗"，首当其冲地进入了大老板狠狠针对的大名单。原本说好的年中升职当经纪人，现在都年底了，申请书还卡在大老板的抽屉里。

二老板过了一会儿才回复："礼物建议送一顶黄帽子、一顶蓝帽子。"

三原色缺一……

小周窘："暗示大老板是可恶的大灰狼，吃掉了善良的小红帽吗？"

没多久，她就发现自己想得太甜了。随着"伊玛特老板娘出轨"被挂上热搜，大老板的帽子已经被黄、蓝两色混刷得绿光锃亮。

公司各大地下组织群情鼎沸。

小周抱着手机翻八卦群的聊天记录到半夜，总算闹明白了事情的来龙去脉。

大老板娘趁大老板去山里疗养，出国密会小鲜肉。碰巧国内的一个剧组在当地拍摄，媒体去探班，镜头无意中拍到大老板娘偷情的画面。视频发回国内，被火眼金睛的网友认出，引起轩然大波，大批娱乐媒体跟进，大老板娘与小鲜肉的航班、酒店立马被扒得一干二净。等大老板从山里出来，外面已经"碧"空万里。

大老板疗养完又疗伤。据说伤得很深，已叫秘书联系律师准备离婚了。

虽然，从道德层面讲，娱乐圈大佬洁身自好反被绿，实在令人惋惜痛心，但是……

小周当晚睡得很香。

一夜好梦的结果就是日上三竿才起。

餐厅里，周妈准备了一桌美食守株待兔。

兔子拎着小背包，磨磨蹭蹭地走到餐桌边，把憋了一个洗漱流程的稿子背出来："大老板最近遭遇人生滑铁卢，不小心滑进了医院。出于同事情谊……我决定赶去拍个马屁。"

周妈说："他挂了你就能升职的那个大老板？"

小周愣了下，说法虽然简单粗暴，但是完全正确。

"呃，存在理论上的可能性。"她顿了顿，有些不放心地说，"老妈，法治社会，补刀这种事……没有十全把握,你千万不要乱来。"

周妈睨了她一眼,仿佛在说,你娘我怎么可能没把握!

小周眼睁睁地看着她摩拳擦掌地走进厨房。没记错的话,那里放着一套托人从德国带回来的刀具,以"永久免磨"著称,随时见血封喉。

"妈!"她胆战心惊地喊了一声。周妈已经提着两条黄鱼干从厨房里出来了。

"探望领导,总要送点东西。"周妈张罗着找个好看的盒子将鱼装起来。

小周为难地说:"大老板是条咸鱼这件事,我们可以私下普及,就不必当面指桑骂槐了。"

周妈:"……"

小周吃早午餐的时候,周妈去房间拿了三千块的赞助金:"拿人手短。东西送到位了,你大老板也不好意思再卡着你升职。"

小周说:"太小看我大老板的脸皮了!二老板将公司管理得蒸蒸日上,大老板每年跷着二郎腿就能拿丰厚的分红,不还是一样对他横挑鼻子竖挑眼?"

周妈被噎住了,大概没想到大老板的人设这么一言难尽。"不管怎么说,人都进医院了,你总要表示表示。"说着,从三千块里抽走了一大半。

周妈拿走桌上的空碗:"吃完赶紧去,早去早回。"

小周帮忙收拾桌子:"听说大老板入院后心情不好,逮谁都要训示很久,我下午可能赶不回来。"

周妈皱眉:"他为什么入院?"

小周默默打开微博。经过一夜的沉淀,昨夜的其他热搜已降得无影无踪,留下"伊玛特老板娘出轨"独占鳌头不说,还带领"马尔代夫""马瑞 周向野"等新词条杀出重围。

周妈翻了两条微博,就掌握了来龙去脉,怜爱地看着她:"你上个月改名的时候,怎么不把姓也改了呢?"

因为她上个月来不及知道大老板娘出轨的对象也姓周。

明白女儿在职场中生存不易,周妈以周日陪逛为条件,答应取消今天的相亲宴。

给大老板买礼物的时候，小周想起二老板说过礼物可报销，于是周妈的一千块钱就成了纯赞助。正好商场搞活动，女装五折起，她加了点钱，挑了件质地不错的羊绒大衣，以答谢周妈的慷慨解囊。

至于大老板，她根据保健品热销榜单，买了一二三。

提着礼物去医院时，她才发现不妥。三袋保健品摆在一起，不如一袋羊绒大衣醒目。但人都在住院部大堂了，也不可能再回去一趟，只能先提着。

电梯一出来，就接到二老板来电，询问她为什么还没到医院。小周解释自己去买了礼物。二老板后知后觉地来了一句："买点贵的，保健品除外。上一个送保健品的人刚刚收到公司内部处分。"

已经走到病房门口、与保镖四目相对的小周猛地收住脚步。

"你不会刚好买了保健品吧？"二老板的声音一下子低沉下来，如同小周的情绪。

她问："送的礼物不喜欢就给人处分这种事情，不合法吧？"

二老板说："那人本来就犯了事，是去求情的。换做你，就是升职泡汤。"

小周："呃……"

"你现在换礼物还来得及吗？"

小周看着被保镖推开的门，艰涩地说："不大来得及。"说完，就看到坐在病床上的大老板抬头看了她一眼，通红的眼睛显示其主人不太稳定的心理状态。

大老板住的是VIP（贵宾）豪华病房，独占的三十几平米对医院紧张的床位而言，过于奢侈了。体重近一百七十斤的大老板坐在这样的大病房里，竟显得有些娇小，仿佛很脆弱。

保镖在外面关上了门。

与脆弱娇小的大老板独处，小周压力倍增，开口的时候，不自觉地压低了嗓音："听说您病了，我来看望您。"

大老板淡淡地说："有心了。"

"不知道您喜欢什么，所以随便买了点……"小周提着礼物的手，重若千斤。

大老板的目光挪到她手中的礼物上。

小周果断地放下保健品，将羊绒大衣递了过去："我在商场买了件羊绒大衣，希望您喜欢。"

她决定豁出去一试。送保健品是死路一条，送衣服说不定还能死中求生，如果失败了……也不过让讨厌她的大老板更讨厌她一点。

好在周妈喜好稳重大方的样式，所以买的大衣是深灰色的宽松版，应该能撑下大老板。

她补充："要是小了，我再给您去换。"

大老板接过去的时候，眼神意味不明。

包装袋上的LOGO很是醒目，是个普及度很高的女装品牌。显然不是送给自己的。所以，她是在暗示夫妻如衣服，旧的不去新的不来。

尽管以双方的身份，礼物送得稍嫌逾规越矩，但意外地合心意。

这些年来，他自以为事业、家庭双得意，到头来却是两头空。与其如此，不如专攻一样。他已决定离婚，小周的"暗示"算打正着。

"小周，你想不想当经纪人？"他慢悠悠地问，仿佛已预见答案。

小周激动地瞪大眼睛。衣服贿赂成功！

"不过，我有个条件。"

小周拎着保健品走出医院，终于鼓起勇气给二老板打电话。

二老板已经做好她铩羽而归的准备："继续当助理也没关系，我一样可以开高薪给你。"

小周说："大老板同意我的升职申请了。"

那头原本有些嘈杂的说话声，随着一道关门声，安静下来。二老板语气沉重："你在保健品里下了什么药？"

可能比下药还要糟糕。她小心翼翼地说："我答应了一个条件。"

"是出卖了你的色相，还是玩弄了他的感情？"

"虽然很高兴在你的认知中，我的色相能玩弄他的感情，但是，对不起让你失望了，我们交易的内容……嗯，非常的……积极向上。"

二老板不以为然:"洗耳恭听。"

小周清了清嗓子,含蓄地说:"我答应以后为他提供些许情报。"

"当间谍很积极向上?"

她小声辩解:"至少是技术工种。"

二老板用三声冷笑表达对她技术的鄙夷:"脚踩两条船的人,大多溺亡。"

小周信誓旦旦地说:"我一定是余下的少数。"

当初,二老板还当经纪人的时候,自己分到他手下,多少人以为有去无回、尸骨无存,最后她还不是命若悬丝地苟活至今?由此可见,她的求生技能早已超群出众。

"他们在溺亡之前,就被船上的人扎死了。"二老板提醒她,"马瑞离婚以后,人生只剩下事业上的输赢。你不能成为他的垫脚石,就是他的绊脚石,左右逢源是不存在的。"

小周大表忠心:"我的脚过去了,但身体重心与灵魂忠心仍牢牢伫立在您的船上。我与他只是表面上的虚与委蛇。"

二老板呵呵一笑。公司有四个铁杆高党,小周是其中之一,挖墙脚是不可能的,马瑞也清楚,不过是公关部出了事,他想投桃报李,请自己高抬贵手。

公关部是马瑞的传统地盘,他妻子出轨这件事闹得满城风雨后,公关部的应对居然姗姗来迟,声明含糊其词,辩解苍白无力,危机应对措施做得糟糕至极,影响公司股价小幅度下跌,股东私下已有怨言。这时候与自己硬碰硬,那他董事长的宝座也将岌岌可危。批准小周的升职只是马瑞示好的手段。与小周的所谓交易,一是下台阶,二是恶心自己——一贯的小家子气,做好事透着坏,做坏事透着蠢。

但他不准备告诉小周。

为了升职,随随便便就答应做间谍,一如既往地毫无气节,自己何必多事提点?

二老板故意说:"自古多少佳话起源于'化敌为友',为免你以后变节,你的新职位我要好好斟酌。"

既然是新职位,那升职是十拿九稳的,差别就在于当谁的经纪人呗。

相处久了,小周知道他一向面冷心热,并不怎么担忧,嘴上还贫了一句:"那我带一壶好酒来,我斟您酌?"

"什么酒?"

小周想起自己买的保健品里刚好有一瓶酒,提起来就读:"针对年老体迈、肾气虚衰……等等,您听我说!"

"嘟嘟。"耳机那头已无情拒绝。

小周不死心地发了条微信,想要补救:"朱熹说过,有则改之,无则加勉。"

顿了顿,觉得有歧义,继续追加:"我相信您属于锦上添花。"

刚发出,就看到红圈圈里一个大叹号,下面写着:消息已发出,但被对方拒收了。

这次,事情可能有点严重了。

第 2 章

小周回家提着三袋保健品,被周妈好好地教育了一顿。

"花这个钱买什么不好?快过年了,还不如给自己买件新衣服。商场年底不是都打折吗?"说归说,手很诚实地拎着东西进去了,到了房间里,对抱着iPad看电视的周爸说,"看看你闺女给你买了什么?"

周爸立刻放下iPad,将保健品接过来,乐呵呵地说:"哟,还买了酒。"

"我看看什么酒。"周妈又抢回去,"针对年老体迈、肾气虚衰……还挺适合。"

周爸:"老婆,你对我哪里不满意?"

周妈说:"批次不满意,可以以旧换新吗?"

小周站在餐厅,听周爸周妈边撑边研究保健品,心里酸酸甜甜。

家才是心灵的港湾啊。

这份感动,只持续到第二天上午。

被忽悠着上了个淡妆的小周接过周妈递过来的新衣服时,突然感受到了她的套路。"今天,不是逛街这么简单吧?"

周妈正托着首饰盒挑耳饰,闻言毫不掩饰地说:"下午两点的时候,会巧遇你姨妈同学的儿子。"

"不会还是周六下午的那个吧?"

周妈抬头,露出老谋深算的微笑:"没有周六下午,一直是周日下午。"

家是心灵的港湾,但进港时,暗礁密布。

想到后面还有一场相亲宴,小周逛街兴致平平。周妈买衣服问她意见,都被敷衍了过去,终于忍不住挥出一巴掌,拍在她的后背上。

小周猝不及防地往前冲了两步,头差点磕在洁净发光的橱窗玻璃上。仓皇与店内店员受惊的目光相对,她僵硬地挤出歉意的笑容,扭头向周妈抱怨:"背后伤人,胜之不武。"

周妈也吓了一跳,等她转过来时,已经调整好了表情,气焰更高:"无视生母,不孝不仁。"

小周嘴角抽抽:"不孝我也认了,为什么还不仁?"

周妈理直气壮:"你心不在焉的点评,导致我买了不适合的产品,后悔地跑去退货,增加了店员们的工作量,难道不是不仁吗?"

小周无语:"买东西自己的主观判断才是最重要的吧?"

"所以才让你自己过来相亲啊。"

山路十八弯,这都能绕过去?

周妈说:"不要因一时失利,就否定整片战场。就算遭遇失败,也是在积累走向成功的经验。"

自从周妈开通微信以后,鸡汤越熬越香,直接出口成章,小周招架不住,只能低头认输。

周妈安慰她:"只是见个面,喝个茶,合则来,不合则散,当不成夫妻也可以做朋友。说不定又能遇到第二个小蒋呢?"说着,又要摸出那张人间天使的照片了。

小周一头黑线地按住了她的手,脱口道:"他怎么可能天天出来扶贫?"

周妈忍不住又拍了她一下："和小蒋相亲的时候你嘴能这么贫的话，孩子早就孵出来了！"

呵呵。她就是嘴太贫，才错过了蒋修文，不然……

忍不住顺着周妈的话想了下去。当初相亲之后，又有过一次菜场偶遇——他衣冠楚楚、风度翩翩；她挎着菜篮、与人砍价。四目相对，气氛尚佳。如果不是后来的乌龙，他们可能正处于可持续发展中？

不能说不后悔，毕竟对方的条件万里挑一。但也不能说后悔，几面之缘，完全来不及生出异样的情感，只能说有点遗憾。如果当初离别时的情形没有那么尴尬，也不至于她现在连想一想都感到别扭，更不要说见面。

周妈也不是执着于蒋修文，随口一提就过去了。

两人又逛了一会儿，看时间差不多，周妈与掐着点过来的周爸会合，一起去理发店做发型。

小周被丢在距离咖啡店三百米的地方，步行不到五分钟。到的时候，正好两点，问起"赵先生"，竟已到了。

店内生意清冷，几桌客人一目了然。

放眼望去，只有最里面靠窗的角落里坐着个单身男子。果然，店员指向那里。

周妈给了相亲对象的手机号，但她没有加微信，此刻用短信发了条"我到了"。须臾，角落里的男子抬起头，向门口的方向张望。

小周一步步往前走，起先还面带微笑，举止得体，但越靠近，笑容越僵硬，走到后来，笑容几乎凝结成冰块。

对方也好不到哪里去，手指钩着咖啡杯，嘴巴微微张开，一脸见鬼的样子，等她走到面前，脱口喊出："三昌？"

小周垂眸，缓慢而清晰地回应："你好，狗痣。"

三昌与狗痣的恩怨情仇，可以追溯到两人遥远的小学时代。同桌第一大的三八线，开启了两人鸡飞狗跳的半年。起立抽椅子，在对方书本上画乌龟，互相取绰号嘲笑等，此类恶作剧不胜枚举。

被调开位置以后,还经常隔着大半个教室喊话。

狗痣的"美名"源于他下巴上一颗长了毛的大黑痣。

而三昌……

狗痣一脸好奇:"你不是叫周六日吗?怎么改名叫周晶晶了?"

小周心情复杂:"我以前叫周末,现在叫周晶晶。"

狗痣嘿嘿一笑:"你爸来开家长会的时候,亲口说把你名字改成周六日了!为了庆祝国家通过法定双休日。"看出她面色不对,急忙挽回,"周晶晶的确比三昌好听。都是六个日嘛,意思一样一样的。"

老爸那个大嘴巴子!

小周看着他特意剃得光溜溜的下巴:"你的那颗痣呢?"

"大学时点掉了。"狗痣直言不讳,"要不是爸妈说那颗痣有福气,我中学就想点的。"

"你爸妈说得很有道理。"

进门到现在,她一直古井无波的眼神终于流露出对他"晚景凄凉"的渴盼。

狗痣被堵得沉默了半天,才说:"这么多年了,你不会还介意小学那点事吧?"

"在你喊'三昌'之前,我以为我已经忘怀了。现在发现,我记忆力惊人。"

"你不也喊狗痣了吗?"他顿了顿,伤感地问,"你不会忘记我本名叫什么了吧,你之前听到我的名字,难道不觉得很熟悉吗?我可没改名。"

小周说:"我中学遇到两个赵磊,大学认识三个,工作以后还有一个,加上你,正好能组队救爷爷。我已经熟悉得习以为常了。"

赵磊汗涔涔地说:"名字这事我们就翻篇吧。相亲遇故知,人生喜事啊,我们说点开心的事。我现在是条银行狗,累是累了点,但收入还可以。你呢?后来读了哪所大学?我听说你在大公司当助理?"

经过二老板"惨无人道"的特训之后,自己的抗打击能力与反击能力的确有了长足进步,谈笑间"童年阴影"灰飞烟灭!小周对自己的表现深感欣慰,连对面的脸也跟着顺眼起来。

放下芥蒂后,她终于开始同学久别重逢的寒暄:"银行挺好的。我现在在伊玛特当经纪人。"后面三个字,字正腔圆,务求对方入耳后,历历可辨。

他惊讶地扬眉:"是大明星很多的那家经纪公司吗?你是谁的经纪人啊?能要签名吗?"

小周直接忽略掉"谁的经纪人",问他想要谁的签名。

"颜夙昂可以吗?"他双眼闪亮地看着她。

小周的虚荣心得到了极大满足:"大神不是伊玛特的艺人啊,但是,可以。"说完,果然从对方眼里看到了倒映的星光。

一杯茶喝得小周心满意足,临别时,双方还高高兴兴地交换了微信。

赵磊说:"贷款记得找我。"

小周说:"不差钱。"

赵磊眼睛一亮:"理财存款也可以找我。"

小周说:"月光光。"

赵磊:"呃……"

喜色持续到了理发店,周妈看到小周的表情,仿佛看到了外孙嗷嗷待哺的可爱样:"小赵人还不错吧?"

小周说:"他好不好您应该很清楚啊?他就是小学时候和我吵架,被老师叫家长的那个狗崽。"

周爸说:"好端端的,给人取什么难听的外号!"

周妈对女儿的教育一向抓得紧,很清楚狗崽与三昌的来龙去脉,闻言冷笑道:"这不都怪你吗?好端端的,给女儿取什么难听的外号。"

给女儿取的第一个名字叫周末。怪两人新婚一年,她脸皮薄,不好意思反对,直到女儿上小学,成绩一路吊车尾,才感觉"末"这个字不吉利。与周爸说了几次,倒是改了,却缺心眼地改成了周六日,说是感谢国家通过法定双休日,害得女儿十六岁了都不肯办理身份证。

哪怕女儿前阵子终于下决心改了名,但黑历史已经永远地印刻在了她从小到大的毕业证上。

周爸很委屈:"周六日多特别啊,重名率也低。"

周妈冷笑:"被嘲笑的时候,火力也很集中。"

回去的车上,小周与周妈继续讨论起名的玄学。

周妈坚持认为好的名字可以改变命运。比如说,小周叫周六日的时候,始终徘徊在助理的位置,一改成周晶晶,升职就通过了。

她叹息:"你们公司不是有个明星叫乔以航吗?我觉得他的名字就很好。你要是叫周以航,说不定现在都出道了。"

周爸反驳:"乔以航不是一直被人叫'大乔'吗?说明是姓好。"

周妈反问:"哦,那请问'周'这个姓是谁带到我们家来的?"

周爸无语。

周妈对相亲的态度一向是,首先,这是个机会,你得去。但是,如果合不来,也不必勉强。所以对小周与赵磊之后的发展,倒是没再过问,只是让介绍人再留意一下合适的人选。

小周回家的时候收到赵磊转发的一串微信文章,都是"理财""投资"相关的心灵鸡汤。

她回复:"不要让纯洁的童年友谊沾染铜臭。"

赵磊很快回了一个6.66元的红包。

小周领了红包,又说:"租金已收,这片场地你已承包到明天早上。请随意。"

翻开微博,新的热搜终于替代了旧的,搜索"马瑞",还能看到旧新闻,只是没有新的再出现。

临睡前,二老板发了条微信过来,让她明天早上九点到办公室,显然要交代新工作。

新的一周,新的开始。

小周满怀憧憬地躺在被窝里,一夜好梦。

第3章

这是一个很重要的周一,其要紧程度胜于入职那一天。毕竟,入职的时候,她只是找到了一份工作,而现在,她找到了一份事业。

二老板说九点到,她提早十分钟过来。办公室门口的秘书小美给了她一个橘子:"老板今天心情不太好。"

该不会还记仇那瓶保健酒吧?

小周打量掌心的橘子:"橘子这么软,用来防身砸不晕人的吧?"

小美用"你怎敢如此大逆不道"的眼神瞅着她:"气多伤身。万一老板生气了,你可以表演生吞橘子,博他一笑。"

进办公室的时候,小周特意观察了一下二老板的脸色——庄严肃穆得仿佛在向自己致哀,心情的确不大好的样子。

她干笑道:"我出门看皇历,今天是个好日子。"

二老板说:"我也看了,宜安葬、入殓、立碑。"

二老板起身从书架里抽出一个文件夹:"马瑞虽然通过了你的升职申请,但给的是最低待遇,不能带公司艺人,要去街头挖掘。"

小周将橘子拍在桌上:"那不就是星探吗?太过分了。"

"嗯,所以我回绝了。"

她只是小抱怨一下,态度并没有很决绝:"这是讨价还价的一种招数吗?"

"我打算把你调到新成立的公司去。"

他把手里的文件夹翻到公司简介那一页递给她:"森微娱乐,由伊玛特、罗少工作室和EF共同投资成立,将集合三方的顶级资源打造全能新星,主攻新媒体方向。"

小周脑子转不过弯来。她知道公司内部最近在新媒体资源这一块竞争激烈,日程不紧的艺人都开了直播:"伊玛特准备培养一家新公司和自己抢生意?"

二老板说:"这是一家全新的公司,将开拓全新市场。"

资料翻到了后面,小周看到了森微的出资比例及股权比例。

EF是家唱片公司,虽然经营每况愈下,但背靠张氏集团这样的商业巨舰,资金雄厚,出资比例最高;罗少工作室由音乐教父罗少晨开设,拥有流行乐坛最顶尖的专家团,主要把控质量;作为老牌经纪公司,伊玛特拥有丰厚的资源与人脉,足以让人一夜成名。

如果它们联手……

光是脑补,已令人心潮澎湃。

二老板说:"三木成森,积微成著。"

小周问:"那为什么不叫森著呢?"

"刚建立,还没著。"

小周将资料翻来覆去地看了好几遍,犹豫不定地问:"这真的不是一家专门流放三大公司淘汰人员的公司?"

二老板说:"不必憧憬你被淘汰后的美好生活,那是不可能的。"

是不可能被淘汰,还是不可能这么美好?

小周偷瞄他的脸色,想问又不敢问。

二老板从抽屉里抽出两份合同,往桌上一摆,然后从靠近心脏的上衣袋里抽出一支钢笔,递到她的面前:"命运掌握在你自己的手里。"

小周接过沉甸甸的钢笔,开始看合同。

二老板给她放了一首舒缓的歌曲。

合同十分枯燥,小周在歌曲的催眠下,昏昏欲睡,不得不抗议道:"能不能来一首振奋人心的歌曲?"

二老板顺应民心地放了《忐忑》。

明快的节奏加速了小周的阅读。合同显然出自同一个模板,只有甲方爸爸、底薪与抽成不同。伊玛特底薪高,但抽成低,森微底薪低,但抽成高,很高。

二老板站在她的身后,目光落在她正在阅读的那一行:"森微采用精简化组织架构,除了必要的部门,培训、宣传、策划等业务都会外包给专业公司。相对地,经纪人会拥有相当大的自由度和决策权。"

小周的心快跳了两下:"像你当初那样?"

伊玛特的崛起离不开封亚伦的走红,封亚伦的走红离不开二老板的经营。所以,在二老板还不是二老板,只是普普通通的经纪人时,就拥有了让大老板闭嘴的一票否决权。

她入行晚,没赶上二老板表演草根逆袭的好时候,但草根逆袭后天天吊打大老板的后续故事也很精彩。

二老板微微站直身体:"不会像我那么辛苦。"

小周愣了下,抬起头。

二老板低头,手按在她的肩膀上:"你有我当靠山。"

仔细看二老板,虽然冷酷无情、刁钻刻薄、嚣张跋扈、得理不饶人……但,脸还是养眼的,而且护短,好过累死累活还要出去顶锅。

小周握着笔,默默地合上森微的合同。

二老板:"我刚才解释得还不够清楚吗?"

小周捏着伊玛特的合同,翻到签名那页:"很清楚啊。所以我才要留在伊玛特,让您就近照顾。毕竟,伊玛特在森微只有三分之一的话语权,您这座靠'山'在那里最多是中间的'丨',我依旧要面对下面那道'凵'。"

担心他不高兴,她考虑是否表演生吞橘子。

二老板目光微垂,盯着她的后脑勺。

小周等了一会儿,见他光看不动,壮着胆子摘下笔帽,准备提笔签名。他终于慢悠悠地开口:"你还有二十年的房贷吧?加入森微,可以缩短到两年。"

小周的笔顿住。

二老板嘴角微扬:"实在混不下去,随时可以回来。"

话说到这份上,再矫情下去就伤感情了。小周打开森微的合同,爽快地签字。

二老板盯着合同上的字,缓缓道:"刚才是你讨价还价的一种招数吗?"

就算是,也绝对不能认。小周站起来,认真地说:"请务必相信,你刚才的确力挽狂澜、扭转乾坤,打消了我愚蠢的念头。"

二老板意味深长地看了她一眼,收走合同。

小周追在后面问道:"创业艰难,一定会有开荒小团体吧?您让我带谁去森微啊?"

"你想带谁去?"

"咦,可以选择的吗?"

"可以。"

她双手交握,心脏激动得差点跳出来:"那……大乔可以吗?"

二老板露齿一笑:"只有马瑞可以。"

"感谢您仁慈地留下了'可以选择不带'的权利。"不然她可能"出师未捷先狗带"。

新官上任三把火。上任的是小周,烧火的却是二老板。

人事手续还没办妥,她就被驱去新公司开会。

人在路上,抱怨不停。

"我谁都不认识!去那里做什么?"

二老板冷淡地回答:"就'坐'什么。"

"幸亏我们发的是微信,不然我都不知道你回答了。"

第3章

森微娱乐坐落在市中心繁华地段的办公大楼里，门禁森严，进出门刷脸，上下楼刷卡。小周初来乍到，只好抱着手机在寒风中一边无聊地读玻璃门上的告示，一边等新同事来认领。

也许知道她无趣，二老板发了一份森微入职人员的名单过来。

总经理：陈墅。

资深经纪人：孙兆麟。

经纪人：周六日。

前面几行都是印刷，最后一行手写，且字体俊秀、笔迹眼熟……小周恨恨地发了条语音过去："报告高明又勤快的领导，我已改名，叫周晶晶。"

改名时，对新名字不算很满意，可是在旧名字一遍又一遍的提醒下，竟觉得这名字光辉得可以刻上三生石。

高明又勤快也是个名字梗，因为二老板叫高勤。

"周小姐你好，我是孙兆麟。"一个中等身材的男人从大厦里快步走出来。

小周瞄了一眼他的脸色，吃不准他是否听到了自己的话，有些不好意思地笑笑："孙老师您好。"

"叫我兆麟就好。"

对方客气，小周却不敢随意。孙兆麟曾是伊玛特的老对手——唯杰娱乐的经纪人，在业内小有名气，还跟自己栽培的一线明星出来开过工作室。谁知没多久，那个一线明星就出丑闻栽了，他辗转了几个经纪公司，始终没能恢复昔日的荣光。

论履历，他比高勤还资深一些。

寒暄几句后，孙兆麟说："我还要等一个人，要不我先刷卡让你上去？"

小周不大好意思："是新的同事吗？我和您一块儿等吧？"

"不用不用。"孙兆麟领着她往电梯的方向走，"女孩子不经冻，外面这么冷，你先上去吧。"

小周不愿驳他的好意，乖巧地跟在后面。

大堂的玻璃大门突然打开，一个保安从外面追过来："等下，还有个森微娱乐的要上去!"

孙兆麟脚步不带停的,直接一个一百八十度转弯,往回走。

小周愣了下才转身。

玻璃门合得很快,一个颀长的身影被挡在门外。他下半张脸被玻璃门上的告示挡住了,但那双仿佛自带电流的漂亮眼睛正隔着玻璃朝她的方向看过来。

孙兆麟冲到大门处,按下开关。

门唰地朝两边拉开,露出一张俊秀斯文的脸。阳光落在他的身后,照耀着那头整齐浓密的黑发微微发亮。

不像天使,像伪装纯良的魔王。

小周被脑海里突然冒出的臆想惊了一下,那人已在孙兆麟的陪同下,朝自己走来。

第4章

远看着已经很高,走得近了,她的头便不由自主地仰起。对方垂眸,似乎微笑了一下,小周的心跟着快跳了一下。

"这是我们新来的员工,小周。"孙兆麟的声音插进来,打断了这场无声的对望。

小周连忙抽出口袋里的手,紧张地伸过去:"蒋先生好。"

孙兆麟讶异地看了她一眼:"你认识蒋先生?"

小周懊恼地咬着自己的舌尖,恨不得将刚才的"蒋"字收回去。

"蒋先生"握住她微颤的手,从容地说:"近日刚受过一家媒体的采访,看来宣传的效果不错。"

孙兆麟说:"不知是哪家媒体,我一定拜读。"

"蒋先生"轻握了下小周的手,低声道:"有点凉。"不等小周反应,"蒋先生"已收回手,朝电梯走去,"森微成立的事已被外界知悉,深受各方期待,张总裁也关切备至,临行前特意嘱咐我,务必细看细问,回去后要事无巨细地详尽汇报。

有劳兆麟兄了。"

孙兆麟连道不敢,细致地讲起公司现状。

小周走在最后,如一只安静的小鹌鹑。她的手揣回兜里,俨然在升温。另一个人的余温附在手背上,又握在掌心里,烫得惊人。

电梯门合拢,她贴门而立。

门是镜面的,朦胧地勾勒了三个人的轮廓。孙兆麟悄悄踮脚,似要与"蒋先生"讲悄悄话。"蒋先生"毫无所觉,微笑着看向前方——刚好是她后脑勺的方向。

昨晚洗头的时候,护发素没了,今天头发有些毛糙,小周下意识地掏出发圈,想将头发绑起来,又觉得在两个男人面前做这件事有些古怪,只能强行按捺住了。

电梯到十楼,打开的时候,总经理陈墅亲自在门口迎接。

小周侧让出一条路,想让"蒋先生"先行,后腰却被托了一下。她诧异地回头,正好撞上对方关怀的眼神。"蒋先生"意识到她并非没站稳,才撤回手,落落大方地迎向陈墅。

见他与陈墅渐行渐远,小周松了口气,一抬头,孙兆麟正一脸探究地看着自己。

她强作镇定地问:"孙老师,我们在哪里开会?"

孙兆麟笑道:"叫孙老师太见外了,要不叫孙哥吧。开会还早呢,我先领你四处转转,认识一下同事。"

小周求之不得。

森微占了一整层楼,但入职员工不到十个,很多地方都空着。

孙兆麟说:"等公司运作起来,这些地方都能用上。不过海选的宣传就快开始了,我们接下来在公司的时间也不会太多。"

"海选?"

"'明星天梯'计划。你不知道吗?"

这个名字听起来……小周眨了眨眼睛:"不会是选秀吧?"

"森微就是为了这个计划特别设立的。"

小周十分意外,含蓄地说:"最近选秀节目挺多的。"

孙兆麟说:"所以要推陈出新。我们与NCC电视台达成了合作意向,今天的会议就是约策划公司、电视台制作人一起过来,探讨海选的执行方案。陈总的项目建议书和可行性研究报告还放在我那里,我一会儿拿给你。"

小周郑重地感谢了他的提点。

"同行是冤家"在经纪公司内部体现得淋漓尽致。她当助理的时候,没少见经纪人与经纪人、艺人与艺人互相使绊子的事,不过她的身边倒还清静——二老板的魔王界壁厚八尺。

能在新公司遇到肯提携新人的前辈不容易,她诚挚地表示自己要请客答谢。

孙兆麟说:"今天事太多,过两天我们部门聚一聚,听说还有新人要来。"见她搓手,于是又问,"你冷?先去我办公室坐坐吧,离开会还有半个多小时。"

去往办公室的半道上,被一个年轻秀气的青年拦住。

孙兆麟向小周介绍:"这位是孔秘,陈总的得力助手。别看他脸嫩,孩子都两岁了。"

青年谦虚地说:"我只是结婚着急了点,年纪是不着急的,叫我小孔就好。"他重新对小周做自我介绍,"我是陈总的秘书孔小杰,杰出的杰,读第三声的话,我会生气的。"

从小深受名字迫害的小周感同身受:"放心,我普通话专八。"

兴许是公司员工太少,突显得每一个都弥足珍贵,彼此间充满了"你也在这里"的惺惺相惜,十分其乐融融。孔小杰说:"电视台和策划公司的人都到了,陈总说提前开会。"

进会议室之前,小周在心底暗暗祈祷,希望"蒋先生"日理万机,早早地摆驾回宫。但事实显示,祈祷只有在结果成立的时候才算是灵验。

蒋修文坐在陈墅的右首,低头摆弄手机,听到门口动静,立刻抬头看过来。

会议桌是长方形,小周缩在孙兆麟的身后,落座时,飞快地跑向蒋修文座位同边的另一端,中间隔着电视台、策划公司的人,互为视线死角。

"哎,你去对面做什么?"孙兆麟热心地将她叫回来,安置在自己左手边,还低声解释,"这边都是自己人。"

小周干笑道:"我看这里有点挤。"

孙兆麟一阵无语。对面五个,这边加上她才四个……虽然从个人体形来讲,自己略微拉大了这边的宽度。

陈墅主持会议,一一介绍与会人员,说到电视台制作人陈飞时,用了近千字赞美。陈飞态度很淡定:"我一向以作品说话。"

陈墅很捧场:"当然,您的 *GO SUPER STAR* 我每期不落地追看。"

"是 *GO! GO! SU……SUPER STAR*。"

陈飞的纠正让全场一静。

无非是结巴和不结巴的区别,有必要较真吗?

小周手指无意识地挠了挠自己的下巴。近朱者赤,她以二老板的思维思考,对方这么做不外乎有两个原因:一是人轴,一是找碴。无论哪一种,都让陈墅有点下不来台。

一直避免往右瞧的她忍不住好奇地偷瞄了一眼。

陈墅的脸色果然有点僵,更衬得右边那人面如冠玉、玉树临风、如沐春风……咦,她惊觉对方笑吟吟地回望过来,忙收敛心神,低头数自己指甲上的小月亮。

孙兆麟打破沉寂,解围道:"一听这节目名,就很有综艺感。"

陈墅缓了缓神色,将接下来的介绍词略作缩减,到右边的重量级嘉宾时,更是精简到极致:"这位是蒋修文先生。"言简意赅得仿佛不认识是你没见识。

陈飞还没反应过来是谁,策划公司与森微的人已集体鼓掌。

蒋修文处之泰然:"我只是适逢其会,有幸旁听。"

陈墅抓住会议节奏,打开PPT(幻灯片),与策划公司的人一起讲解节目海选的规划。

小周越听越惊讶。孙兆麟说这个节目推陈出新,有其道理。因为这次主导海选的既不是专业评委,也不是观众投票,而是……经纪人?!

陈墅说:"导师再专业,也只能看到选手诸多表现中的一面,只有朝夕相处的经纪人才能全盘考虑选手的潜力与才能。《明星天梯》最终选择的,不是红极一时的流量明星,而是经得起时间考验的全能、全民、全方位的明星。"

与陈飞同来的另一位制作人洪凯瑞缓缓开口道:"如果经纪人的选择与市场相左呢?"一口美式中文,令人精神一振。

陈墅说:"人气是考量之一,但不是唯一的标准。我们做的是长期投资,不是短期效益。我相信我们经纪人的专业性。"

"那节目放在电视台播放的意义在哪里?"

"向观众展示我们打造巨星的历程。"

洪凯瑞笑着摇头:"现在的观众需要参与感,他们清楚自己的喜好,并愿意为此付出代价。市场才是选择明星的最好标准。优胜劣汰,适者生存。等节目结束,冠亚军,甚至前四强、前八强即刻就能创造突出的经济效益。这不是放弃了长期投资。现在很多选秀出身的明星已经红了十年,价值还在持续走高,这有什么不好?"

陈墅已经听出来,电视台这次来不是谈合作,而是谈判,稍有不慎,前功尽弃。但项目已经成形,不可能全盘重来。

他说:"这并没有什么不好,但市场需要差异化,不断地重复与雷同,是在消磨消费者的购买欲。"

洪凯瑞笑笑:"我没有看出贵方的选秀与其他选秀在表现形式上有什么明显的不同。"

话不投机半句多,会议潦草收场。

送别时,陈墅脸色阴沉,一言不发,场面和谐都由孙兆麟和孔小杰来维系。

洪凯瑞与陈飞进电梯时,蒋修文突然说:"洪先生从美国来?"

洪凯瑞说:"虽然我在美国长大,却很喜欢中国的文化。"

蒋修文微笑:"中国有市场经济,也有计划经济。"

蒋修文最后的话,给陈墅打了一剂强心针,只要股东爸爸肯撑腰,什么都不怕。电视台与策划公司的人走后,他立即喜笑颜开地邀请蒋修文共进晚餐。

小周趁机拉着孙兆麟去办公室拿资料。

虽然猜测蒋修文应该已经下楼,她还是磨蹭了一刻钟才出来。靠近电梯的时候,他竟然还在。电话那头似乎说了什么,他转头看窗外的天气,她连忙推开旁边楼梯间的门躲了进去。

楼梯间楼上似乎有人在讲话。她怕被人误会偷听,只好顺着台阶下楼。

幸好下楼不比上楼那么累,走着走着,她也淡定下来了,干脆直接下到一楼,只是拉门想出去时,发现从里面打不开。她重回二楼,也是一样。

看着旋转而上的漫长阶梯,她开始绝望。

地下一层突然传来推门声,她惊叫"等一下",飞快地往下跑。门果然被人挡着,她闷头冲过去:"谢……呃?"

蒋修文低头一笑:"不用谢。"

第 5 章

冲击太大,以至于小周眼里的震惊足足凝固了十几秒。

蒋修文被她看得无奈:"要不要换个暖和点的地方继续看?"

小周回神,结巴地说:"你……你今天没戴眼镜啊?"怪不得他今天的眼睛好像总在闪闪发光。认识他之前,她一直以为超人戴上眼镜就没人认出是个笑话,如今才发现,眼镜真的很有欺骗性。不戴眼镜的他,年轻了许多,与周妈的收藏照更接近了些。

"你喜欢我戴眼镜?"

"也不是啊。"

"那喜欢我现在这样?"

他凝眸望过来,似是开玩笑,又像认真询问,非要她选一种喜欢不可的样子。

小周思索良久,回答:"您开心就好。"

蒋修文停下脚步,她猝不及防,脑袋往前冲了冲,在他后背上撞了一下,急忙撤回来,假装什么都没发生地望向旁边的车辆,看着便挪不开眼睛。

周爸最近有换车计划,她跟着浏览了不少款型。这辆奔驰CLA刚好是两人中意的目标。

"喜欢这辆车?"

小周惊喜地看他:"这是你的车?"试驾之魂蠢蠢欲动。

蒋修文想了想:"我们在这里等车主,不知道他肯不肯与我交换一下车。"

"你的车是?"

蒋修文打开了旁边奔驰S450的车门。

这辆车当然更不错,只是超支太多。小周多看了两眼,矜持地收起目光:"要不你等着车主,我先回去了。"

蒋修文说:"正好顺路,我送你。"

他们两家隔着一条街,的确顺路,但是……顺路她也可以创造不顺路的条件。

"我还要去一趟伊玛特。"

"嗯,也顺路。"

小周将信将疑:"你家和张氏集团好像都不在那个方向?"

面对质疑,他非常坦然地承认了自己的小心机:"想顺路的时候,天涯海角都顺路。"目光落在她露在外面的手上,地下室阴冷,她的手冻得微微发红。他的手有些发痒,但两人还不是能够牵手的关系。"你的问题可以上车继续问。"

小周迷迷瞪瞪地上了车,系安全带的时候才发现自己不知不觉被牵着鼻子走了。可是,大冷天有免费的车坐,有什么不好?而且,司机还是个帅哥。

余光扫向驾驶座——纠正,是个侧脸也非常俊秀的大帅哥。

"暖和点了吗?"他又看了眼她的手。那冰凉的手感,实在留下了深刻印象。

"好多了。"她搓搓手,有些坐立不安。

车开出地下车库,阳光洒进来,周遭的景色开始变化。

她侧着头,假装欣赏窗外的风景。

"不问问我吗?"

他问得突然,她一时没反应过来:"什么?"听他轻笑了一声,脸顿时红了,干咳一声问,"你最近还好吗?"

"不太好。"

好像,中了圈套。

前方红灯,车停了下来。

蒋修文侧头示意,眼神赤裸裸的。

她只好问下去:"哪里不好?"

"快感冒了。"这次他没有挤牙膏般地等她发问,自然地接下去,"可能缺了一条围巾。"

蒋修文的围巾,也有个故事,或者说,有个事故。

时间追溯到他们上次坐在一起吃饭。蒋修文怕她冷,借自己的围巾给她。她一时激动,围围巾时,小半条蘸进了罗宋汤里,且毫无察觉。后来,她就围着那条湿答答的围巾,一路滴回了家。

虽然,围巾已经洗干净了,整整齐齐地待在她的衣帽柜里,但是,黑历史永存。

更可怕的是,这是她在他面前诸多黑历史中,最不起眼的一起。

不自觉滋生的杂念顿时消散得一干二净。所以,蒋修文对自己紧迫盯人是为了要回围巾吗?

羞愧之余,她松了口气。这样的结果才更合逻辑。

"我下次带来给你。"

"什么时候?"

看来,就是为了围巾了。她说:"您什么时候有空?"

他仿佛早就准备好了答案:"明晚?我们家附近新开了一家火锅店,口碑很好,也许你会喜欢。"

"我们家附近"这种说法虽然没有错,但是听起来未免太暧昧了些,而且还围巾为什么还要吃火锅?罗宋汤这么小,她都能掉围巾进去,火锅的话……可能会涮一整条。

小周含蓄地暗示:"带着围巾吃火锅,不大安全吧?"

"也可以不带围巾来。"

"哎?"

蒋修文握着方向盘,直视前方,好似无心地说了句无关紧要的话。

但是联系前后文,意思是,围巾可以不要,但要一起吃火锅?

一团火焰从体内炸开,烧得她从脸红到脖子,眼睛全然失去了平时的机灵劲,呆呆地望了他半晌,才转过头去。若此刻有一支体温计,大抵已经被她热爆了。

是她想的那样?

不是她想的那样?

见她僵坐不动,迟迟不语,蒋修文叹气:"地下车库这么大,我不是每次都能这么幸运,找到你下来的出口。"

他打开楼梯间的门,难道不是巧合吗?

虽然压着车速,但森微与伊玛特的距离实在不远。

小周脑袋晕乎乎的,有东西在里面搅得天翻地覆,偏又理不出头绪,直到熟悉的景物出现在面前,人才活了过来,飞快地解开安全带:"前面是公交站,这里不能停车。我下车之后,你要马上开走。"怕他误会,又补充道,"这里随时有交警出没!"

车刚停下,她就像兔子一样蹿了出去,颇有些落荒而逃的意思。

一口气跑出两百米,她扶柱立定,弯腰喘气。

"小周?"小美站在三米远的地方,一手提着外卖,一手抓着手机,紧张地问,"需要报警吗?"

小周艰难地抬头:"啊?"

"你刚才的两百米冲刺可能破了世界纪录。"

就凭她的小短腿?小周窘:"难道世界什么都没记录吗?"

小美走到她面前,老学究似的打量她:"从你目前的精神面貌来看,不是变态在追你。"

小周叹了口气:"其实是个身高一米八几的大帅哥。"

"人还是要有梦想的。毕竟夜晚那么长,我们可以做梦的时候好好想一想。"

连对言情小说严重中毒的小美都这么说，可见蒋修文的行为完全反科学。

难道她得了臆想症？也许自己刚才是坐公交来的，奔驰S450只是她和周爸一起挑车的后遗症。

小美见她低头摸口袋："你在找什么？"

"公交卡。"

"早点回去也好。"小美压低嗓音，神秘兮兮地说，"大老板一出院就来找老板密谈，现在都没从办公室里出来。老板让我点外卖的时候，我好像听到了你的名字。"

难道是羊绒大衣穿不进，所以来给她穿小鞋吗？

这个念头在她脑海中一闪而逝。今天一天过得跌宕起伏，心情如过山车般忽上忽下，撑到现在，几乎精疲力竭。懒得思考大老板拿了什么牌的眼药来，反正在高勤这个眼科大夫面前，总是班门弄斧。

她面上的红潮退去后，脸色有些苍白，小美催促她早点回家："反正有什么消息，我都会第一时间通知你。"

"好，空了请你吃火锅。"说完有些意外，心里想的明明只是吃饭，一出口竟有了明确目标。

小美倒没发现异常，高兴地答应下来。

赶上最后一班公交车回家，途中收到蒋修文发来的短信，问她是否到家。

原来不是臆想吗？

她的手指很诚实地回复："还在路上。"

对方过了三分钟才发来："伊玛特附近真的有交警。"

看似平静的语气，她却听出了一丝委屈，看他人不在跟前，她的胆子也大了些："看吧，我告诉过你的。这都是前人的经验总结。"

"我收到了口头警告，从小到大的第一次。"

可以肯定了，的确是委屈巴巴的告状。

很难想象蒋修文输入这句话的样子，小周不自觉地露出了微笑："你不是一个人,高董、大乔还被罚过款。"

那头很快回复:"下次去伊玛特的停车库。"

小周想说伊玛特的停车库管理很严,一般车辆进不去。打了一半,才发现自己差点又中了陷阱。什么叫下次?她手指输入不清楚,来回重复了好几遍,才在表情库里找了一张非常普通的微笑发过去。

微信通讯录弹出"蒋修文"添加朋友的申请。时间掐得刚刚好,杜绝了她伪装没看见的可能。

她通过了微信好友申请,对方很快弹出:"我刚到家。"

小周回:"我还有十五分钟。"

对话框就此定格。

直到小周进了小区,微信才新增一条:"小区路灯坏了,我摸黑走了一段路。"

他发"刚到家"那条微信的时间和这条相差了十五分钟……他家的小区这么大?

小周:"我家小区的路灯很敬业。"

发完,小周猛然醒悟——十五分钟是她设置的回家时间,他是在含蓄地问她是否到家了吧?

吃饭的时候,小周一直低头看微信。微信定格在一个对话框里,也没有新增的消息,来来回回、反反复复就那么几条,好似要将它们研究出一篇科学论文来。

周妈忍不住拿筷子敲了敲她的手机:"和谁发微信呢?你那个同学?"

刚说完,狗痣就发来一条新消息:"下周日有高中同学聚会,一起去吧?"

小周对周妈说:"我一会儿去买彩票,你快跟我说中奖五百万。"

周妈转头看周爸:"吃完饭,我们去买彩票,中个五百万。"

小周回复狗痣:"我们都能和好,世上就没人相信爱情了。"

大约被气到了,狗痣销声匿迹。

第 6 章

周妈带着周爸买彩票归来,小周正抱着电脑看选秀视频。

周妈嫌弃地说:"这都多少年前的老节目了,结果都出来了,你还看?"

小周随口问:"冠军是谁呀?"

"那个谁,就是唱《尽风流》的那个,个子高高、人白白,挺漂亮的。"

《尽风流》是乔以航出道专辑里的歌,虽然不红,却是她最喜欢的一首,谁这么有品位?小周直接看视频目录,最后一期的简介是:冠军夜,朱玉轩《尽风流》不输大乔。

不输大乔?

身为大乔的棉袄级战友,小周自戴有色眼镜。她点开视频,直接拉到朱玉轩唱《尽风流》的那一段。

周妈站在她的身后,指着屏幕里满脸青涩的漂亮男生说:"就是他。"

朱玉轩开嗓,直接飙了个高音,将气氛推高。他身后的大屏幕上有即时票数,疯了似的,几千几千地往上涨。他接下来的主歌很稳,再偏心大乔,小周也不得不承认,就算有现场修音,但直播唱成这样,已经很不错了。

周妈问:"他现在在干吗?"

小周看着电脑上的时间:"可能洗洗漱,准备睡觉了吧?"

周妈一掌拍在她的后背上:"问你正经的。"

"我哪知道?"她哭笑不得,"这些年没他消息的话,可能不在这一行了。娱乐圈更新换代的速度比手机还快,能坚持留到最后的都是极少数。"

"那你挑艺人的时候,一定要挑个能坚持到最后的。"周妈总能在问题中联系实际,思维跳跃得很。

小周抱着抱枕倒在沙发上,满不在乎地说:"这我哪知道?"

"怎么不能知道?"周妈拍了下她的大腿,将人拉起来,"你那么多朋友,谁能借你钱,你能借谁钱,心里没数吗?艺人跟朋友也没区别,谁性格好,谁脾气差,谁吃苦耐劳,谁投机取巧,你相处一段时间,就一目了然了!"

小周眨巴眼睛,好像……有道理。她拥有选秀的主动权,当然能挑自己喜欢的艺人。

"如果性格好但不红呢?"

"那是你工作能力不行!"

好好谈话,为什么要上一道人参公鸡?

谈话结束的时候,周妈又感慨了朱玉轩一回,认为这个年轻人实在可惜了。

"你当年也投票了吧?"这种小鲜肉最容易招妈妈粉了,小周说,"看到他的时候,是不是有种'子女双全'的满足感?"

"我不是为你看的吗?你师范毕业不去当老师,非要跑去当经纪人,我不得了解一下你的工作环境?"周妈越想越生气,"其实当老师多好,要不是你现在的工作性质,你早结婚了。"

"我以后要带的是全民明星。我教育好他,就等于教育好了全国人民,不是更加功德无量?"

"明星教育什么啊?唱歌跳舞吗?那不如报个班,还能一对一呢。"开玩笑的话,越说越正经了。周妈适可而止地结束话题,挥手赶她去洗澡。

明星要教育什么？世界上为什么会有这么复杂的问题！

想了整个洗澡的工夫，小周依旧没有得出满意的答案。德智体全面发展、才貌双全、三观正……标准列起来很简单，但落实到具体，就没有具体了。

她趴在床上，在白纸上涂涂画画，脑袋里似乎有很多念头，却绕在线团里，找不到线头。

"唉。"

丢开纸笔，她仰面躺倒。微信响了一下，顺手打开，有一条最新消息："我会信。"

信什么？

等小周看清发信人，脑袋轰地一下，将人从床上炸起。

在"我会信"上面，赫然有一条她发出的信息："我们都能和好，世上就没人相信爱情了。"

这条不是她发给狗崽的吗？

收到狗崽的微信、自己回复的情景在脑海中慢放，每个细节都被放大数十倍。所以，在发的时候，她的微信……还停留在蒋修文那页？

她一头撞进枕头里，用力地磨蹭着脸。每当以为自己在蒋修文面前的形象已经跌落谷底的时候，黑历史总能翻开崭新的一页！

可惜发现得太晚了，微信已经过了撤回有效期。

她尴尬地解释："上一条发错了。我们又没有吵架，'和好'这个词不适用。"

不但有解释，还举证说明，很有说服力。她为自己的补救能力点赞。

蒋修文很快回过来："'好'这个词可以适用。"

好？

小周按照他的示意，用"好"替代"和好"，于是这句话就变成"我们都能好，世上就没人相信爱情了。"

被莫名其妙地撩了半天，差点神魂颠倒、面目全非的小周决定奋起反击。她拉开窗帘，对着月亮默念了数十遍"色即是空，空即是色"之后，发过去一条："于是，我发错的那句话也成立了。"

发完关机！

她从抽屉里拿出小圆镜，对着镜子里面的自己，坚定地叮嘱："对一个欠了二十年房贷的人来说，爱情是奢侈品！努力拼搏，成就事业，才是我的王者路！现在，闭上眼睛，好好想一想《明星天梯》计划。"

明星应该具备什么条件？

容貌英俊、气质出众、双商过人、谈吐得体……缓缓地、缓缓地凝聚成了蒋修文。

他拿着话筒，意气风发地站在舞台上，开口跪。

台下粉丝疯狂呐喊，尖叫声形成巨大的声浪，荧光棒比烟花更绚烂。

粉丝们挥舞手臂，尽力与明星互动。最重要的是，她们都拥有一张……和自己一模一样的脸。

小周从梦境中惊醒，心跳还停留在演唱会时刻，跳速惊人。

她打开手机，他果然在后面回了一条："我的回答也成立。"

周妈买早餐回来，进门就见小周幽魂似的坐在饭桌边上，幽幽地望向自己："妈妈，你当初是怎么看上爸爸的？"

"大清早的，你在想什么东西？"抱怨归抱怨，周妈还是诚实地回答，"这有怎么看上的？你爸爸年轻时的照片你见过吗？也是眉清目秀的帅哥一枚咧。"

"那他怎么看上你的？"

周妈不乐意了："这还用问吗？当然是欢天喜地、如获至宝啊！我当年的条件，不是夸张，真的，很多人都说找你爸属于瞎了眼！"

纯以颜值论，周妈的确站在周家的顶端。周爸也不错，在男人中算秀气了，只是同一张脸放在女儿身上……就不算出挑了。

小周双手托腮："妈妈，这世上是不是有一种脸，看似平平无奇，但专门吸引好看的人？"

"把人民币贴脸上了吗？"

周妈放下早餐："你吸引了哪个好看的人？不会是你那个高中同学吧？他整

容了？"

"不是说我。"

"那你身边还有谁平平无奇？"

扎心了。小周努力地想了一圈："小美？"

周妈说："人家会化妆，好看着呢！"

"其实，她卸妆以后和我长得差不多。"

"这就是化妆的重要性。你不要有事出门才随便画几笔。"周妈语重心长地说，"你永远不知道自己的人生，哪一刻才是真正重要的。"

小周辩解："我出门会抹素颜霜。"

"那只是让你不被当成鬼。"

借题发挥的周妈将人按在椅子上，从头到脚精细修饰了一番，以至于小周今天的出门时间比平常晚了一个小时。到森微楼下的时候，正要打电话请孙兆麟下楼，就看到他与一个女人拉拉扯扯地从大厦里出来。

虽是碰巧，但撞上这种场景多少有些尴尬，她下意识地躲到一边。

两人吵得不轻。孙兆麟极力想低调，但女人的叫骂声大有"沉鱼落雁"之效："别跟我讲没办法！我为了你工作辞了，老板也闹翻了，我更没办法！不管怎么样，这件事你一定要摆平！我相信你，才走到今天这一步，你不能让我死在这里。"

孙兆麟不知说了什么，那女人的音量总算低下去了："好！你说的，我再信你一次。我给你两天时间，你要给我答复，不然我还要来。"

送走女人，孙兆麟依旧眉头紧锁。

小周算着时间，等他走回大堂，才打电话过去。接到电话，他似乎有点惊讶，过了五六分钟才从里面出来："你今天怎么来了？"

小周也很莫名："今天不是周末啊？"

孙兆麟深深地看了她一眼："行吧，我们先上去。"

等电梯的时候，小周接到高勤的电话，让她在附近找家咖啡店等他。

仿佛意识到了不对，她假装家里有事，匆匆从大厦出来，在对面找了家咖啡连锁店坐下。

高勤过了半个小时才到。

因为是上班时间,店内只有寥寥数桌,但他进来时,依旧引起了不少人的注意。小周端着咖啡,去了更角落的位置。

高勤点了咖啡过来:"你不是通缉犯,我也不是来送跑路费,躲这么角落干什么?"

她想了想:"可能你自带一种'大事不妙'的气场?"

"那你真的要'大事不妙'了。"

第 7 章

高勤戴了一副深咖啡色的粗框眼镜，镜片后的眼睛透出"阎王要你三更死，我看你三更怎么死"的薄凉。

小周早已练就一身"透过现象看本质"的高超本领，自然不会被他的三言两语吓到："在您的光辉照耀下，我的事都是举手之劳的小事。"

"这次未必。"

他低头啜了口咖啡，对味道不大满意，起身另买了一杯咖啡，回来的时候，她已经将可能发生在自己身上的"不幸"猜了个遍。

"马董发现我送给他的羊绒大衣其实是为我妈买的了吗？"

高勤搅拌咖啡的手微微一停："如果发现了，那件衣服应该会被剪成碎布条，吊在你家门口。"

她想象了一下那个画面："不是他穿着那件衣服一起吊在我家门口就好。"

小周问："那是和工作有关？"

"嗯。上面有意加强综艺节目质量的把关，NCC电视台的《明星吃客会》多期涉及低俗内容,已被勒令停播,其他节目也要调整。为求保险,他们近来的节目会以稳妥为主,制作《明星天梯》的计划已经搁浅,只差正式通知。"

"他们昨天在会议上的表现还不叫正式通知吗?"有碴找碴,没碴找事,恨不能把"求分手"三个字写在脸上了。"这世上有种渣男,明明自己想分手,却非要用各种手段逼对方说出口。"

高勤说:"NCC和伊玛特有多方面合作,表面不能闹得太难看。"

"陈总知道吗?昨天的会议不会是一场心照不宣的表演吧?"就自己傻乎乎的,听得义愤填膺。

"NCC的内部消息是我通过个人渠道得到的,伊玛特和森微都还不知道。"

她似乎闻到了阴谋的味道。

高勤慢条斯理地喝了口新的咖啡,仍不满意:"为什么这里的咖啡喝起来有股猫尿味?"

小周深思:"因为一般人不知道猫尿是什么味。"

他微微挑眉,背光的脸冒着黑气:"你去森微之后,翅膀硬了。"

她立刻伏低做小:"冬天到了,肢体僵硬是自然现象。"说完又强行转换话题,"您还没有说,什么大事不妙?"

"为了留住NCC,陈墅找上马瑞,密谋改选经纪人。除了孙兆麟,他们打算找主持人、演员或歌手来充当经纪人的角色,创造话题和关注度。"

小周迟疑道:"所以我要回伊玛特了?"虽然接触的时间不长,但她已经开始融入《明星天梯》计划了,蓦然失去,还有些失落。

"不。"他微笑,"他们不会得逞的。"NCC决意退出《明星天梯》合作是因为节目的性质,与节目的流程细节无关,马瑞再上蹿下跳也是穷折腾。

她并没有追问他的计划,反正有二老板的无敌光环笼罩,万事都能逢凶化吉。

小周喝了半杯咖啡,见他仍旧没有走的意思,忍不住打破相对无言的尴尬气氛,谈起自己在森微楼下看到孙兆麟与女人拉拉扯扯的场景。

"是邹芸吧?"高勤见她对这个名字毫无印象,提醒道,"八卦小子的前经纪人。两个月前离婚,到处散播自己被八卦小子的霉运带衰,老公才会出轨。没多久就和公司解约了，走前闹得特别僵。"

她忍不住唏嘘。

八卦小子是一对组合，最为人所知的作品，就是"倒霉"。出车祸、摔断腿、急性肠胃炎、走路掉坑里……别人千载难逢一件事，他们出道以来桩桩中奖，从未间断。

但至今为止，一直祸害自己，尚未殃及无辜，邹芸老公出轨这口锅甩得实在脑路清奇。

看高勤对各路八卦如数家珍的样子，她脑海里闪出一个念头，也许……他对蒋修文也有所了解呢？就算不了解，以他的人生阅历，一定能够提出有用的看法吧。

只是，在得到建议之前，一顿嘲笑是免不了的。

"你想说什么？"

高勤低头看手机，依旧分了些许注意力给她。

小周手指顺着咖啡杯的杯口绕圈圈："唔……"

"你加薪的事不再归我管。"

"我不是想说这个。"

高勤瞄了她一眼："你每次提加薪都是这个动作。"

小周深吸一口气，一鼓作气地说："有个高富帅约我吃火锅！"

"还有个高富帅约你喝咖啡。"

她一怔。高勤举起咖啡，做干杯状。

"他还说，如果我和他好的话，他会相信爱情。"她忍不住摸了摸自己的脸，果然烧了起来。这句话看的时候还不太特别，真的对第三个人说了，才发现……好难为情！

高勤放下咖啡："他的年龄？"

"不到三十……吧？"

"了解过他的婚姻状况吗？"

"啊？"

"高富帅,还会甜言蜜语,不可能为了和你一起演绎一出言情小说,就空白了将近三十年的时光不谈恋爱、不结婚吧?"

好有道理。她不禁胸闷,讷讷道:"谈过恋爱不一定已经结婚啊。"

"所以查清楚比较好。"他顿了顿,"或者我帮你查?"

她拿着手机,点开微信,在蒋修文与她对话的那一栏里上上下下地划动。其实,才加了一天的微信,总共那么几句,她都能倒背如流了,哪里还要看。可是亲眼看一看,才能确定这些实实在在发生过,而不是自己臆想出来的梦。

高勤打量她的表情,态度郑重起来:"如果你不只打算和他一起耍流氓的话,总要带出来见人的,提前曝光也无妨?"

小周放下手机:"是……蒋修文。"

高勤不说话了。

她的心顿时提起来:"他结婚了?"

"那倒没有。"高勤若有所思,"我记得,他和你相过亲?"

"嗯。"

"你为了和罗少'分手',还找过他当'第三者'?"

"这种明知内情的调侃就不必了吧?"她开始后悔找他当军师了。

高勤想了想说:"这么说来,他那时候对你的态度就不一般了。"一般男人,被莫名其妙地卷入桃色绯闻中,多半要避之唯恐不及,他的态度听起来有点……迎难而上?

"是……是吗?"小周矜持地喝了口咖啡。

"你们之前认识吗?"

"什么之前?"

"相亲之前。"

小周扶着脑袋,用力地想了想:"好像见过。我那时候经常陪着大乔去EF录唱片,可能遇到过他。但是,绝对没有交集。"有交集的话,母亲给"天使照"的那一刻,她就能与真实的蒋修文联想到一起了。

这道题的诡异程度似乎连高勤都束手无策,他想起另一件事:"据说,张复勋有意将张知调回集团总部。"

小周并不意外。

张复勋是张氏集团的董事长兼总裁,也是蒋修文的直属上司。张知是张复勋的小儿子,也是内定的集团继承人,EF唱片只是他历练的跳板,离开是迟早的。

"但是,集团内部有人反对。张知接手EF唱片后,表现平平,虽然受时代发展的影响,但没有交出漂亮的成绩单是不争的事实。有股东反感家族式的管理模式,有意培养职业经理人。"他微微一顿,"其中,蒋修文的呼声最高。"

她愣住:"哎?"

集团争夺……家族继承……高富帅……

她捂嘴:"难道我不小心穿越到了《继承人》的剧本里?蒋修文接近我,是为了得到张知的秘密,还有利用我对你的影响力,让伊玛特站到他那一边?"

想象力如奔腾的野马,再也收不回来。

高勤淡淡地问:"你知道张知什么秘密?"

"呃。"

"你对我有什么影响力能左右伊玛特的站队?"

连受两次心灵拷问的小周不但没受打击,反而雀跃地眨了眨眼睛:"所以,蒋修文对我是真心的?"第一次为自己毫无利用价值而高兴。

高勤说:"和非熟人谈恋爱,本就是从未知到已知的过程,谁都一样。正确答案你应该自己探索。"

与高勤一席话,不能说胜读十年书,却是吃了一颗定心丸。

她拿着手机自拍,开始计较今天妆容的细节。吃火锅,有热气,容易晕妆……要用防水的眼线笔才对。

高勤接到一个电话,说了没两句就站起来:"我马上过来。"小周还在顾影自怜,等高勤拍了一张她下巴角度的照片发过去,才跳起来。

"这是什么鬼照片?"

照片唯一的亮点就是她硕大的鼻孔。

高勤说:"这时候,NCC应该给出最后答案了。"

她还在研究自己的鼻孔，漫不经心地说："我们是准备出发参观陈墅和大老板惨淡的脸色吗？"

他低头看时间："我约了嘟啦视频的人上森微。NCC是传统媒体，有合作当然好，不能也没关系，毕竟，森微本就是为了适应新媒体的潮流才成立的，新媒体才是我们的方向。"

她想起他第一次向她介绍森微的时候，的确说过这句话。

这并非高勤的一时起意。

早在陈墅和NCC谈合作的时候，他就探过几家视频网站的口风，其中以嘟啦视频的合作意愿最高。原本打算等NCC退出之后，由嘟啦视频的人自己上门来谈，但考虑到昨天马瑞在他办公室软磨硬泡了几个小时就为了把小周顶下来，他不得不做双重保险。所以，他故意等在这里。一旦NCC那边放出终止合作的风声，他立刻通知嘟啦视频的人过来，一起找陈墅谈合作方案。

"小周以经纪人的身份参与节目"将作为条款写入协议。

他故意将NCC退出与嘟啦加入的时间掐在前后脚，就是不让马瑞有反应的时间——以免伊玛特内讧的事流传广远。

直到嘟啦视频与陈墅谈得差不多了，小周才知道高勤的用心良苦。她当年居然在心里骂过他是高剥皮……何等地丧心病狂。

高勤送她回家，临下车的时候，她捶胸立誓："大恩不言谢，臣必将誓死效忠陛下！"

高勤头疼地按了按额头："还是说谢吧，我不想背负'属下过劳死'的恶名。"

第 8 章

约了饭，却没有明确时间。

小周没想到蒋修文这样的人也会犯这种错误，或者他想将选择时间的权利交给自己？

差两分就是五点，她重新画了防水的眼线，上了两层定妆粉，确保万无一失，正纠结用什么颜色的唇膏，微信响了。与蒋修文的对话框里，新微信还没来得及被她读取，就瞬间撤回。

人有一种劣根性，未必在乎你想发什么，只在乎你发错了什么。发错了字？发错了内容？还是发错了对象？

约莫过了半分钟，他又发来一条："抱歉，临时有事，不能赴约了。"

周妈敲门问她什么时候出发，来得及就等他们吃完饭，把垃圾带下楼。

她现在随时来得及。

好在八字没一撇，她报备的是和闺密吃饭，就算临时改约，也不会引发剧烈震荡。她打开门，正准备宣布自己将参与家庭晚餐这个喜讯，就感到眼前一黑……

客厅居然关着灯。

周妈周爸对着一盆真兰花,含情脉脉地吃着烛光晚餐。

周妈回头:"要走啦?垃圾来不及倒也行,我一会儿自己倒。"

"马上走。"

她揣起爸妈赠送的大号狗粮,精神抖擞地走出家门。

到了楼下,夜间的寒风吹干了眼角的泪花,她打了个哆嗦。天冷得太快,眼泪都冻出来了,一定要尽快找个暖和的地方,美美地吃上一顿。

吃饭嘛,比起美男,美食才是更重要的存在。

蒋修文停下脚步,低头看台阶下沉默的男人。

男人今年应该才五十五,头发却白了一半,眼旁的皱纹深刻而细碎,耷拉的眼袋和嘴角仿佛承受着某种压力而不堪负荷。他紧张地盯着自己的毛线手套,手套两面都起了球,勾了线,掌心的位置被磨出了细线,能看到手掌粗糙的纹路。

怪异的对峙已引起了旁人的注意。正是下班时间,进进出出有不少同事,蒋修文不想自己成为明天公司里茶余饭后的谈资,主动问道:"有什么事?"

"我……"也许天太冷,男人的嘴唇哆嗦了两下,却说不出话。

蒋修文见他支支吾吾,道:"要不要找个地方坐下来谈?"

男人缩着肩膀,做出了什么重大决定似的,突然挺起腰,想让自己看起来不那么萎靡:"没什么事。就是路过这里,想过来看看你上班的地方。"

"你怎么知道我在这里上班?妈妈告诉你的?"

"我看了你的新闻。"男人想笑,但眼神碰触到对方冷淡的双眸后,立刻收敛了起来,不自然地搓了搓手,"你……你还有事吧?先去忙吧,我这就坐火车回去了。"

蒋修文看他拎着行李往车站的方向走,心里冷冷一哂,拿出手机,发了条微信告诉小周自己大约抵达的时间。消息蹦出去的一刹那,又忍不住地去看那男人的背影。

他站在车站里，排队看站牌。有几个年轻人从远处跑来，一下子冲到他前面，将他硬生生地挤了出去。他踉跄着后退，不小心退到马路边上，又被正要下公交车的人推开。

蒋修文牙根一紧，飞快地将刚才那条消息撤回，重新发了一条失约的道歉，然后收起手机，快步朝车站走去。

男人看到自己来时坐的那辆车到了，连忙掏出硬币，准备跟在其他人后面上车。下班高峰，人潮汹涌，候车的人太多，他又不懂得抢，很快从正数第三个一路被推搡到外围。

蒋修文拉住他的胳膊，在他惊异的目光下，淡然地说："挤人都不会，怎么坐公交？你去哪里？我送你。"

"不用不用。"

他还在拒绝，蒋修文已经抢过行李，转头往停车场的方向走。

男人连忙跟上去。

上车之后，蒋修文仿佛与自己赌气，一直黑着脸，男人坐在车上，大气也不敢喘一声。

"还喜欢吃辣吗？"

"不吃了，胃不好。"男人说完，才意识到自己回答了什么，疑惑地看过去。

蒋修文挑了一家江浙菜饭馆。

男人进饭店的一路都在说自己肚子不饿，不用破费。蒋修文充耳不闻，直接进包厢点了五个菜，等服务员出去，才面无表情地问："你到底来干什么？"

"真的是看看你。"

蒋修文冷笑："十多年不闻不问，突然来看我？"

男人讷讷道："不是的，我……"满腔的解释对上那双清冷的眼睛，顿时被哽住了，想起自己曾对学生说过"不要找借口，任何借口都不能掩饰你上课迟到"。

对方根本不在乎他"不闻不问"的原因，在乎的是"不闻不问"这个结果。

他自嘲地低下头："对不起。"

蒋修文看着他灰白的头发，眼眶微微发热，掩饰般地拿起毛巾擦了擦手："家里出事了？"不到走投无路，他绝对不会出现在自己面前。

男人犹豫了下，才缓缓道："文娟她得了……"

"多少钱？"蒋修文一听那个名字，就粗鲁地打断了他。

男人愣了愣，才近乎羞愧地说："二十万。十万也行，或者五万，我……"

"银行账号告诉我。"

已经到这个地步，男人没有再坚持，从口袋里掏出一张银行卡："我会还给你的。每个月给你打钱。"

蒋修文置若罔闻地拍下照片。

男人接过被递回来的银行卡，眼睛浮起一层泪花："谢谢。"

蒋修文站起来："你的手机号没变吧？"

"没有，还是那个。"怕他记错，男人赶紧报了一遍。

蒋修文点点头，抬脚往外走："我叫车送你去车站，大概一个小时后有人来接你，注意电话。你慢慢吃。"说完，不管身后男人的呼唤，径自拉开门出去结账。

从饭店出来，天已经完全暗了下来。大街小巷亮起灯光，却没有一盏属于自己。期待满满的约会因为突发事件告吹，他竟不知该怎样面对。

小周过了半小时才回复消息："不好意思，我在加班，忘记通知你了。"

据他所知，她目前应该无事可加班，看来贸然失约令自己的印象分大失。

他当然可以解释，但是做人不能太双标。他不听男人缺席自己人生的理由，好像也不能对小周找失约的借口。失约就是失约，即使在未来漫长的人生中，他千百次地补上约会，也不能改变他们将永远地"少"了一次。

驱车回家，途经火锅店，生意正好，一缕缕白烟在店内袅袅升起。他打开车窗，底料的阵阵香气扑面而来。

不打算与胃底勾起的食欲抗争，他停好车，准备进去打包一份火锅就走。

靠近点餐台的时候，旁边突然传来巨大的椅子拖拽声。他朝声源看去，一张靠墙的小方桌上，锅子热气腾腾，锅边绕了一圈的牛羊肉以及海鲜，看起来很是丰盛，令人食欲大振。

点餐的时候他下意识地借鉴了那份菜单，连平时很少碰的蟹子包也"雀屏中选"。

在厨房准备菜的时候，他不由得开始关注那张桌子，好奇那人什么时候回来。只是半个小时过去了，那张桌子始终冷冷清清地等在那里，其间有服务员过去，似乎想收拾桌子，却不知怎的，低头哈腰地走了，过了一会儿，又提壶过来加汤。

过程很是诡异。

世界之大，无奇不有。蒋修文不想管闲事，等火锅打包好，提起就走，到门口的时候，正好有人从外面进来，他往旁边让了让，目光不经意地瞟了一眼玻璃窗，漆黑的夜色清楚地倒映出店内热火朝天的景象。

那张小方桌的下面终于钻出一个人来，穿着米白色的宽松毛衣，灰格呢子裙，妆容精致，来之前显然经过细心准备。她没想到他还在门口，脸色有些惊慌，惶急地想钻回去，他却飞快地推门出去了。

蒋修文一口气走到街对面才停下，然后正大光明地躲在黑暗中，看着街对面的火锅店里，她拍拍裙子，如释重负地投入大快朵颐中。

前后不过两个小时，他的人生观却来回颠覆了两次。

以为自己足够成熟、成功，已然能平静地面对过去。而事实证明，时间愈合了表面的伤口，里面依旧鲜血淋漓。

以为自己做好了长期奋战的准备，可以在爱情上从容进退、运筹帷幄。而事实证明，他依旧是个毛头小子，会为喜欢的人偶尔流露的在意而心潮澎湃。

小周将锅里的食物捞出来时，已经老的老，烂的烂了。服务员还时不时投来奇怪的目光，生怕她一个想不开，又要去桌底下思考人生。

不过，火锅还是很好吃的。

她一边吃，一边关注门口的动静。明知蒋修文不太可能杀个回马枪，但心里不知怎的，总有些毛毛的，好似谁在盯着她做亏心事。

服务员第N次路过她桌边,她忍不住叫住了他:"你们店的外卖可靠吗?没有客人吃到一半杀回来投诉的吧?"

服务员怜爱地看着她:"就算投诉,也是投诉我们,不会连累客人的,您安心地坐在椅子上吃,别怕。"

第9章

安心的后果是,她吃撑了。胸口像压了个秤砣,沉了一晚上,第二天起来,眼睑浮肿得像动了隆胸手术。

周妈用水冷敷,不大见效,干脆掏出一副珍藏多年的茶色墨镜,郑重地传给下代:"别看是八十年代的东西,比现在的滤镜还管用。"

小周戴上眼镜照了照镜子。嗯,眼皮看上去是不肿了,就像天生的单眼皮小眼睛。

最终她婉拒了母亲的好意,随便上个粉底就出门了,理由十分充分:"我只是把我对公司殚精竭虑、呕心沥血、夜不成寐的苦心实体化了而已。"

周妈深以为然。

小周到公司后,眼皮果然引起了注意。孙兆麟特意倒了一杯珍藏的大红袍关怀她:"年轻人有干劲是好,但身体也很重要,来,喝点茶提提神。"

其实,她更需要一张床养养神。但想也知道,这是不可能的。明明提早来了公司,依旧是倒数几名。她坐在孙兆麟的办公室里,听到外面的脚步声络绎不绝,比菜市场还要热闹。

看出她的疑惑,孙兆麟解释道:"嘟啦视频今天下午过来签意向书。视频网站和电视台不同,和NCC的那份合同要大改,各方正临时抱佛脚。策划公司的宣传方案要重做,节目的流程也要根据网站发布的时间做调整,还要找正在市内的资深合同律师审核合同。这里头,也就我们是最闲的人。"

"既然没准备好,就不用这么着急签吧?"心急吃不了热豆腐,加急的产物会不会漏洞百出?

"意向书,当然是双方意向最浓烈的时候签最好了。"他对着小周笑了笑,"早签也有早签的好处,拖久了,说不定又像NCC电视台那样横生枝节。"

与初次见面相比,他今天的笑容像掺了杂质,多了几分不欲出口的耐人寻味。

态度的转变,必然是触发了事件。她来公司三天,经历屈指可数,唯一能引起对方关注的,只有高勤与嘟啦视频谈下来的那条——如果之后没有更新条约内容的话,那她是唯一一个铁板钉钉的经纪人人选。

坐在二老板的遮阳伞下,她亲眼见证他是如何与大老板斗智斗勇,并保持百战百胜的战绩,早已融会贯通了一套花拳绣腿,遇到这种场面,装傻就对了。

她连连点头:"孙老师果然有大智慧,说得太对了。"

对手无心应战,让蓄势待发的孙兆麟很是惆怅。

两人相顾无言,各自玩起了手机。小周怀疑自己的微信从昨晚开始就坏了,连平日里波涛汹涌的水群也成了一摊死水,毫无动静。正当她考虑中午去附近的电信公司检测一下时,一条微信跳了出来——

只是她关注的化妆品品牌推送了一条广告。

简直对毫无斗志的微信失望了。

她在伊玛特的八卦群里发消息:"你们今天竟然不如广告活跃?"

很快有人在下面回复道:"人只有在无聊的时候,才会关注广告是什么时候发的。"

"也可能在等某人的信息。"

"周姐等某人？不可能，不存在的。"

这条之后，其他人果然换回之前的讨论方向。

"森微果然是新公司，连个像样的八卦都没有，小周才去了几天，就生无可恋到关注广告的程度了。"

"来来来，姐姐给你分享一下现实版马夫人的后续。"

看完马瑞与妻子准备打离婚官司，在各种场合互相揭短的八卦，小周精神了许多。孔小杰过来送门禁卡和新办公室钥匙。她的办公室就在隔壁，刚刚请清洁工重新打扫了一遍。

办公室不大，基本的电脑、文具都已经安放整齐。小周进去的时候，一眼就看见桌上放了个格格不入的纸箱子："这是迁居贺礼吗？"

孔小杰说："不是你的快递吗？"

她看货单，果然写着森微的地址和她的名字："我最近好像没买东西。"

"需要刀吗？"他以借刀的理由，成功留下来，围观她拆东西。

小周割开箱子，取走泡沫盖后，得到了一只金光闪闪的鸳鸯锅。

心里隐隐有了个备选答案，再拿起货单，看寄件人那一栏，写的是蒋某某。不仅道明了姓，清晰地指出全名有多少个字，还不为外人所知，可谓匠心独运、用心良苦。地址虽然陌生，却在她家附近，离昨晚那家火锅店不过三百米的地方。手机更不用说，最后四位数化成灰她都认得。

孔小杰说："是不是送错了？哎，这里面是不是有张卡？"

"质保卡吧。我想起来了，我妈好像是买过一个锅，没想到寄到单位来了。"

真相大白，孔小杰提刀退场。

他一走，小周这才敢打开火锅盖。盖子是半透明的，她刚才就发现里面放了一张类似卡片的东西。

却不是卡片，而是装丁卡的袋子，外面是某连锁超市的LOGO。

袋子里放了三张面额1314的一生一世卡。这是超市在去年情人节推出的定制卡，同系列的还有面额520的表白卡、360的想念卡等。因为销售火爆，超市就把定制卡变成了长期销售卡。

抽出卡之后，里面还有一张两寸的黑白照片。一个面熟的六岁小朋友长着一双水汪汪的眼睛，无辜地看着镜头。他下巴下方，被人用红笔画了两个握紧的拳头，看上去像是在学小猫卖萌。

已经是第二张照片了，再这样下去，她很快能收齐一套蒋修文年历卡了。

陈墅带着团队紧锣密鼓地忙了大半天，总算定下意向书，在下班之前成功签约。小周是唯一一个写入条约的经纪人，孙兆麟的名字虽然没有落实到纸上，却得到了双方的默认，剩下的一个名额，讨论激烈。

当邹芸被否决时，她特意观察孙兆麟的脸色，竟毫无异常。要不是撞见他们在楼下争吵，她大概也不会想到他们之间的联系。

会议持续到晚上七点，陈墅提出聚餐，一群人前呼后拥地去了对面新开的菜馆。

小周今天中午吃得十分克制，到下午四五点已饥肠辘辘，此刻更是腹鸣如鼓，上菜之前就拼命喝水掩盖肚子里的声响，上菜之后更是埋头苦吃……然后，不出意料的，又吃撑了。

九点散场，她一手抱着鸳鸯锅，一手翻找打车软件。一个"司机"主动跳出来揽生意："九点十五分有一趟去杏花小区的班车，欢迎乘坐。"

杏花小区就是她家所在的小区。

她回复："从哪里发车？"

对方发了个定位过来，就是森微楼下的停车场。

自己的一举一动都在对方的监视中？小周脑海中浮现了各种遭遇跟踪狂的悲惨故事。

她沉默了才五分钟，对方就打电话过来："下班时看到陈总发的朋友圈，正好顺路经过你们公司。"技术性地省略了自己在看到之后，直接将没完成的工作挪到明天早上。

"是你之前解释的那个顺路吗？"

"森微坐落在张氏集团和我家的中间，是必经之路。"必经之路是夸张的。

这条路虽然路程短,但容易塞车,在森微成立之前,他一向走高架。

勉强接受这个解释吧。小周走到公司停车场的门口,蒋修文的奔驰S450刚刚赶到。

他下车,抢在她上车之前,绅士地打开车门。

换作昨晚之前,她一定又会被他撩得面红耳赤,但是,吃过一个人的火锅,钻过半小时的方桌之后,她的脸皮已经厚上了一个崭新的台阶。

她抱着锅问:"送我这个锅,是让我回家吃自己的吗?"她好奇蒋修文送锅的思路,难道因为鸳鸯锅的鸳鸯两个字?那还不如来一杯咖啡加奶茶的'鸳鸯'呢,至少……没这么重。

"你怎么知道锅是我送的?"

她准备了许多他反驳、解释之后的反应,没想到他根本不按常理出牌,愣了下后,她回答:"你留了自己的手机号。"

"嗯,但也许不是'送'。"

她震惊了:"你还卖锅?"

蒋修文忍不住笑道:"为了娶老婆,卖锅砸铁也没办法。"

"是砸锅卖铁。"

车内静默了一会儿,小周很想开个音乐,缓解下沉默的气氛,奈何对方收不到自己发出去的信号,只好没话找话说:"这三张超市卡是锅店送的吗?"

"这是缘定三生的意思。用第一张卡的时候,一生一世就开始了。"他含蓄地暗示,可惜遇到了不解风情的人。

"所以,等三张卡用完的时候,就是缘分耗尽了?"

"不会用完的。"趁着红灯,他从口袋里摸出三张卡的副卡,"可以无限充值。"

第 10 章

经纪人最后一个名额悬而未决了几日,终于被一位转行女演员拿下。

王星语之前参演过好几部古装剧,都因为脸蛋没特色而反应平平,今年终于下决心转幕后了,就迎来在综艺节目上露脸的机会,只能说老天爷是真见不得人好。

陈墅对这支阵容还算满意,老鸟新兵都有,话题颜值兼具,唯一遗憾的是少了个天然的搞笑担当,只能寄望编剧发挥了。

王星语报到之后,孙兆麟兑现了自己部门聚餐的提议,三人窝在一家日料店里,美美地吃了一顿。在寿喜锅袅袅升起的热气美化下,三人越聊越合拍。

王星语的性格很外向,说话没把门,才吃第一顿饭,就将自己经纪公司的黑底抖捲了个底朝天。

"告诉你们,姐姐我没有酒量,只有海量。我签第一部戏的时候,原本说给女一的,经纪人晚上带我去饭局,我吹了两瓶红酒,直接把他们全喝趴下了。第二天起床,我就成了女三。"

"还有个导演,半夜偷偷摸摸来敲我的门,说要给我女一。之前经纪人总价都谈好了,女三只有十集戏份,改成女一得拍四十集,那我单集身价直接缩水四分之三呀!当演员总要有梦想,对吧?我还能怎么办呢?当然是插上门的防盗栓听音乐啦!"

"后来我经纪人就不管我了。她手底下统共两个艺人,另外一个十八线开外,长期驻扎大卖场做销售,千载难逢接一回通告,就这样,经纪人还跟我说她俩忙得脚不沾地。这都忙着给大卖场冲业绩呢?"

"后来我就想开了,与其等一个没有职业操守的经纪人,不如做一个有职业操守的经纪人!现在看,是因祸得福,结识了两位,说明我这条路是选对了!"

孙兆麟八卦听得挺开心,聊天时也哄着她,但不冷落小周,时不时关心她的意见。

她并没有什么意见,但讲八卦是融入小团体的敲门砖,她必须要拿出自己的诚意:"前几日的微博热搜你们看过吧?"

另两人的眼睛果然露出了感兴趣的光芒。

小周小心翼翼地说:"大老板和老板娘已经决定要离婚了。"

戴了一顶四亿多人关注的绿帽,不离婚才是八卦吧?

孙兆麟正思索着怎么捧场,王星语已经惊叹:"真的吗?好意外呀!之前看他们感情这么好,还以为能熬过去呢。"

"是啊,我也这么想。"孙兆麟很快加入吃惊的队伍中去。

小周心满意足地收了口。原来,在外界的眼里,大老板是棵经得起风吹雨打的常绿植物啊。

礼尚往来,孙兆麟也提供了一个八卦。

"EF的小张总因为投资森微,前阵子被叫到总部问责了。"

小周和王星语齐齐愣住了。

小周虽然听高勤说过,张氏总部对张知在EF的表现不太满意,但没想到因为EF投资森微,还到了问责的地步。

孙兆麟俨然不知自己的爆料掀起了狂风暴雨,平静地说:"小张总原本是集团继承人,现在有点悬了。不过现代企业,到最后都要脱离家族模式,找职业经理人来运营的。"

王星语幽幽地叹了口气:"当初灌我酒的人里,要是有小张总这样的杰出人才,我可能就色迷心窍,不胜酒力了。"

"咳咳。"孙兆麟朝小周使使眼色。

王星语误解了:"小周认识小张总?"

小周愣了下,不等回答,就被孙兆麟接过话去:"上次蒋先生还替张总裁来公司巡视,看起来真是一表人才!"

王星语果然转移了注意力:"蒋先生是谁?很帅吗?比混血的小张总还帅?"

"不仅帅,而且风度翩翩。"孙兆麟搜肠刮肚地凑了七八个成语,然后向小周寻求认同。

张知和蒋修文谁比较帅?小周很难昧着良心说蒋修文。张知有血统优势,五官深刻,气质里残留了几分年少时候的桀骜不驯,如烈火一般明亮,随时随地地吸引目光。

而蒋修文呢,她也说不出他输。他英俊得很秀气,五官单独看看好看,凑起来更好看,属于百看不厌的耐看,就像水一样,晶莹剔透,千姿百态,叫人忍不住想一探究竟。

同为女人,王星语还是信任小周的眼光。

小周拗不过她,只能给出一个模棱两可的答案:"各有千秋。"

王星语没见过蒋修文,但看过张知的照片,顿时充满了上班的动力:"蒋先生几天来巡视一次?"

孙兆麟看向小周。上次下班的时候,他看到小周上了一辆车,驾驶座的侧影与蒋修文有几分相似,当时隔得远,他没敢认,此时倒是个试探的机会。他说:"我就遇到了一次,小周呢?"

"一次。"

她回答得铿锵有力,看不出丝毫的心虚,成功击退了他的怀疑。

她也没撒谎。他问的是遇到蒋先生来巡视,那的确只有一次,后面几次只是充当司机。

三人成功地结出饭桌情谊,临走时依依惜别。

小周打车回小区,路过门口时,看到一辆奔驰,十分眼熟,更眼熟的是靠在车边对着手机发呆的某位男士,于是她提早下车。

车门声惊动某人,他转头看来。

四目相对时,某人眼里的迷茫散尽,露出明亮而愉悦的笑:"下班已经十点多了,正考虑要不要打电话叫你下来。"

小周说:"友情建议不要,如果不是同事聚餐,我现在已经上床睡觉,你成功的希望不大。"

"感谢你的同事。"

这是重点吗?她僵硬地转移话题:"下次这么晚,可以直接发微信或打电话给我。"

这是默许了晚上不会下来但可以打电话?蒋修文笑道:"明天就要出差,礼貌上应该面对面道别。"

哪门子的礼貌?而且……

"视频通话了解一下?"

说完又后悔了,他们什么关系,凭什么出差前要视频通话?想到这里,她有点生气。吃火锅失约、送礼物送锅也就算了,这些天她搭了三趟顺风车,他撩的技术日渐娴熟,但是到现在……他们依旧是隔着一条街的"邻居"关系。

他该不会忘掉中间的步骤,直接默认他们……关系成立了吧?

"我手机的像素不好。"蒋修文见她面色不佳,鼻子冻得发红,连忙招呼她上车。

既然是上车,那后备厢就不会有惊喜了。

小周面无表情地坐上车。

他担心她的脸冻住了,打开空调,全呼呼地往她脸上吹。

小周暖了暖手,突然脸色一变,放低椅子躺倒:"你也快倒下,快!"

虽然不知道发生了什么,但他还是听话地躺了下去。

小周小声说道:"我爸妈走过来了。"一听说她不回来吃饭,两人就自己组了个局。

"而且我妈见过你的照片。"何止见过,简直比见老爸还勤。要是被她发现自己和蒋修文同坐一辆车,那中间就完全不需要步骤了,可以直接默认发展到最后一步。

蒋修文侧头看她:"如果你爸妈看到我们现在这样……更说不清楚吧?"

"我们不能是天文爱好者,躺在一起看星星吗?"她用小小的声音凶凶地说。

于是他屈服了,与她并排躺在一起,透过天窗看天空。

只是,如今城市的夜晚已经很少能看到星星了,蒋修文转头看他身边的周而复始亮晶晶的"星星"。

"这次出差要一两个月。"

胡思乱想的小周立刻忘了自己刚才在胡思乱想什么,脱口道:"这么久?"

"海外分公司出了点事。"

他像正经男朋友一样地报备着,却不是正经男朋友。

她心里发堵,冷淡地说:"哦。"

"时差是七个小时,你用晚餐的时候,能收到来自吃午饭的我的问候。"

他慢悠悠地说着,听不出什么情绪,可她就是想起了高勤与孙兆麟说过的张氏集团内部八卦。张复勋在她心目中,就是个封建大家长,他一心一意栽培张知上位,如果蒋修文真的成为张知的对手,可能会受到排挤,去海外分公司出差就是苗头?

她含蓄地说:"最近公司有谣言,说你们集团总部对EF投资森微的事情不满意,你要不要辟谣一下?"

他讶异:"向陈总?"

"不用那么正式。"

所以,是她想知道?蒋修文看出了她的紧张:"你喜欢森微?"

"《明星天梯》对经纪人来说,是很好的机会和挑战。"

他说:"嗯,我也觉得这笔投资做得不坏。"

那就是说，张氏集团总部对这笔投资并没有那么不看好？所以张知的太子地位固若金汤，与蒋修文也没有利益冲突？自己也不用在支持张知这个朋友还是支持蒋修文这个"邻居"之间左右为难？

她忍不住乐观起来。明知道通过一句话联想这么多，很不靠谱，但人总要往好的方面想。因为，该发生的总会发生，想好的可以多快乐一会儿。

虽然很想这么一直躺下去，但她神色疲惫，他又怎么忍心？只能按捺着不舍，催促她早点睡觉。

临分别时，他又开车跟了三米。

也只有三米，因为她拐弯进了小区。

"视频通话算数的吧？"他望着她的背影，一脸希冀。

小周回头，微微一笑，施展了一招以彼之道还施彼身："像素太低。"

奈何某人脸皮厚如城墙拐角："我会买一部高像素的新手机。"

第 11 章

蒋修文如言换了一部高清手机，但视频通话之约迟迟未践。七小时的时差颠倒了两人的作息，总是一个有空一个忙碌，往往一条消息发出去，也要几个小时才能收到回复。最忙的时候能攒好几条，再获得一条综合答案。

小周对两人的现状感到困窘。这是恋爱预科班吗？还没确立关系，就先体验异地恋的孤寂与牵挂……虽然她真正孤寂和牵挂的时间也不多。

森微几天前与嘟啦视频正式签约，换平台风波压缩了宣传期，公司每个人的每一天都被安排得紧锣密鼓。

三日后，节目在嘟啦正式开宣！

《明星天梯》的主旨不仅是选拔明星，还比拼经纪人的能力，两者的重要性不分伯仲。海选开始之前，经纪人是主打，因此，节目主页特意设置了三人经纪人的观众支持率。三人身份保密，以"菜鸟""前辈"和"明星"代指，犹抱琵琶半遮面的样子，吊起了不少人的胃口。微博陆续出现身份爆料，都是博眼球的胡说八道。

即将走到幕前的三位经纪人完全以艺人的规格被包装，一直旁观艺人折腾造型的小周与孙兆麟终于有幸亲身体验，效果比整容还刺激，对着镜子里的自己，切实感受了一把"身穿"。

周妈见到后，推翻了自己的前言："你比小美好看。"

小美只是输在了技术上，毕竟，小周用的是明星级造型师。

王星语是三人中适应最好的一个，也是变化最小的一个。前两天还一心一意要当好伯乐，做造型之后，又觉得自己这匹千里马要一鸣惊人了。

《明星天梯》开宣后第五天，主页放出三人的剪影。小周、孙兆麟放的都是刚拍的艺术照，只有王星语用的是前部电视剧剧照，然后就被扒出来了。

一个以黑明星蹭热度的大V第一时间发起连环嘲讽。

"哈哈哈哈！十八线山寨节目！以为来了个女神，没想到还要百度。"

"说她是周敏莉的那些粉丝是节目组请的脑残水军吧？"

"节目宣传可以，打明星旗号蹭了半个娱乐圈女星的热度，但剪影太傻了！哈哈哈哈！"

不少大V随后跟进，话题越炒越火，还上了热搜——海选没开始，节目就借机黑红了一把。

经纪人小群里，小周正在看王星语吐槽黑子买热搜，大群里策划公司的人就跳出来负责："我们买的。"

不怪敌人技术高，只怪队友操作骚。

小周发微信给蒋修文，简述此事后，忍不住感慨："不到最后，你永远不知道，砍在身上的刀是谋杀还是手术。"

蒋修文回答："看之前是否签了同意书。"

黑红有黑红的好处，节目的关注期待度从一万冲到了九万多人，但离预期还有很大的距离。好在海选报名的走势不错，陈墅通过关系联络了几个音乐学院，保证了参赛选手的质量。

但在海选开始的前一周，嘟啦视频方突然要求修改经纪人决策制，增加明星评委。根据这几日的数据，网站投入的宣传并没有获得相应回报，经纪人的素人比例太高是硬伤。尤其是嘟啦的竞争对手近日买下某著名选秀节目新一届的播放权，从时间上来看，两家极可能撞期，几乎要秤砣碰铁蛋，硬碰硬地杠上了。

但陈墅不愿意。

《明星天梯》主打经纪人，用明星充当经纪人他能接受，让明星分走经纪人的权力就动摇根本了。

双方夜以继日地扯了三天皮，终于意识到岁月不饶人，再扯下去，节目就"耶漏"了，于是各让一步——海选期间，给经纪人配备两名专业助理。之后选手的试训、集训和特训，会加入相应的明星导师，不再按原计划采用普通的训练老师。

方案一定，嘟啦就迫不及待地跑去跟竞争对手叫板了。

竞争对手牛气哄哄地甩出选秀评委的阵容：一线大花、流量谐星、金曲歌王。算是近两年选秀评委阵容的第一梯队了。

嘟啦将阵容转发给陈墅："一定要比他们更高、更强、更贵！"

陈墅一边给口腔溃疡上药，一边思索着怎么婉转答复。

嘟啦很快又发了一条："罗少晨、乔以航、张佳佳这个阵容你看怎么样？"罗少晨是罗少工作室的老大，乔以航是伊玛特的王牌，都是森微亲爸爸的人。张佳佳……虽然和森微没沾亲带故的关系，但她是娱乐圈女皇，甩对方的一线大花一条丹昆特大桥！

陈墅默默关机。

海选分东、南、西三大赛区，十五个城市。

公平起见，经纪人抽签分区：孙兆麟，北。王星语，东。小周，南。

孙兆麟抽完就走了，王星语故意留下等小周。

小周看出她有话要说，果然，一进电梯，她就双手合十开始撒娇："我们换个区好不好？我舅舅在G市，我想顺路过去看看他。"

上厕所都要以秒计的紧张行程还要走亲戚？小周眨了眨眼睛："好巧，我大舅二舅三舅都在G市，我探望舅舅的时候，顺便帮你看了？"

王星语的笑容僵了僵，很快做鬼脸，道："算啦。我们是好姐妹，你舅舅就是我舅舅，你看舅舅就等于我看舅舅啦！"

　　电梯到一楼，门刚开，她就蹦蹦跳跳地跑了。

　　小周发微信问高勤："南区有什么特别的吗？"

　　高勤过了一会儿才回复："朱玉轩报了名。"

　　朱玉轩？那不是她看的那档选秀节目的冠军吗？决赛唱大乔歌曲的那个。他也来参赛了？按照他的实力，只要这些年没有退步得太离谱，前几名总有的吧？

　　高勤："你选了南区？"

　　小周："准确地说，我抽中了南区。"

　　高勤："傻人有傻福。"

　　小周："承您贵言。"

　　突然好奇蒋修文知道了会怎么讲，她打开对话，自己起床道早安的消息还孤零零地挂在那里，无人问津。

　　他那边应该是上午十点，还没起床吗？

　　她："分区抽签，我中了南区。"

　　本以为会和上一条一起囤积起来，谁知对方发起了视频通话。

　　现在？小周匆忙跑回大堂，对着玻璃整理仪容。忙了一天，压根没想起补妆，好在天气冷，脱妆不严重。响到第八声时，她终于接起，然后……放心了。

　　对方头顶呆毛，明显刚起床。

　　难得看到这样的蒋先生，小周笑容愉悦："应该说'笨猪'？"

　　头顶呆毛的蒋先生跟着"笨猪"了。

　　小周说起今日的工作。

　　有些人，距离远了，心也跟着疏离；有些人，距离远了，会加倍用心地拉拢彼此。蒋修文和小周属于后者。尽管交流的时间不多，但两人都会精挑身边有趣的事情写，另一个人往往读得认真。

　　"朱玉轩？"

　　蒋修文不动声色地记住了她嘴里说出的陌生男人名字。

她毫无所觉:"我妈妈很喜欢听他唱歌,那天还问我为什么没有他的消息了。"

蒋修文又记下一条:未来丈母娘只看过他的照片,而朱玉轩不但被看过脸,连声音都听过……还很喜欢。

"咦?"

小周的声音突然停下。

蒋修文说:"怎么了?"

她说:"把手机往右挪。"

蒋修文下意识地看向床头,昨晚吃的药放在床头柜上,没来得及收。本想将药收起,以免她担心,但想到朱玉轩,他立刻将镜头挪过去了。

小周认出是退烧药:"你生病了?"

蒋修文低声说:"嗯,烧已经退了,你别担心。"

她曾经脑补过蒋修文被交警抓到时可怜巴巴的样子,而如今,脑补居然成了现实。

见她半天没动静,他不由得抬眸看她。

小周说:"别动,保持刚才的样子,我截个屏。"

第 12 章

CS市是南赛区海选的首发城市,至关重要,小周打算提前两天抵达。

出发前一天,摄制组临时通知要加拍经纪人出发的场景。

审核海选名单到半夜才回家的小周,不得不临时抱佛脚,蹑手蹑脚地打扫卫生。拖把与桌椅的撞击声惊动了周妈,她提心吊胆地拿着电苍蝇拍出来。

小周无语:"哪个贼半夜去别人家就为了打扫卫生?而且苍蝇拍也没什么用吧?还不如叫醒我爸。"

周妈摇头:"有叫醒他的工夫,美国的警车都开到了。"

回答她的是周爸嘹亮而绵长的呼噜声。

小周第二天起了个大早收拾行李,出来吃饭时,客厅静悄悄的。

茶几上多了一瓶新鲜的百合花,沙发背后的周爸周妈结婚照换成了名画《蒙娜丽莎的微笑》,餐桌上除了早餐,还有一瓶插好的熏香精油。精油瓶下压着一张纸条,说他们外出过二人世界,就不送她去机场了,让她好好招待今天要来的摄制组。

摄制组来的时候，她刚好收拾完早餐的碗筷。编剧厚厚要求拍她收拾行李的场景，小周只好将东西拿出来又放进去。收拾的时候，厚厚问了她几个日常问题，她十分正经地回答了。

因为卖点是她的家，没什么其他要求，所以拍得很顺利。

结束后，小周提着行李，和拍摄组一起去机场。路上厚厚还问了两个问题，很基本，没什么趣味。小周本就少眠，这下睡得更快。

摄像师原想关镜头，小周的手机突然响了，摄像师以为与工作相关，便继续录了起来。

小周迷迷糊糊中，仿佛听见了狗痣的声音，以为自己还在高中上课，下意识地问："老师来了吗？"

对方回答："来了，张老师、王老师、花老师……都来了。"

这不是英语、语文、数学的老师吗？她顿时吓醒了："一节课为什么来这么多老师？"

"老师惦记我们啊，哪像某些同学，飞黄腾达后连同学会都不肯参加。"

大脑慢慢悠悠地重启，小周看看手里的手机，又看看窗外倒掠的景色，总算想起目前的境况："狗痣？"

狗痣生气地说："别说你没看到我在微信发的邀请。你不会为了躲我，连同学会都不来了吧？"

邀请她看到了，也回复了，只是回错了地方。然后，彻底忘记了。"最近忙昏头了。"她不好意思地说，"怎么可能为了躲你就不去同学会，你又没那么重要。"

"三昌，你就不能好好做个人吗？"重逢之后，他一度怀疑自己当年的智商，怎么会为一些微不足道的幼稚理由，与小周水火不容这么多年。现在他明白，自己当年真是高瞻远瞩。

小周打开窗户，吹了一会儿冷风，清醒了许多，才重新关了窗："狗痣，你今天不上班吗？有闲情逸致打电话。"

"跟你说个事，邱奕宇来同学会了，他问起你，我就把你的手机号给了他。他今天联系你了吗？"

脑海中浮现一张布满青春痘的圆脸，小周问："他不是去美国留学了吗？"

"学成归来，报效祖国。"

"哦。"

狗痣顿了顿，才小心翼翼地问："手机号给他，没关系吧？"昨天喝高了，顺手就给了出去，醒来才觉得有些失礼，慌忙打电话过来报备。

"当然没关系，都是同学。"

其实，邱奕宇对她来说，不仅是同学，还是有记忆以来，第一个向她告白的男生。当时的她，还是货真价实的颜狗一枚，整天幻想着有个无可挑剔的高富帅忽然冲进教室，高调宣布自己是他的女朋友，"青春"洋溢的邱奕宇显然不符合条件。

不过，她得承认，没对着脸的时候，她还是悄悄地动过一点心的。

被狗痣一通电话勾起了高中时代的回忆，便有些睡不着了。厚厚看她手机桌面是一幅很奇特的画，好奇地问是什么。

将它设置为桌面的时候，就已经做好了被人询问的准备，她回答的时候，架势十足："是一幅像凡·高画作一样美的画。"

看着的确有点像凡·高的风格，但明显不是什么世界名画，更像是一个男人的照片用了修图APP（手机软件）吧？

飞行两个多小时，小周又补了一觉，出机场的时候，精神饱满。导演安排了两名专业助理来接机，一男一女，外形都很抢眼。两人自我介绍，男的是康棠，音乐学院流行音乐系的大三学生；女的叫王曦瑶，初中就出去的海归，服装设计专业，钢琴十级。

三人同车前往下榻的酒店。

根据规则，海选结束后，两个助理只有一位能跟随经纪人进入试训，所以康棠与王曦瑶是心知肚明的竞争关系。两人在车上表现积极，很快就消除了小周初见的陌生感。

三人从转门进入酒店，小周正想找前台的位置，一个坐在大堂沙发上的瘦高男人突然冲过来。

事发突然，康棠第一时间朝旁边躲去，小周惊愕地停住脚，行李箱被转门卡住，寸步难移。关键时刻，王曦瑶一个箭步上去挡住神色癫狂的男人。

男人冲着小周吐了口唾沫："你凭什么把我刷下去！你还没听过我唱歌，凭什么认为我不行，凭什么践踏我的梦想！"

礼宾生和保安分别从三路杀向男人，将他架开，男人犹在挣扎。

小周抬脚跨过他吐的那口唾沫，问他的名字。

"老子熊英飞！"

小周想了想说："你高二的时候，因为勒索低年级学生、盗窃、打架斗殴还屡教不改，被勒令退学。"不是她的记忆力有多好，实在是这人劣迹斑斑到令人印象深刻的程度。

熊英飞怒道："这和我参赛有什么关系？我歌唱得好不就行了！老子在酒吧驻唱三年，比那些假唱明星不知道好多少倍，你们这种选秀节目，随便唱唱都能拿冠军！"

"谁说唱歌唱得好就能当明星了？"

"唱得不好都能当明星，老子唱得好还不能当？老子今年二十一岁，长得也不差！再不行，老子还可以去整容！我不怕疼！"

选手可以不要，但观念一定要扭转。她说："唱得好，你可以参加歌手的选秀，也可以当歌手。但是，对明星来说，专业能力强只是诸多能力中的一个基本项。他们最重要的一项，是品德高尚。"

"明星，是要变成天空中最闪亮的星的人，他们会用自己的光芒来照亮别人的人生方向。我不希望我选出来的明星，在别人仰望的时候，会带来黑暗和负能量。"

这一段被摄影师一字不落地记录了下来。

她说得那么流畅，像是事先安排好的。但她自己知道，这是加入《明星天梯》后，在思考选择标准时，得出的结论。也许对明星特质的要求，还会不断地加入，比如智商，比如情商……但道德品质一定稳如泰山。

这也保障了经纪公司与经纪人的利益。信息爆炸的时代，艺人的透明度越来越高，而观众对艺人品德的容忍度越来越低。一旦爆出负面消息，带来的不仅是艺人生涯的断送，也是合作方利益的全面丧失。所以，"合作伙伴一定要找诚实可信的人"这一条，适用于任何时候与任何行业。

跟小周的导演对这一幕大加赞赏，认为可以剪入《明星天梯》的宣传片。熊英飞因为形象负面，被剪掉了，只找了几个自媒体出来爆料，却没有激起水花。

宣传片在海选的前一天放上网。三个经纪人各占二十秒。孙兆麟是拖行李箱掉轮子和机场摔跤，王星语是化妆和时尚穿搭，小周就是那段话。陈墅和策划公司开完会，决定了三人的人设定位——

孙兆麟，搞笑担当。

王星语，颜值担当。

周晶晶，智商担当。

小周拿到人设后，激动又感动地发了一条朋友圈："陈总懂我！"

第13章

　　发完她就和助理们出去吃饭了,临睡前才看手机,消息下方已挤满了各方亲友的留言。

　　点赞:老妈、老爸、大乔、小美、沈小朋友。

　　老妈:"遇到好老板不容易,要把握机会。"

　　老妈:"出门在外,注意身体。据闻CS市夜冷,外出记得加衣。"

　　高老板:"分组和部分可见功能了解一下。"

　　大乔:"发奖金了?"

　　小美:"厉害了我的周!飞黄腾达勿忘旧友。"

　　沈小朋友:"求具体。"

　　没想到大家都这么闲。小周边笑边回复,才回了两条,"伊玛特地下成员"微信群就跳出来了。沈小朋友在里面热情地追问"陈总懂我"的真意。

　　小周将公司定的人设发了出去。

　　沈小朋友:"另外两人真的有那么搞笑和好看吗?"

小周:"还好……吧?"

王星语以前是艺人,颜值在三人里肯定最高。但是,和孙兆麟相识以来,对方一直老成持重,她确实没看出他的搞笑天赋,也许公司慧眼识珠,认为他潜力最大……突然领悟"沈小朋友"的言下之意,他是说,她的智商担当是挑剩下的,纯属凑数吗?

小周:"我认为我实至名归。"

高老板在下面站出来,说:"是智商担当,不是高智商担当。"

高老板:"陈墅走到今天不容易,总要为自己留一条后路。"

小周:"明天海选就要开始了,就不能给点真诚的祝福吗?"

群里安静了一会儿。

沈小朋友:"借我一半智商给你!"

小周感动不已,虽然……好像没有强到哪里去。

果然,高老板忍不住出来毒舌:"自己欠的智商自己还,不要拉人下水。"

高老板最后还是良心了一把:"早睡早起,多劳多得。"

想早睡,却有点失眠。

小周在床上辗转反侧,实在躺得难受,又开灯玩手机。"陈总懂我"下面又多了几个赞,包括孙兆麟和王星语,然后刷到王星语和孙兆麟也就公司定的人设发了感想。

一个是"官方认可的美",一个是"被意外点亮新的人生技能"。相较之下,自己是不是有点……太朴实无华了?

她回去看自己发的那条,配图是"骏马奔腾",本意是影射千里马遇伯乐,但和王星语的自拍、孙兆麟的搞笑图相比,太过正经。

怪不得自己是智商担当呢。

突然又多了一个赞,来自蒋先生。

有些好奇他会怎么说,她等了一会儿,朋友圈没有新的回复,与蒋先生的微信对话倒跳出新的消息来,分别是西瓜、木瓜、哈密瓜和各种海鲜的照片。

都是她喜欢吃的食物,半夜三更想馋死谁?

她愤愤地打断他用美食刷屏的不道德行为:"引诱女士吃夜宵,可能会判一年以上三年以下的有期徒刑。"

蒋修文:"太轻了。"

蒋修文:"应判无期。"

这是成心不让她睡觉了是吧?小周侧头埋在枕头里,蹬了蹬脚。

蒋修文对她的日程了如指掌:"明天海选第一天,早点睡。"

小周:"睡不着。"

发出去才觉得这三个字好像在撒娇,但撤回来又有此地无银之嫌。

蒋修文:"稍等。"

没多久,他发了语音通话的请求过来。小周点了接受。

"手机放到床头柜上,关灯,盖好被子。"他的声音温暖而低沉,让人如沐春风,她有点感受到春困,沉醉其中,不愿醒来。

他没有继续说下去,须臾,手机那头缓缓响起了钢琴演奏声。

她听过的钢琴曲不多,这支曲子实在很陌生,但轻快柔美的旋律像一把神奇的钥匙,在她面前打开了一片星空,恒星璀璨,行星旋转,银河流淌……美不胜收。

明明睡得晚,早上起来却神清气爽,连造型师都说她今天气色好。

出发去会场的时候,厚厚问起她昨天睡得怎么样。

"刚开始有点失眠,后来听了音乐,睡得特别香。"小周说完,特意对着镜头眨了眨眼睛,"灵魂得到了升华!"

"什么音乐?"

"是一首很好听很好听的钢琴曲。"

她含糊其词。

不是不想说,而是不知道。她甚至不知道蒋修文弹了多久,通话记录有四十多分钟,如果弹满,那手指该有多累?反正她有一次连续打字四十分钟,就觉得要得腱鞘炎了。

"拍摄的这段不要删……删了就另外发给我。"

想给某人看。

会场门口铺了红地毯,她从车上下来,等候的选手齐刷刷行注目礼。

从他们激动、渴望的眼神中,她真切意识到自己手中的权力。

那句话怎么说来着?权力越大,责任越大。

每个海选城市的会场都找了主持人活跃气氛,后面几座城市选了当地的,唯有首发为了造势,邀请的是圈内有知名度的主持人。伊玛特旗下有两个,高勤挑了观众缘更好的郑昆给小周,肥水不流外人田嘛。

她走到红毯尽头时,郑昆刚好念完广告词:"今天是《明星天梯》南赛区CS市海选,三大赛区的海选将在此时此刻同时开启,走到我身边的是南赛区经纪人周晶晶。请问,您现在紧张吗?"

小周尽量挺直腰板:"我有点发抖,分不清是天太冷,我穿得太少,还是太紧张。"为了上镜,造型师给她搭的是一套单薄的职业装。

郑昆说:"我主持过很多明星晚会,你包得算严实的了。"

小周说:"你一定没算男明星。"

"哈哈哈,没错。对今天的海选,你有什么期望吗?"

"期望顺利。"她花了好大的力气,才阻止自己上下牙磕碰在一起。

"你预期自己能找到什么样的明星候选人?"

"我心目中,那样的。"

"你心目中那样是什么样?"他感觉自己主持得有点吃力了。

但小周更吃力:"我的心和目……跟着我的身体在抖,我有点看不清了。"

"看来真的是很冷啊。"郑昆哈哈一笑,对着镜头说,"好,这时候我只能对周经纪人说,衣服穿得少,记得贴暖宝。现在,让我们一起进入会场。"

走到会场里面,被空调一吹,小周觉得自己又活过来了。

郑昆拉着她在CS站的易拉宝边留影,然后进入临时搭建的演播室。

演播室分为三个部分,摄制组占了半间房,选手舞台占据四分之一,剩下的四分之一放了一张圆弧桌。

第13章

经纪人席在圆弧桌的正中间,靠近选手的舞台。两个助理分别在她的两边,一个左后、一个右后——除非经纪人转头,不然两个助理看不到她的脸色。这是为了避免助理揣摩经纪人的心理,在给建议时,刻意迎合她的想法。

第一站报名人数很多,时间紧迫,小周抓紧开始。

因为是海选,所以选手水平参差不齐。过了十几个,小周才看到一个不错的。康棠和王曦瑶给出了"留下"的建议,她毫不犹豫地选择通过。

有了一个通过,等候的选手气氛总算好了起来,不少人找通过的选手传授经验。

周向野没过去,他担心的是另一件事。

经纪人具体分配在哪个区,在海选开始之前是保密的。他也是昨天才收到确切消息,说南赛区来的是周晶晶。本打算放弃这次机会,直接转战另外两个赛区,反正截止海选倒数第二天,节目都接受报名,但想想又不甘心。比起男的,他对女人更有信心,放弃一个,就等于放弃了一半。

反正人都来了,何必平白浪费。

轮到他时,郑昆的眼神有些微妙,但专业的主持修养让他控制住了面部表情,一如既往地采访了几个问题。

临进场,郑昆忍不住附加了一个:"你为什么选择南赛区?"南赛区的经纪人是小周,而小周出身伊玛特,这是有多想不开?

周向野没有调查过他,并不知道对方也是伊玛特的人,随口道:"我是大乔的粉丝,所以很久以前就喜欢周经纪人了。"

郑昆心想,自己是不是无意中坑了大乔和小周一把?

小周听周向野介绍自己是周向野的时候还没有反应过来,直到瞥见郑昆站在门口对自己做鬼脸。

周向野有什么不对吗?看着挺帅挺正常啊。

她有些茫然,直到对方开始唱歌,才后知后觉地想起,哎,他不就是大老板头顶的那点绿吗?

第14章

因为是本家,还被周妈调侃过,而现在,他落到了自己手里——一个火钳夹来的烫手芋头。

小周面无表情地看着他在自己的歌声中陶醉,心里想着怎么把人弄下去。

平心而论,他唱得还可以,比通关的那位略差,比其他人强,可留可不留。

当然,留是不可能留的,再讨厌大老板也不可能留的。宣传片里才说要找用自身光芒照亮别人人生的明星,扭头就选了个男小三,难道自己要找的是罕见的天文现象——绿光吗?

问题是,该用什么理由让他走。

周向野唱到副歌,开始偷瞄小周的表情。

小周顺势抬手说停,让两位助理发言。

王曦瑶先说:"气息不太稳,好像有两个地方走音了?但总体不错,音色很特别,沙哑磁性的嗓音,有点小性感,我建议留。"

她说完,康棠就知道自己的机会来了。

三位经纪人他都做过功课,以周经纪人与马瑞的关系、马瑞与周向野的关系,她一定想把人弄下去。

从小周酒店遇袭之后,他一直在找机会挽回自己的印象失分,眼下就是好机会。

他低头看自己空荡荡的笔记,仿佛真的做了一样:"不止两处走音,拍子也不准。《爱不问》是乔以航的代表作之一,是男人对恋人无条件的爱,但你唱得太冷漠了,完全听不出你的感情。"

周向野解释:"可能是我太紧张了。"

康棠摇头:"没办法,我只能以你现在的表现来评判,我建议是不留。"

轮到小周做决定。

她手指在笔记本上敲了敲,抬头正要说话,周向野冲她挑了下眉,准备好的客套话一下子吞了回去,连带吞进去的,还有一只恶心的苍蝇。

她稍微理了下思绪:"娱乐圈很大也很小。大是因为它像海一样,容纳百川,里面有形形色色的人;小是因为大浪淘沙,它最终会过滤掉不适合的人。是金子会发光,是沙子要淘汰。所以,唱歌之前,先想一想,怎么让自己变成金子吧。这是我的建议。谢谢周先生,下一位。"

考虑是正式录制,她说得还算含蓄,周向野笑着出门接受郑昆的采访,等走出摄像机镜头,脸立马拉下来,阴沉得可怕。

尽管是小插曲,小周在午休时还是向高勤报备了一下。

高勤有点意外:"马夫人……"顿了顿,觉得这个称呼不合时宜,改口道,"吕小姐似乎准备离婚之后,与她的小情人正式登记结婚。"

大八卦呀!小周惊呼:"所以周向野是为了赚钱养老婆,才参加节目想红?"

"离婚后,吕小姐身家不菲。"

"那就是不甘心被老婆包养,想出人头地,挣一份自己的事业?"她扼腕,"早知如此,我应该让他通过的。"

"动了恻隐之心,想帮他一起养老婆?"

第14章

"不,想帮大老板把他签到伊玛特,然后雪藏、冷冻,让他暗无天日!怎能让这个奸夫拿大老板的钱逍遥快活!"

小周说得多,忘得快,到了下午,就已经把事情抛到脑后了,倒是郑昆有点愧疚,主动坦承采访周向野时,对方说喜欢大乔和她。

她很淡定:"没关系,大老板最多嘲笑他品位差。"

郑昆很想提醒她,周向野和大老板某方面的品位是一样一样的。

因为人数太多,预定六点结束的海选到晚上九点才结束。

坐了一天、腰酸背痛的小周婉拒了摄制组安排的晚餐,自己点了份外卖,准备直接去酒店休息。

这一天累归累,但收获颇丰。她一共通过了十一个选手,远超预期。

与其他选秀的规则不同,《明星天梯》海选的通过人数是每区三十到五十人。不存在一定要收齐多少的硬性指标,也不需要为了一个名额左右为难。主要为了好的苗子纤悉无遗,不够格的也不滥竽充数。

小周对今天通过的选手还算满意,尤其是黄天琪,相貌秀气,歌声嘹亮,还是名校毕业,谈吐得体,几乎满足她目前所列的明星条件。

不过海选后,所有赛区的选手统一试训,经纪人能签下谁,要各凭本事。

也许自己应该打听打听通过选手的喜好,来个先下手为强?正思忖着,她刷卡进门,房间的灯竟然亮着,一个穿睡袍的青年正对着书桌边的镜子吹头发。

见他转头,小周惊叫了一声,丢下一句"对不起",就匆匆关了门。她惊魂未定地跑出一段路,回头见那青年开门追了出来,以为对方要追究她误闯的责任,抡起胳膊跑得更快。

酒店每层客房是回字形结构,她绕了大半圈,看到王曦瑶在开门,如遇救星,忙跑了过去:"借我地方躲躲。"

王曦瑶遇到了每个月不太方便的日子,也没跟摄制组出去吃饭,在对面买了炒面回来,见状问她要不要一起吃。

小周饿得狠了,一口答应下来。

两人坐下边吃边聊，说起"误闯"的乌龙，王曦瑶说："不是你的房间，你的房卡怎么刷开的？"

小周说："会不会是前台做错钥匙了？"

"你确定不是你的房间吗？"

"不确定。"

她记忆力再差，也不至于在清醒的状态下，跑到别人的房间去？

眼见为实。这下也无心吃面了，王曦瑶陪小周回房间。刷卡进门，房间黑漆漆的，好像有人开了窗，冷风呼呼地往里吹。

小周插卡开灯。

房间内空无一人，行李箱还放在原来的位置，角度都没变过，吹风机也规规矩矩地放在洗手间里。

王曦瑶将它拿出来，用手摸了摸，冷的。

小周走到床边，关上窗，拉拢窗帘，疑惑地说："我不记得我开过窗。"

"会不会是服务员开的？"

"让我清醒点，不要走错门吗？"小周走到门边，眼珠一转，鬼使神差地打开了衣橱。酒店浴袍好好地挂在衣架的后面，她伸手摸了摸浴袍的领子——后面那件的领子是湿的。

立刻联系了酒店查监控，没多久，大堂经理亲自跑来解释，有个人自称是节目的工作人员，要给房间送东西，服务员核对了名字就放行了。

小周找摄制组确认，摄制组上下矢口否认，这事还惊动了陈墅和高勤，两人不知怎么说的，酒店房务总监亲自跑来赔礼，还免费将房间升级到行政套房。

此时，保安已经调出监控，正好拍下那人进门时的头顶以及穿着浴袍跑出来的正脸。

视频像素不高，小周还在回忆，王曦瑶已经叫起来："是唱《火热》的那个人。"

说起《火热》，小周终于想起来。

下午海选有个选手，长相千里挑一，唱歌也"千里挑一"。只能说，上天造完这张脸之后，就失去了耐性，那歌声……不能说跑调，因为，从头到尾都不着调。

知道人就好办多了。经过小周授权，酒店做报警处理，把人找到了。那人以为离开就没事了，正躲在宾馆里和女朋友一起打游戏。

被找到后，那人主动承认自己因为海选被刷，不甘心，在朋友的提醒下，想用美色说情，没想到把人吓跑了。他怕她带人回来找自己算账，就跑了。

小周真的很想问警察叔叔，怎么才能把"想用美色说情"这种话说得面不改色？

等风波完全过去，已是深夜两点。

蒋修文一天没有发消息过来，大概很忙，她不好意思打扰，自力更生地躺在床上，搜索他昨天弹的钢琴曲。但找歌有歌词，找钢琴曲……还不太记得调，那就很难了。

一首首地听过去，眼皮渐重，突然熟悉的旋律响起，她顿时来了精神，去看曲名——《爱之梦》。

第15章

于是,毫无悬念地睡晚了。

为了赶飞机,起床的时间原封不动。叫早服务准时送上,而且,对小周有愧的酒店为了保证服务质量,还连续叫了两次。只睡了四个半小时的周大经纪人不得不眯着眼睛、拖着"困"躯,游魂似的晃到餐厅。

面包香味浓郁,总算勾起她几分馋意,眼睛慢慢地睁大了些。

康棠、王曦瑶和摄制组的同事已经占了位置,怜惜她昨日受的惊吓,鞍前马后地送温暖,喂得小周很快又"饱暖思困觉",恨不能盖张餐巾纸就睡了。

看她精神不济,康棠送上精心调制的浓咖啡。

小周吹凉了,一口饮尽,迷迷瞪瞪地问:"咖啡大概什么时候能起效?"

王曦瑶突然问:"你是不是丢了手机?"

小周心猛地一跳。她的手机不仅存了乔以航、沈慎元等艺人的联络方式,还有许多微信、短信记录,万一落到别人手里,绝对能挂三百六十五天热搜还不带重样的!

正胆战心惊,就见康棠点了点她手边的东西——她的手机。

王曦瑶笑得得意:"是不是立马精神了?比咖啡起效快吧?"

小周没好气地说:"打一架,我更精神。"

王曦瑶嘿嘿笑着,丝毫不惧。

康棠看着两人互动,心里颇不是滋味。好不容易借着淘汰周向野扳回一城,眨眼间,又出了一起私闯酒店房间的事。他就想不明白了,怎么这酒店的破事情这么多?怎么王曦瑶的反应这么快!

吃完早饭,众人各自回房收拾东西。

等电梯的时候,大堂经理追上来,再次为昨天发生的事情向小周道歉,并主动提出愿意提供免费的豪车送机服务。

这种好事当然不会推拒。

她怕厚厚要在路上拍花絮,还特意通知了她一声。两人对豪车的概念都停留在奔驰、宝马、奥迪上,没有多想,直到一辆加长版劳斯莱斯停在她们的面前。

厚厚想了想说:"要不,花絮到机场再拍吧?"自己进去都怕头发丝把车刮擦了,更不要说摄像机这么笨重的东西。

小周看着这车华贵的外表,毫不犹豫地点头:"刚好,我觉得我有点晕车。"

上车时,大堂经理亲自开车门,挡车顶,等小周入座后,他低声说了句:"屈总向蒋先生问好。"

小周愣了下,对方已含笑关上车门。

她认识的人里,姓蒋的本来就少,能被尊称为"先生"的只有那么一个。好像,不用太怀疑那个人是谁。

只是没想到,才一晚上的时间,事情居然传到对方的耳朵里了,但是……

她打开微信,里面依旧只有一条迟来的晚安。

发生这种事,不是应该直接慰问吗?

算算时间,对方尚在黑夜中。她只好忍下满腹的疑问,坐在车里打瞌睡。

该说不愧是豪车吗?居然睡得很好。候机的时候吃了一顿汉堡,上飞机的时候又睡了一觉，下飞机时完全神采奕奕，几乎是欧洲的作息了。

看时间，某人也该起床了。

初时的惊愕过去，反倒有些不知如何开口，总不能直接问，那辆免费的劳斯莱斯和你有什么关系吧？

仔细想想，好像也没什么不可以。

她咬着手机挂坠，正琢磨措辞，厚厚已经摆好枪炮，开始采访。

为了与CS市的采访有所区别，这次的主题更多围绕着FZ市。比如FZ市出过音乐教父方竞雄，会不会因此对这座城市的选手有更多的期待。

并不会，因为她压根不记得方竞雄是FZ市人。

对于这位红极一时却慢慢淡出听众视线的上一辈音乐人，小周真的不太熟。不过，客套话还是要讲的："我对每个城市都很期待。方老师能有今日的成就，离不开他对音乐的热爱。我希望所有的参赛选手能够把自己对音乐的感悟带到歌声里，让我们感受到。我们需要的是有灵魂的声音。"

天知道自己在说什么。

采访完，小周迫不及待地发了一条酝酿好的微信过去："酒店经理说屈总向你问好。"

那头过了半个小时才回复："屈杰，是酒店集团大中华区总裁。"

收到消息时，小周仍在车上。

FZ市的机场离酒店有点远，进城时又遇到堵车高峰，一个小时过去了，他们从桥北看涛涛江水向东流，挪到桥南看涛涛江水向东流。

憋闷的环境让她心情略躁："你对人家做了什么？科技那么发达，什么话不能直接说，非要鸿雁传书？"

蒋修文回复："我看了陈墅发的朋友圈。"

这次不用小周想象，他就发了个"小胖孩抱胸背坐着生闷气"的表情。

看来，真的是很委屈了。

把小胖孩替换成蒋修文本人……居然觉得更可爱。

她可能没救了。

小周试图轻描淡写地岔开话题:"我没有陈总的微信。"所以不知道他说了啥。

奈何蒋修文并不想让她轻松过关:"他抱怨酒店的安保措施不到位。"

世界那么多酒店,为什么就能联想到她?

小周:"然后你就猜到了?"

蒋修文:"我直接打电话问了。"

小周:"既然电话没欠费,为什么不直接问我?"

蒋修文:"你应该睡了。"

这也算理由吗?难道陈墅不用睡觉?

小周觉得不对。明明每天发微信联系的是他们,可蒋修文依然从陈墅的朋友圈寻找蛛丝马迹。有疑问的话,问她不是更简单直接的方法吗?

她一下一下地按着手机按键:"你明知道我随时都愿意回答……"

太肉麻了,又慢慢地删掉。他们是什么关系呀?居然就"愿意不愿意"的。推敲许久,总算定稿。

她写:"难道你和陈总的关系比我们更铁吗?"

故意用"铁"来形容,消除了一些暧昧的隐喻,让自己的质问更理直气壮。

蒋修文这次回复花的时间也有点久:"好,下不为例。"

反正堵着车,闲着也是闲着。小周不打算轻易放过他:"那这次呢?"

蒋修文又发了那张"小胖孩抱胸背坐着生闷气"的图,在后面跟了一句:"我也是凡人。被拒绝了三次,我已如履薄冰。"

良久,又说:"你说的,我会改。"

张氏集团的蒋特助居然说他如履薄冰?小周看见这句话的第一反应不是得意,而是心疼,然后深刻反省,是什么让他产生了委曲求全的错觉?她有这么难缠吗?

而且……拒绝了三次是什么鬼故事?为什么她一点都不知道!

好吧,也许她知道一点点。

没猜错的话,第一次拒绝,应该是指他们的那次相亲。

大学之后就担心她孤独终老、凄凉离世的周妈在她刚参加工作的时候,就喜获一群"朋友的儿子"。只是自己那时候全身心地投入工作中,对此类事一贯地兴致缺缺,能推则推。

直到周妈拿出了那张至今珍藏的天使照,让她第一次学会了"见色起意"。于是在相亲当天,精心装扮,欣然赴约,内心澎湃得压根忘了问对方叫什么名字。

然后,她就遇到了蒋修文。

岁月真是一把刀,不仅能整容,还能整气质。确认对方的身份之后,再联想照片与真人,就能对上了,"色欲熏心"的好感也随之荡然无存。

蒋修文曾经奉命对付大乔,尽管后来化干戈为玉帛,但她对他只留下了一个印象:斯文败类。

相亲的结果可以预见地失败了。

小周全程没听清对方说了什么,心里只有一个念头:风紧,扯呼!

她借上厕所的机会,通知小美打电话解救自己,然后无情地拒绝了蒋修文送她回家的提议,火烧屁股般地逃离相亲现场。

第16章

相较之下,第二次拒绝就曲折得令人不忍卒读了。

只能说,时也,运也,命也。

参加工作之后,她在周妈的怂恿下,背上了两套房的贷款,从此泰山压顶,学会了视财如命。

所以,当事业有成、家财万贯、秀色可餐、才华出众的罗少晨提出雇用她当假女友时,她毫不犹豫地答应了。在她看来,这就是一场注定无疾而终的长期相亲,上岗有色可图,下岗有钱可拿,何乐而不为?

受雇期间,她日子过得十分轻松惬意,就是嘻嘻哈哈吃吃喝喝,唯一棘手的事,是时间一到,分手原因必须由她承担。

当然,当时的她还年轻,并不觉得棘手。

反正光棍一条,就算戴上劈腿渣女的帽子,不也证明了行情高涨吗?而且,在她真实的人生中,得花多少钱才能买到"甩罗少"这种爽快体验?

痛痛快快地答应作战计划后,她在选择劈腿对象处犯了难。罗少晨是音乐教父、公众人物,"假交往"的秘密必然不能有太多知情者。盘算来盘算去,好像、似乎、依稀……蒋修文很合适?

首先,他与罗少晨的各方面条件不相上下,劈腿劈得很有说服力。

其次,他与她相过亲,追溯劈腿的缘由,很有故事的连贯性。

最后,他与她没啥交情,万一被发现了,也可以从"不大往来"变成"老死不相往来",损失不大。

于是,让小周在其后无数日子里后悔莫及的劈腿故事,发生了……

原定剧本是这样的:

小周约蒋修文吃饭。

用餐期间,罗少晨与友人"不经意间"路过餐厅,透过玻璃窗,看到疑似小周与别人偷情的画面。回去后,经过一番质问,小周供认不讳。结果,两人喜获分手。

而与小周"偷情"的道具君绝对不会发现自己被利用过。

完美!

而现实,是这样的:

小周按照计划,将蒋修文骗到了餐厅里。

因为心虚,她一直暗中观察对方,渐渐发现,记忆中一肚子坏水的斯文败类也有可取之处。比如,怕她冷,就解下了自己的围巾。

她仓促中把那条围巾送进了罗宋汤里,还甩了自己一脖子的汤水,他不但不责怪,还体贴地送上了自己的那碗汤。

罗少晨带着友人依约从餐厅外路过,然后计划出现了重大纰漏——餐厅的玻璃窗是单面可视的。从外往里看,就是黑茫茫的一片,哪来的疑似偷情画面?!

但箭在弦上,不得不发。

无奈之下,罗少晨亲自走进了餐厅里。于是,事态失控了。

她为了完成任务,神来一句"我今天就是来劈腿的",直奔主题。

当时,她已做好背井离乡的准备。因为从此以后,她与蒋修文不仅可能"老死不相往来",更可能是"不死不休"。

罗少晨反应极快地接受了她的"劈腿",带着群演"怒气冲冲"地离去。

他们走了,小周和蒋修文被留了下来。

那时候的场面完全可以想象——如果有地洞,她都能顺着它爬到美国去。

蒋修文不愧是经过大风大浪的人,不但没有拂袖而去,还态度恳切地问:"刚才是……"

"就是这样!"她觉得都到了这个地步,解释无用,干脆速战速决,把对方吓跑,从此一刀两断,一干二净。而她,找个地方躲个十年八载再出来重新做人。

所以她主动说:"你听到的都是真的。我是个私生活极度混乱的人!"

"这是邀请?"

"啊?"

蒋修文道:"我下午可以请假。"

小周:"我不是这么随便的人!"

她察觉自己自相矛盾了,连忙弥补:"我混乱得很有标准,只找矮丑穷。"

面对一个高富帅,她说自己的标准是矮丑穷……她能带着这段记忆活到现在,都算是求胜欲顽强了,留下闻"蒋"色变的毛病也算是正常的创伤后应激障碍吧?

她不是不想面对蒋修文,她是不想面对被蒋修文见到的愚蠢的自己。

如今回想起来,如果不是那个计划,也许她和蒋修文就不会兜兜转转了这么久,才互加微信。

她掰着手指数了数,怎么算都是两次拒绝吧?哪来的第三次?莫非,连菜场那次都算上了?那可真是太冤枉了。

菜场相遇,在相亲之后,"劈腿"之前。

在一个人潮汹涌的傍晚,她买完水果正要回家,抬头就看到他仗着一米八几的身高,鹤立鸡群地站在菜市场里游移四望,向来犀利敏锐的目光竟透着茫然,仿佛嘈杂无序的环境令他手足无措。

于是,本想回避的她内心豪气顿生,自觉乃此间地头蛇,何惧强龙?便拎着水果大摇大摆地向前,擦肩时,连眼角余光都吝啬赐予。

"小周。"

如果菜场的喧哗是汹涌的大海,他的声音就是山涧溪流,清脆悠扬,直击人心。

她心头一颤,停了脚步。

他侧过身,两步跨到她面前:"重吗?"

再重,也不可能接受敌军的帮助。

那时候,她时刻记挂着自己是大乔的助理,与大乔同一阵线、同心协力、同仇敌忾……所谓拿人手短,绝不手软。

"一点也不重。"为了证明自己的话,她做了两个拉举动作,气喘吁吁地说,"我可以走了吧?"

有些想不起来蒋修文当时的表情了,仿佛是轻笑一声,她累得无从辨别,提着水果,匆匆离开。

森微重逢前,她与蒋修文的前情提要都在这里了,菜场那次不算拒绝吧?毕竟,他压根都没说要帮忙。所以,还发生了什么她不知道的事情?

堵车堵得满脑子糨糊,真是一点有用的都想不出来了。

经历两个多小时的堵车后,他们终于抵达酒店。汲取了上个酒店的教训,入住后,他们的所有房间都设置了保密。小周登记好房间后,与两名男摄影师交换了房卡。

小周有点不好意思:"委屈你们今晚同榻而眠了。"

她订的是大床房,而他们的是双床房。

黄发摄影师反过来安慰她:"拥抱让我们睡得更香。"

小周打量两人"宽阔"的身躯,将信将疑:"不挤吗?"

黄发摄影师说:"我们很会摆姿势。"

"闭嘴吧你。"另一个摄影师忍无可忍地拎起他的背包走了。

连续失眠了两天,她对今晚的睡眠本已不抱希望了,谁知电视剧和牛奶都准备好了,她脑袋往枕头上一靠,一觉到天亮。

因为起得早,到餐厅的时候,只有厚厚和她同屋的造型师在。两人看到她出现,都很惊奇。

"今天这么早?"

小周一脸严肃地说:"我可能更适合睡双床房。"

"为什么?"

小周本想说"当惯了被压迫的劳动人民,不习惯资本家独占大床的奢华享受",但造型师抢先开口道:"是不是床太大,总觉得旁边缺了个人?"

小周幽幽地说:"从未拥有,何谈缺失。"

说完,厚厚和造型师一脸好奇地望着她。

"你没交过男朋友吗?"

"有没有暗恋过什么人?"

"你不是当过乔以航和沈慎元的助理吗?伊玛特这么多单身帅哥,你难道一个都不心动?"

单身只是你们以为单身。小周被问急了,只好说:"我还小。"

厚厚与造型师上下打量她。造型师不客气地说:"除了胸,你还有哪里小?"

小周面不改色地说:"存款金额。"

厚厚拍着她的肩膀:"我有种预感,等节目一播出,你就会人气爆棚、事业有成,各种金龟婿上门求娶。"

小周:"承你吉言。"

她已经有了想要的金龟,只要他能尽快忘掉三次被拒的事……话说,三次到底是哪三次?

小周忍不住回房后打了个电话给高勤:"有没有人为了接近我,向你开出什么条件,但你拒绝了?"

高勤自言自语:"为什么刷了牙还会做噩梦?"

然后电话就被挂断了。

第17章

有过一次经验后,FZ站海选进行得很顺利,有五名选手通过。

康棠特意打听了另外两个赛区的消息,截至目前,孙兆麟的北赛区已气势汹汹地收下二十二个选手,王星语紧随其后,也通过了二十一个。

三大经纪人里,就小周选的最少,只有十六个。

"周向野好像又报名了东赛区。"

收拾东西的时候,康棠状若不经意地提了一嘴。

小周想起周向野向她挑的那下眉,如此陈旧的勾搭技术,王星语应该不会通过的吧?即使通过了,闹心的也是大老板。

这么一想,还有点小期待。

忙碌一天,又到临睡前的"闲躺"时间。

她一边等蒋先生的"晚安",一边百无聊赖地点开了朋友圈,正好看到王星语十五分钟前发的消息——

"如果我在南赛区,明天就能和舅舅见面了呢!五年未见,舅舅你还好吗?"

附图是一张俯拍的泛黄相片。相片左边,一个七八岁的小姑娘歪头甜笑,俨然是童年版的王星语,右边坐着一个埋头吃西瓜的寸头青年,想来就是那位舅舅了。

面对确凿的证据,小周不禁反思自己当初的拒绝是否太不近人情。在娱乐圈待久了,见过形形色色的手段,难免疑神疑鬼,但有风吹草动,"有奸臣害朕"的印象便先入为主。

如果王星语提出换赛区真是为了见舅舅,那自己去哪里找"大舅""二舅""三舅"还给她?

临近二十三点,蒋修文终于发来了"晚安",良心纠结的小周迅速回以"不甚安"。

过了一会儿,他发来视频通话。

视频里的他,身穿笔挺的黑西装,拿着手机站在大花园里,隐隐能听到远处传来法语的交谈声。

"你在参加宴会?"她下意识地压低声音,"我没事啦,你忙吧。"

蒋修文似笑非笑:"我是你的追求者,在你不安的时候让我去忙?晶晶,那我要买机票回国了。"

小周呆住,不知是为了"我是你的追求者",还是突如其来的"晶晶",又或是"买机票回国。"

"事情谈得差不多,只剩收尾的工作。今天是庆功宴,如无意外,一周后我就能回去。所以,"他微笑着说,"不管你遇到了什么问题,我现在都能全心全意地想办法。"

她毫不怀疑这点。就算远在法国,他还能遥控酒店的大堂经理带话问好呢。

旁边似有人走过,他放下手机,用流利的法语与对方交谈。

蒋修文再拿起手机,就看到小周双手托腮,双眼亮晶晶地看着他。

从前看都德写"法语是世界上最美的语言",她很不以为然。语言听得懂才美,听不懂的……就得加了旋律才美。但这次,她终于接收到了法语的美感。

怎么办？她好像从颜控发展到声控了。到底谁是谁的追求者？

他见她目不转睛地盯着自己，失笑道："怎么了？"

小周被他的笑容晃了眼，也晃了神。

戴眼镜的他，外形无限接近初相识的印象，可自己与当时已是两般心境。那时候觉得他一肚子坏水，没安好心，现在依旧是一肚子坏水，却让人好安心。

她终于开口："没什么，就是缺舅舅。"

蒋修文并不是生长在冰天雪地里的圣洁白莲，她没有隐瞒自己的小猜测和小心思，原原本本地说了。

蒋修文意味深长地说："我的母亲是QY市人。"

她很茫然："啊？"

"我的两个舅舅至今仍在QY市。"

小周缓缓反应过来："QY市好像在G市旁边？"

"我想他们一定很乐意探望你。"

等等？为什么聊着聊着变成见家长了？

她惶恐地说："啊，我不是这个意思，你不必这样。"

他微笑："我想变成这个意思。"

连关系还没确立呢？见什么家长！

他不是因为被拒绝了三次，想跳过"答应"这个步骤，直接进行下一步了吧？更郁闷的是，她到现在都没弄明白三次拒绝是哪三次。

小周紧张地吞了口口水，脑袋高速运转，冥思苦想出了一个理由："两个舅舅也不够啊，我说的是三个舅舅。"关键时刻，自己真是机智至极！她默默给自己点赞。

蒋修文缓缓道："我还有四个表舅，能凑齐两套阵容。上场一套，替补一套。"

走投无路的小周只好说："你让我考虑一下。"

蒋修文终究没有坚持，但小周晚上做了个奇葩梦。

她梦见自己又去相亲，男方没有到，来了三个裁判员，一边吹哨一边对自己评头论足。她好不容易从相亲的餐厅逃出来，又有三个裁判员等在门口，说自己是替补阵容……

小周第二天醒来，在床上发了半天呆。

经此一梦，她可能要从闻"蒋"色变，进化成闻"舅"色变了。

用餐时，高勤突然来电。

接起电话的那一刻，她很想也来一句"太阳都出来了，为什么还能听到午夜凶铃"——但，终究厌。

高勤并不知道她"大逆不道"的心思："你去王星语的微博看看。"

微博这东西居然还存在吗？

"我内心是抗拒的。"

她对微博的印象一直停留在自己被广大网友称呼为"周胸"的时期，每次发微博，都有"自来弟弟"在下面鬼哭狼嚎，久而久之，她就弃用了。

高勤很清楚她的心结："放心，网友对笑话没有那么长情。你的黑历史起码等《明星天梯》播出后才会被挖出来。"

"那有什么好放心的？"

高勤安慰她："该来的总会来，提心吊胆也没用。"

不如不安慰！世界上为什么会有这么毒舌的老板？为什么这么毒舌的老板是她的老板？

小周一边郁闷，一边打开了久违的微博。

幸好她的通信工具共用一个密码，免去了忘记密码的困扰。

微博太久没用，只余荒芜。最后的更新还停留在两年前为大乔宣传演唱会。

她找到王星语的微博，最新一条是："白云苍狗，转眼五年。我已亭亭玉立，你已渐渐老去，我们不知还有多少个五年才能相见了。我的舅舅，但愿彼时的你，健康依旧。"

下面的照片以G市海选场馆为背景，前面站着中年版的王星语舅舅。

小周感慨："王星语真的很爱舅舅啊。"

高勤说："有时间和朋友一起去北海道滑雪、香港购物，没时间看舅舅，而且预设了接下来的几个五年也不去,的确是爱得很深沉。"

"呃,既然她舅舅来了现场,我要给他做个专访吗?"

"你可以试试。"高勤冷笑,"首先要用PS(用Photoshop进行修改)技术,把贴上去的人重新抠下来,才能采访。"

"这张照片是P的?"

她将脑袋凑到屏幕前,惊奇地打量。

高勤说:"我已经给技术人员看过了,确定是P的。"

她无语问天:"图什么?"

"不是已经硌硬到你了吗?"

王星语的微博下面,许多粉丝都建议她找小周换赛区。

高勤语重心长地说:"《明星天梯》的主语是天梯,选的是明星,但经纪人才是梯,通天之路只有一条。"钩心斗角难免。

小周说:"其实,大量数据表明,冠军不一定混得比其他选手好。"

他说:"但他们夺冠后拿到好资源的比例更高。尤其是,你们同在森微。"警告之意,不言而喻。她出身伊玛特,是娱乐圈数一数二的经纪公司,要是在经纪人的战斗中输了,何其丢人!

小周听出他的言下之意,连忙用脖子夹着手机,朝天抱拳:"臣一定竭尽所能,拔得头筹,不负所望!"

高勤说:"那先想想怎么应付这条微博。"

小周想了想说:"我出钱办个PS大赛,然后让这张照片夺冠怎么样?"

"很不像样。"

第18章

　　像样的计划需要创作灵感，饿着肚子的人只有空腹感。很不像样的小周就暂时心安理得地将这件事束之高阁，高高兴兴地去餐厅吃饭了。

　　饭后跟着摄制组去会场溜达一圈，熟悉环境，然后在厚厚的怂恿下，与王曦瑶一起去逛街。

　　女人逛街，很多时候就是为了逛。漫无目的，看啥都新奇。两人从白天逛到黑夜，精力充沛，小周还发了几张本地美食到朋友圈，收获了大批亲友的美食订单。

　　小周统一回复："本号并非微商号，请各位控制一下。"

　　但总有些控制不住自己的亲友。

　　周妈："你回来记得给你奶奶外婆她们带点当地特产。"

　　周妈："你姨也要，你给你姑姑也带点吧。"

　　大乔："邮费可到付。"

　　沈小朋友："把我的那份一起寄给师兄吧。"

大乔回复沈小朋友:"你已经叛出师门了。"

沈小朋友回复大乔:"一日同门,终生同门。师兄在上,受在下一拜!"

小周:"楼上的,请学习一下微信的直接对话功能,不然我要收钟点房的房费了。"

明天要工作,小周和王曦瑶没有逛得太晚,吃完晚饭,不到八点就回去了。路上,小周接到王星语的电话,心里不禁有些烦闷。如无意外,她应该还是为了"舅舅"。

果然,前面用客套话热了热场子,就开始了她的表演:"我看到你发的美食图了,看起来也太好吃了吧!好羡慕啊,有三个舅舅真好,每人请客吃一顿,就能吃三天。"

然后一顿吃一天?这是暗示她活得像头骆驼吗?

小周心累得不想讲话。她们之间压根没有李逵,就是李鬼遇李鬼,何必非往死里撑?

这王姑娘的性格,是演员转经纪人就能解决的问题吗?

王星语大概就是想硌硬她一下,也没有深度追究,话题一转,又引去了节目:"周姐,有件事我不知道你知不知道,不过我想还是说一声比较好,毕竟你在宣传片上的话都放出去了,要是蒙在鼓里,可能会被黑。"

人只有在真实的情境中才知道,电视剧的很多狗血情节都是有理有据、情有可原的。比如王星语的这句话,就算知道是陷阱,听到的人也会好奇地想看看是什么样的陷阱。

她忍不住在陷阱边上跺跺脚,试探坑有多深:"什么事?"

王星语说:"我听到一个传言,比较可靠的,朱玉轩当初退出娱乐圈是因为他私生子的身份被发现了。他给了对方一笔封口费。"

看来对方胃口很大,没有封住。

小周等了一会儿,察觉对方也在屏息等她说话,才问:"然后呢?"

王星语有些着急地说:"你不是想要打造人品无瑕疵的明星吗?万一你选了

他,他身世曝光,网友可能会喷你。"

小周无语地说:"大清亡了,不兴连坐了。变成私生子是他爸妈的错,关他人品什么事?如果网友因此黑我,只能说,这届网友的智商不太行。"

虽然将王星语默默地撑了回去,但小周心里仍被留下了阴影。如果王星语说的是真的,那自己被黑的可能性还是很大的。这年头,虽然没有连坐,却有迁怒。

她能想象得出网友的攻击点:小三的儿子,耳濡目染,能学什么好东西?

同时,她也很清楚,一旦朱玉轩在南赛区失利,很可能像周向野一样,换到另外两个赛区去,那样,王星语就有百分之五十的机会将人收入囊中。毕竟,明星人品无瑕疵只是小周的个人标准。

因为生气,她九点的时候加吃了一顿夜宵,然后靠着枕头,饱饱地睡着了。早上六点突然醒来,床头灯还开着,外头的天已蒙蒙亮。

打开微信,蒋修文果然道了晚安,只是在"晚安"的上面,还有一条——"不小心说漏嘴,舅舅们决定明天去G市为节目助威。"

让她相信堂堂张氏集团总裁特助会"不小心说漏嘴",还不如相信王星语真的有个天天想念却五年不见的舅舅在G市!

手指狠狠地戳着屏幕上蒋修文的头像,仿佛那就是真人。可是,如果是真人真的站在面前,她大概也只敢戳戳头像。

康棠和王曦瑶都发现今天的小周格外紧张,吃完早餐还特意跑回房间刷牙,衣服准备了两套,穿一套、拎一套,外出的化妆包平时只放定妆粉和口红,今天连睫毛夹都带了。

造型师忍不住取笑她:"这是见家长的标准啊。"

可不是见家长吗?小周深深地呼出一口气,然后发现自己更紧张了。因为,呼吸之间,她离见家长又近了几秒钟。

蒋修文只说了他的舅舅会来,却没说什么时候来,如一枚遥控炸弹,知道会炸,却不知道什么时候会炸,更叫人胆战心惊。

进会场之前,她故意在红毯上多逗留了一会儿时间,拼命在一群小鲜肉里寻找适龄中年，偏偏没发现任何目标。

直到录制开始，她才平复心情，投入工作中去。

按照报名情况，朱玉轩参加的就是今天这一场，可是报到号数时，上来的却是一个戴眼镜的小个子。

小周忍不住看向厚厚。

厚厚比了个继续的手势。

中午休息，厚厚帮忙发放盒饭时才说朱玉轩临时请假，可能要到NN站参加海选。

"也可能不参加了。"厚厚惋惜地说，"小兰接的电话，说他参加的意愿不是很高。不过到时候她会再打电话过去问问的。"

朱玉轩是所有选手中知名度最高的一个，也可能是播出后最受关注的一个，从收视……不，点击率的角度，制作组当然希望将人留下来。

小周对此倒没有太多的想法。反正来不来都是个人意愿，犹豫不定的选手早弃赛说不定是好事，好过花了大资源捧红之后，再决定急流勇退。

而且，朱玉轩弃赛，王星语和舅舅的故事大概能画下完美的句号了。

G市像FZ市一样，又通过了五个。

康棠偷偷提醒她海选的上限是五十个人，已经经过了五分之三的赛区，入选的人数还不到一半。小周反过来提醒他，海选的下限是三十人，她收了二十一个，已经过半了。

康棠说："但是北赛区和东赛区都收了三十多个了。"

小周说："又不是拔河比赛，人贵精不贵多。"

康棠无话可说，但心中不以为然。这好比抽奖，抽五次的人总比抽一次的人的中奖希望更大些。

海选结束差不多九点，小周累得两眼发黑，从会场出来时，都分不清东西南北了，看到三个男人带着花出现时，第一反应是保护身后的艺人。

走在身后的康棠和王曦瑶被她突如其来的举臂遮挡吓了一跳。

三个男人也吓得不轻,其中年纪最小的那个迟疑着问:"这是要玩老鹰捉小鸡吗?"

差点忘记,自己已经不是乔以航和沈慎元的助理了。

"我是老大蒋恪礼,这是老二蒋遵法,这是老三,潘亚波。"持花中年对着小周露出慈祥的笑容,"我们是你大舅二舅三舅!"

王曦瑶和康棠长这么大,也是头一回见人拦路认外甥女的,一时惊愕得说不出话来。

而小周说不出话来,完全是被吓的。

录制节目太累,她潜意识将"蒋修文舅舅要来看我"这件更心累的事翻篇了,没想到,命运的风这么强劲,翻篇了,页还能给吹回来。

"累了一天了吧?走,舅舅给你订了好吃的,我们快吃去!"蒋恪礼高兴地将花递过去。

小周颤巍巍地接过来,对将信将疑的王曦瑶和康棠说:"我一会儿回去。"

王曦瑶低声问:"真的是你舅舅吗?"

为什么双方看彼此的眼神都这么陌生?

小周想了想说:"快是了吧。"

王曦瑶心道,难道他们是大街认亲,配对成功吗?

第19章

小周抱着花,跟三个兴高采烈的中年男人走了一段路,渐渐品出不对来。蒋修文姓蒋,应与叔叔同姓,为什么和舅舅同姓?而且黑灯瞎火的,一眼就认出了自己……该不会遇到绑匪了吧?

阅读过无数狗血剧本的她,猛然谨慎起来,手里的花也掉了个头抱着,生怕花里撒了迷魂药。她观察三个人的脚步,见他们步伐僵硬,时快时慢,越看越可疑。

被未来外甥媳妇盯得差点走不动道的舅舅们好不容易走到停车库,终于大大地松了一口气。

"外……咳,小周啊,你想坐哪里?前面还是后面?"蒋恪礼客气地问。

思虑再三,小周选择了:"前面。"然后站到了驾驶座旁边。

小周的计划非常简单粗暴,万一对方真的是绑匪,她就用车撞灯柱或者墙壁,总之,绝对不能去荒郊野外。

蒋恪礼欣慰地说:"真是个孝顺的好孩子。"第一次见面,就心疼舅舅,帮忙开车。

潘亚波立刻将钥匙递了过去。

他们给得这么爽快,小周又有些不确定了。上车之后,悄悄地摸出手机,给蒋修文发了条微信:"有三位自称是舅舅的人要带我去吃饭。"

上车之后,蒋恪礼见小周半天不动,提醒坐在副驾驶座的潘亚波:"亚波,给小周指路啊。"

潘亚波连忙说:"我们在空中花园订了位置,开出去右转,过一个红绿灯就到了。"

小周正紧张地等回复,头也不抬地说:"等等,我先搜索一下车怎么发动。"

三人你看我,我看你,一时都不知道说什么。最后,蒋恪礼和潘亚波一同盯住了蒋遵法。

蒋恪礼轻声说:"我叫蒋恪礼。"

潘亚波立刻跟上:"我叫潘亚波。"

蒋遵法:"……"

在小周心心念念的祈祷下,蒋修文终于回复了:"若是外貌稳重慈祥的蒋蒋潘,可尽情吃。若是看似时尚实则杀马特的潘潘潘,吃完再打包。"

还真是两套阵容啊。

熬不住大哥和小表弟渴盼的眼神,蒋遵法清了清嗓子,对小周说:"小周啊,你带驾照了吗?最近G市管得很严,没有驾照很危险。"其实他更想问,你考过吗?

小周正想着怎么下台,闻言立刻严肃又认真地说:"我刚才搜索交规,说不能无照驾驶,让我突然想起我还没有考驾照。那我还是坐后面吧。"

"蒋蒋潘"的外甥媳妇滤镜五尺厚,纷纷赞许她是遵纪守法的好孩子。

这种热情一直蔓延到点餐上。

"小周喜欢吃什么,随便点。你二舅买单。"蒋恪礼热情地递上菜单。

蒋遵法嘴角微抽,还要露出微笑。

潘亚波坐在小周的旁边,手指一排排地刷:"这一排,这一排,这一排……都不错。"

又不是来泡汤的，点这么多汤水干什么？而且，她今天又围了围巾……

小周默默地将围巾解下来，揉成一团，放在背后，用身体压住。

蒋修文让她尽情吃，事实上，别说尽情吃，就尽命地吃，也吃不完。菜一个劲地上，像π一样，只要有位置，它就能继续冒出来。

小周举筷四望，无处下手。

蒋恪礼体贴地问："不合胃口啊？"

"没有，很好，很好吃。"她慌忙夹了块叉烧。

蒋恪礼佯作叹了口气："这里环境虽好，但对着我们几个老男人，没胃口吧？"

不，她只是没闹明白，自己怎么会和蒋修文的舅舅坐在餐厅里一起吃饭，还是在蒋修文本人不在的情况下。

潘亚波笑嘻嘻地挤眉弄眼："修文不在，外……小周不好意思了。"

蒋遵法呵斥他轻浮的举止："你才外亚波！想想你为什么坐在这里？"

潘亚波面容略僵。

小周好奇地问："为什么啊？"蒋修文说过，他有四个表舅，这位是怎么入选主力阵容的？

蒋遵法说："四兄弟里，他最文静。"

潘亚波连忙端正了坐姿。

蒋恪礼摆弄着桌上的盘子，留出一方空地，然后拿出iPad，架在小周对面。

小周算了算桌子的直径，这个距离看电影，声音小了听不见，声音大了，谁都听得见，好像不大合适，正想婉拒，就见他调出微信，接通了蒋修文的视频通话。

蒋修文坐在一家餐厅里，面前放着一块外焦里嫩的牛排，正专心致志地摆弄手机的位置，意识到她在看自己，不由得露齿一笑。

为什么有人仰拍的角度都那么帅！

蒋恪礼高兴地说："我们现在安静地当蜡烛就可以了。"

潘亚波文静地感慨："要是亚图他们也来就好了，三人一边，三人一边，可以凑两个烛台。"

人体烛台什么的,太血腥了,不下饭,求放过。

对面的蒋修文笑了笑,似乎说了一句什么,因为声音太轻,小周没听见,下意识地伸长了脖子。潘亚波好心地转达:"他说,蜡烛静无声。"

蒋遵法白他:"那你倒是静呀。"

蒋恪礼默默地递了一对蓝牙耳机给小周,然后向两个弟弟使了个眼色,假装埋头吃饭。

他们故意当自己不存在,反而让小周更不自在。她红着脸戴上耳机。

蒋修文待在iPad里,含笑道:"今天的月光很暗。"

那是因为"蜡烛"很亮吧。她干笑着喝水。

耳机里传来低沉而温柔的粤语:"因为你好靓。"

"噗。"

吃完饭,蒋恪礼、蒋遵法送小周回酒店,潘亚波被蒋修文单独约谈。

看着手机屏幕里表外甥严肃的表情,潘亚波的脸色很苍白:"你相信我,我当年真的是用这招追到你表舅妈的。"

蒋修文沉默了一会儿:"表舅妈当时说什么?"

潘亚波老脸一红:"这种氛围,还要说什么?就……就亲了呀。还是你表舅妈主动的……一定是你离得太远,小周鞭长莫及,才没有按照剧本走。"

蒋修文没有被他带偏:"是喷了以后亲的吗?"

潘亚波被问得无语了。

挂了通话,蒋修文又坐了一会儿,突然忍不住笑出来了。

自己是黔驴技穷了吗?竟然相信只谈过一次恋爱的表舅能提供有效的方案。

他对小周说自己如履薄冰,并不是故意示弱博取同情,而是无可奈何了,想向考官寻求优惠政策。虽然出差以后,他与小周凭借手机联络,关系渐入佳境,但到临门一脚的时候,他怕又是一场自作多情的错觉。

如果第四次还失败的话……他也不知道还能怎么办。

也许真的会头脑发热地接受小表舅的建议,学习一下"强取豪夺"的剧本?

但对象是小周的话，自己大概强取到半途，就忍不住倾尽所有，悉数奉上了吧。

喝完咖啡，蒋修文拿起东西正要走，遇到法国同事来买咖啡。

同事见他一个人，露出意味深长的笑："一个人吃饭多寂寞，为什么不考虑一下艾丽莎？你如果邀请她共进晚餐，她会很乐意的。"

蒋修文晃了晃手机："我刚结束和女朋友的约会。"

同事误解了他的意思，以为他把手机当女朋友，于是面露同情："冰冷的机器不能替代女朋友的体温。接触、拥抱、亲吻……嘿，这才是人生美妙的事情。"

蒋修文的眸光闪了闪，思绪不免被他牵引到了场景里，于是，心向往之："完全认同，所以我打算早点回国。"

"你真的有女朋友了？"

反正当事人不在面前，不能举手抗议，蒋修文毫不心虚地点头："当然。"

"祝福你，也祝福那位女性。"同事遗憾地说，"艾丽莎大概会很失望，她对东方美男子情有独钟，你是她在现实中遇到的唯一一个符合标准的人。"

各人的审美也许不同，但是漂亮到一定程度时，认知便相通了。

小周并不知道自己在法国"被女友"了，依旧惦念着自己在饭桌上喷了的一口水，上车以后安静极了。

为了缓解她的尴尬，蒋恪礼决定牺牲自家亲外甥，翻出他的童年糗事逗乐。

"修文小时候不想练琴，就在食指和中指上插了两根小香蕉，用纱布包起来，对他妈说自己的手指肿了。他妈用手一捏，香蕉就像牙膏一样被挤了出来。他还不肯认错，非要说自己的手指化脓了。"

"他小学的时候因为长得漂亮，被取了个'美人鱼'的外号，连外校的都听说了，周五的时候组队过来，说要看校花。气得他周一一大早，用钢笔给自己画了一圈胡子去上课！"

"噗。"

小周没忍住，又发出了喷声。

车开到酒店的时候，小周与蒋家舅舅们已经化解了尴尬，聊得火热。

蒋恪礼临别时依依不舍地说："今天招待不周，等修文回来，我们再吃一顿。我还有很多故事没有说。"

舅舅们都把态度摆明到这个地步了，她实在不好矫情下去，于是爽气地说了句"舅舅再见"，乐得两个舅舅差点找不到北，上车第一件事就是给远在国外的外甥通风报信："舅舅出马顶呱呱，我的外甥媳妇稳了！"

而小周回酒店的第一件事，就是把自己和三位舅舅的合影发到了朋友圈。照片里iPad的位置，她用了一张"宝贝好乖"的贴纸盖上了。选的时候只因它面积大、遮盖力强，发出去才发现……略惹人遐想？

果然，那群明明忙得昏天黑地，每次她发朋友圈却准时聚集的大腕儿又冒泡了。

沈小朋友："宝贝是谁？好像是空中花园？小周什么时候认识的富豪朋友？求蹭吃。"

高老板："深夜睡不着？推荐《不要和陌生人讲话》。"

孙兆麟："工作辛苦，是该犒劳犒劳自己。"

大乔："可以叫外卖吗？可到付。"

蒋修文："乖有什么奖励？"

看到最后一条，小周差点心脏骤停，做贼心虚地盯着那条的后面，生怕谁谁谁冒出什么来，后来想起，蒋修文在她那个圈的人缘不大好，所以和其他人并不是好友。

她单独回复蒋修文："有奖励的，听好了。靓仔，晚安。"

蒋修文一点不好意思的意思都没有，飞快地回复："靓女，晚安。"

好像，又被套路了。

该不该出现的人都出现了，却还少了个重量级嘉宾。

没有等到王星语回复和点赞的小周干脆点进她的主页去，发现她感慨舅舅的那一条不知什么时候删了，再看微博，那条"多少个五年"也没有了。

反应也是相当灵敏啊。

第19章

G市之后，南赛区只剩NN市和KM市两站。根据报名安排，朱玉轩应当参加NN站的海选，然而，直到最后一名选手走出录制室，他依然没有出现。

至此，制作组和小周都不再抱希望。

王星语得到消息，还跑来"安慰"小周："省事了，也省得你左右为难。其实我的赛区有不少好苗子，我到时候介绍给你。我们姐妹双剑合璧，打得孙老师呱呱叫。哈哈哈哈……"

小周想，"双jian合璧"什么的，听起来就不是正经名号。

KM市是南赛区的海选收官站，连日奔波颓了的制作组终于又抖擞起精神。

清晨的自助餐厅里，小周做赛前动员。

"为了回家，为了点击率！为了明星的前途，为了娱乐圈的未来！让我们干了此杯！"

一群拿着橙汁、牛奶、咖啡、白开水的人睡眼惺忪地互相碰杯，然后端着餐盘继续觅食。

离海选开始还有一个小时。

小周正对着镜子打量自己今天的造型，孔小杰突然打电话来，问她是不是才收了二十七个人。得到肯定回答后，他含蓄地说她人挑得有点少，所以下午的时候会从其他赛区调几个好苗子过去，让她直接收下。

这不就是暗箱？

小周进娱乐圈这么久，见过各种各样的风浪，因为之前有高勤顶着，手里也没有权力，所以没碰到过这种事情，不禁愣了下。

宣传片之后，小周就在很多人心目中塑造起了"刚正不阿"的耿直形象。她短暂的沉默让孔小杰以为是反对，他连忙说："这件事是马总拜托陈总的。"

如果小周知道他内心的想法，一定会矢口否认。

什么刚正不阿的，她又不是纪检委。不过马瑞马总嘛，听起来就很想反对啊。最后小周还是同意了，毕竟，吃人嘴软。而且，只是通过海选而已，后面还有试训、集训、特训，就算全通过了，也要等经纪人挑中。万里长征第一步，前方漫漫取经路。

但她还是和高勤打了声招呼。

高勤的反应很平淡:"在伊玛特培训了一段时间,不算太差,收着吧。"

塞进来的是三个少年,小周有点印象。据说他们十一二岁的时候就加入了伊玛特,本想培训两年就出道,谁知中间发生了种种变故,耽搁了。原定今年无论如何都要将他们包装成组合推出去,名字都起好了,叫"少颜时代",临发片了,马瑞和夫人在微博火了,于是三个少年又凉了。

虽然是马总的人,但她对少年们没啥先入为主的坏印象,人进来了,就安安静静地听他们唱歌。比起未经雕琢的野路子,这几个少年各有可取之处,她毫无心理负担地通过了。

喊到第六十二号时,小周深深地松了口气,终于到最后一个,听完就可以准备回家了。

最后一个也不负所望,让人听得更想回家。小周诚恳地建议他不要放弃自己的兽医行业。兽医走后,她伸了个懒腰站起来,正准备离场,就听外面的主持人说:"第六十三号选手,朱玉轩。"

咦?她一愣,腰跟着咔嚓了一下。

朱玉轩进来的时候,就看到经纪人歪着身体坐在椅子上,一副懒怠的样子,心里顿时有些不喜。

三大赛区,他起初是为了特价机票才选了G市,后来想,报都报了,改来改去的反倒不好,就一路选南赛区到底,现在倒有几分后悔。不过,也无所谓,大不了另外找工作吧,反正他本来就是冲着找工作来的。

小周并不知道他的心理变化,努力地扶着腰,不让人看出自己怪异姿势背后的辛酸。

"你唱什么歌?"

朱玉轩说:"《爱的里程碑》。"

是大乔今年刚出的新歌,也算做宣传了。

小周点点头:"请开始表演。"

沉寂了几年,如今的朱玉轩与当年决赛夺冠的巅峰状态相比,明显下滑,音准虽然还在,但高音竟然唱破了。

小周仔细地听完整首,有些失望地说:"还能唱《尽风流》吗?"那是他夺冠的曲目。

朱玉轩也知道自己表现不佳,白皙的面容泛着一丝苍青,俊逸的脸显出几分病态美,好似更好看了些。他思考了一下,才可有可无地点点头道:"可以。"

大概用《爱的里程碑》开了嗓,后面的《尽风流》略胜前者,小周听了一半就让他停下了。

康棠与王曦瑶都指出了他的短处,但总体满意,建议通过。

小周问:"不介意的话,能告诉我你为什么参加《明星天梯》吗?"

朱玉轩单手握着话筒,嘲讽般地反问:"我应该说什么?"

"嗯?"

他突然笑了笑:"说实话吧,是为了赚钱。我是来这里找工作的,这样说,我的面试能合格吗?"

演播室内鸦雀无声。

其他人都在为这个答案惋惜,认为这么市侩的答案一定不入小周的眼。在其他人怪异的目光下,小周差点都这么以为了,幸好是差点。她很快回过神来:"你知道有个褒义词叫'爱岗敬业'吗?就算是一份工作,但只要做到'爱岗敬业',那就没什么不好的。欢迎你来到《明星天梯》,恭喜你通过了。"

急转直下的故事发展让朱玉轩呆了呆才反应过来。

小周说:"程序上,我应该站起来恭喜你的,但不巧的是,在你进门的前一分钟,我腰闪了,所以,我只能静静地坐着,用眼神给你热烈的祝福。"

朱玉轩这才知道她坐姿奇怪的原因,连忙上前握手:"谢谢。"

"选了这份工作就好好加油,把原来的技能都捡起来。"

小周鼓励了几句,然后托着老腰慢悠悠地回了酒店,囫囵洗了个澡,就躺在床上不想动弹了。

康棠送了伤膏过来,因为是男人,终有不便,小周就叫了王曦瑶过来帮忙上药。

王曦瑶脑袋里还记着面如白玉的朱玉轩:"他一进来,我就觉得房间都亮了。"

少女情怀总是诗,这么俗气的话……听起来就像打油诗。

小周心想,朱玉轩一看就是没过叛逆期的中二青年,怎比得上蒋狐狸手狠心黑有魅力?

自己的三观好像快歪成比萨斜塔了。

膏药是好膏药。

短短十分钟,小周又生龙活虎起来,翻着手机里各人的朋友圈,一个新的朋友申请跳出来,她一时手快,先将人加了,回头翻资料,ID是秋深意浓,请求就写着:对方请求添加你为朋友。

加了就想删怎么办?

怕误删的她还是发了条微信过去:"哪位?"

秋深意浓:"秒通过是一直在等我吗?"

这么贱的口气,一定不是她认识的人。

小周:"加错,删了。再见。"

秋深意浓:"住手,周六日!"

小周:"这次真删了。"

秋深意浓:"我是邱奕宇。"

小周盘膝,对着月亮深刻地自我检讨:她中考考得到底有多差,才会和痘鱼、狗痣这群人为伍。

邱奕宇不知道她内心的想法,还在套近乎:"我们当初还有个秘密基地呢!这么私密的交情,你怎么舍得删我?"

小周:"有事启奏,无事退朝。"

邱奕宇说:"你是不是在参加一个叫《明星天梯》的节目?你认识孙兆麟吗?能不能托托关系,让他把我表妹留下来。"

小周:"《明星天梯》挑的是男明星,留下令妹,托关系是不够的,起码要变性别。"

邱奕宇："我表妹叫林杏菲，是助理。你们助理不是还要二选一吗？老同学，你给想想办法呗，有什么条件只管跟我说，我会去办的。这事要是办成了，我肯定会好好感谢你的，六日妹妹。"

小周无法接受手机那头油腻腻的男人就是当年和她在博客深度交流了近半年的忧郁少年。社会对他做了什么，是天天在他身上泼油漆吗？

她忍不住提醒："还记得你年少时的梦想吗？"

邱奕宇："考剑桥牛津？那不是年少吹牛皮不打草稿吗？"

小周："你说你的人生只想要一段不容玷污、永不背叛的纯洁爱情。"

这还是当年那个眼里不容沙子的纯情少年吗？

那头的人也很纳闷："我说的时候喝了多少酒？"

小周："衣多藏之笥？"

邱奕宇："你说我那个博客？它起先不是叫剑牛之士吗？那时候是我，后来我太忙，就给我邻居去玩了，他后来改了名，改了密码，还上了锁，不给看了。"

邱奕宇："难道你和他一直有联络？"

小周的脑海里有无数屏蔽词闪过，想讲又不想讲。她突然想起，那个博客是改了名以后才向她告白的，所以，告白的人不是痘鱼，而是那位邻居？不知怎的，蒋修文那"失踪"的第三次拒绝跃入脑海。

心蓦然加快，会是那么早的缘分吗？

小周问："你邻居叫什么名字？"

邱奕宇："余积。据说是个数学专用名词。"

说不上是放心，还是失望，到底是自己联想力太丰富，异想天开了些，小周意兴索然地说："谢谢你这么多年以后才解开我的谜团，晚安。"

邱奕宇很识趣，没有多纠缠："晚安，我表妹就是你表妹，这事情你多上心啊。"

小周回了个"呵呵"的表情。

第20章

一路顺风顺水的《明星天梯》摄制组在离开那天遭遇了瓢泼大雨,原定的航班延迟了八个小时后,无奈取消。已经在机场排队的众人不得不在附近找酒店入住。滞留乘客太多,酒店余房有限,小周被安排与王曦瑶同住。两人提着行李,正要去房间,在电梯里被厚厚截住了,说晚上有事与小周商量,和王曦瑶换了个房间。

小周有些纳闷,海选都结束了,还有什么事情商量?但电梯里人太多,就憋到了房间才问。

厚厚努了努嘴巴,把门关严实了,才问:"两个助理,你打算留下哪个?"

到底是合作过一段日子的人,可比挑选手难多了。小周叹息着往床上一躺:"不能两个都留下吗?"

厚厚说:"二选一才有看头,不然助理这个设置直接可以去掉。"

小周当然明白这个道理,只是随口抱怨抱怨。

"王曦瑶专业知识不如康棠,但语言表达能力更强,从节目可看性来讲,观众应该会更喜欢她。康棠心思比较细腻,和我比较合拍……"但这种合拍掺杂了太多刻意的逢迎。唉,果然为难。

"你知道我为什么和王曦瑶换房间吗?"厚厚压低声音,"因为康棠向制作组投诉经纪人和助理同住不公平。"

康棠和王曦瑶的性格都不难懂,几天相处下来,也有了大概的了解。小周毫不意外,边拆薯片边说风凉话:"那是你们制作组考虑不周啊。"

厚厚看着晃着脚丫子吃薯片的周大经纪人,心里周大经纪人的伟岸形象分崩离析:"快变成明星的人了,就不能注意下自己的形象吗?"

小周薯片咬得嘎嘣响,义正词严地说:"我是不忘初心。"

厚厚无语地看着她袜子上磨破的洞:"纯天然、无污染的糙吗?"

海选结束后,小周的睡眠质量节节上升。

晚上又没等到蒋修文的"晚安",天蒙蒙亮时被叫起来,眼睛还没适应灯光,就眯着眼睛看手机,依旧没有新的微信。断开酒店的Wi-Fi,用流量在伊玛特地下成员群里说"早安",发出去后,再回去看微信,依旧停留在昨天中午的互相问候上。

同居加速瓦解了两人间的陌生隔阂,厚厚看她顶着一头乱发坐在床上发呆,忍不住拍了拍被子:"半小时后集合,我们快点!"

小周打了个哈欠,终于蹬掉被子起来。

匆匆收拾好东西,酒店已经准备了打包的早餐,一行人提着行李,匆匆忙忙进机场,换登机牌,过安检,然后直接赶鸭子似的上了飞机。

好不容易喘过一口气来,飞机就准备起飞了,要求关闭电子设备。

再开机已经是两个多小时以后,微信终于争先恐后地跳出来。

"伊玛特地下成员"亮闪闪地挂在上方,仅次于"订阅号"。小周手指一按,直接落在了"伊玛特地下成员"的下方。

蒋修文的头像跳出来:"几点落地?"

已经是一个小时前的消息。

小周背着包穿梭在人群中，用余光盯住厚厚的衣摆，以免走丢，手指飞快地打字："九点十分。"

联系上了失联的同志，心就定多了。两地相隔实在让人操心，又是狗血剧本看太多惹的祸，生怕人在外面遇到什么天灾人祸，小周还没结婚生子，已经长出了一颗老母亲的心。

离家越近，越归心似箭。在飞机上的时候，还有人说回去约个饭局，唱个歌，真落了地，这些话都成过眼烟云，一个个脚底抹油，奔得飞快。

厚厚还嘲笑他们："行李还没出来，早去也没用。"

如果厚厚自己没跑起来，这句话还是可以信信的。

行李与另一个航班一起出来，聚拢的人极多，小周挤了半天，好不容易挤到里面，就看到自己的大银箱已经转到对面去了，然后一只手伸过来，将它提了下来。

小周快跑过去，王曦瑶将行李箱推给她："幸好我认得你箱子上的贴纸。"

身边康棠经过，以往他总对两人的接触分外敏感，此时竟目不斜视、等闲视之，还笑了笑说："我有车来接，先走了。"王曦瑶也说有朋友，挥挥手，飞快地跑了。

厚厚推着行李车过来，神秘兮兮地说："有没有觉得，一夜过后物是人非？"

小周吃惊地说："难道因为我和你睡了……就失去了身价？太过分了，我们睡得又不激烈！"

厚厚一头黑线："玷污了你一晚上，真是对不起哦！"

收起玩笑，小周低声说："他们在一起了？"

厚厚摇摇头，似乎对她的推理能力不再抱有希望，语重心长地拍拍她的肩膀："你不忘初心就好了。"神秘兮兮的。

小周对着她的后脑勺做了个鬼脸，被扭头的厚厚抓了个正着。

厚厚："还记得我们要拍个出机场的镜头吗？"

小周瞬间端庄贤淑。

摄像师在外面架好设备，小周推着行李往外走，厚厚在旁边提醒她："高兴一点。"

努力端着经纪人威严的小周突然笑出一朵花。

厚厚说:"这也太高兴了。"

话音刚落,小周已经踏着啪嗒啪嗒的小碎步,推着行李往外跑,一路跑到画外。好在镜头已经够了,摄影师收起镜头,转头就看到小周仰着头站在一个高大帅气的青年面前。

厚厚下意识地跟在小周身后,看到她面前站了个男子才惊觉自己打扰了什么,但人已经闯入了两人世界,再退已是来不及。那男子戴着浅色墨镜,下巴留着青灰色的胡楂,正是时下最欣赏的那种男人味,尤其是五官还很端正秀气。当他微笑着看过来时,她感觉自己的心脏有了一秒微妙的停顿。

对方率先开口:"我送她回去,辛苦你了。"

她深感受宠若惊:"不辛苦。"强忍住嘴边的"为人民服务",低声问小周:"你男朋友?"

小周怀疑自己中邪了,不然一向"矜持""得体"的自己怎么可能因为看到蒋修文就飞奔出去,好在距离两米的时候,她恢复了理智,改成竞走,总算没有显得太太太迫不及待——太迫不及待是逃不掉的了。

但厚厚的问题把她推向了另一个深渊。

说是吧,他们明明没有点破。说不是吧,家长都已经见过。

而且,否认之后还有一种危机。万一厚厚说,你朋友这么帅,不如介绍给我……很多闺密翻脸的狗血剧情就是从一句含混不清的否认开始的。

权衡利弊,她喉咙痒了一下:"嗯。"

正想伸手做自我介绍,顺便把话岔过去的蒋修文顿时改变了手臂的方向,落在了小周的肩膀上,半搂着人说:"很高兴认识你。"

厚厚哈哈笑道:"我也是。话说,你看着有点眼熟啊……"怕对方以为自己有意调戏,连忙补充道,"和小周很有夫妻相。"

"嗯"了以后耳边就飞满嗡嗡响的小蜜蜂的小周,此时所有知觉都集中在肩膀上,浑然不知他们说了什么。跟着蒋修文浑浑噩噩地走了一段路,在他的帮助下颤巍巍地坐上车。等车门关上，肩膀上的温热渐渐散去，才喘出一口气。

趁蒋修文从车前绕到驾驶座的时间，她用力地拍了拍脸颊。刚才自己在厚厚的面前承认他是男朋友，而他没有否认……那，关系是成立了吧？

如果蒋修文否认的话，自己还有厚厚做认证。

蒋修文一上车，就看到她瞪着眼睛，好似在跟谁生气。

"怎么了？哪里不舒服？"他摸了摸她的额头。

然后……小周就额头不舒服了，整张脸烫得厉害，支支吾吾地说："你怎么在机场？不是说还有三四天才回国吗？"

"单身半辈子，终于有了女朋友，归心似箭。"

蒋修文嘴角抑制不住地上扬了一下。

蒋修文不承认她是女朋友，她准备找认证，可他这么轻易就承认了，她又觉得自己略亏，哼哼唧唧地说："有女朋友了？怎么有的？说出来分享一下。"

听到"嗯"以后，笑意就没从眼里消失过的蒋修文好脾气地说："大概是在'因为你好靓'之后？"

他们可能要创造交往时间最短的纪录了。

蒋修文想带小周去吃饭，但她上飞机之前已经向周妈报备过回去吃饭了，所以用强大的意志力艰难地拒绝了。

他说："你家有第四双筷子吗？"

小周愣了下，说："这么快？"

蒋修文抿了抿唇："对我来说，不算快了。"怎么好意思说，他在大学时期就做好了拜访岳父岳母的准备？不过今天进展惊人，他已经十分知足，试探无果，就收起了蠢蠢欲动的爪子。

小周还在解释："你不了解我妈，你今天上门，我们明天可能就要去登记领结婚证了。"

蒋修文眼睛明显亮了一下。好在他知道小周的心理进程和自己并不一致，所以耐心地收起了心中的雀跃："我会等你做好准备。"

送小周回家后，他在路过的超市买了把剃须刀，整理仪容后回集团复命。

正是午休时间，集团各部门也秩序井然，就像巨型机械中严丝合缝的螺丝钉。他早已习惯了这样的环境，毕竟，自己也是其中一员，可是才离开刚刚确定关系的女朋友，他心潮还在澎湃起伏，此时站在这里，竟感到一丝不适应。

没有爱情只有工作的生活，多么枯燥。

不过，当他走进总裁办公室时，已经收起了所有的情绪。

从容不迫地报告完法国分公司的工作，他正准备起身告辞，就听张复勋说："森微注册快满一年了吧？是时候启动股份转让计划了。"

蒋修文背脊微僵，却用调整坐姿掩饰了过去。

张复勋说："陈墅准备在两个月后召开股东大会，我们不能拖到那个时候。"

蒋修文说："小张总的意见呢？"

张复勋不悦地说："他已经离开EF，这事跟他没关系，不必问他。"

蒋修文斟酌道："入股森微是小张总离开EF前的最后一项决策，如果能够交出一张漂亮的成绩单，对未来进入董事局是一个良好的铺垫。"

"上面已经下决心整顿娱乐圈，现在撤出资金是保本。"

"整顿娱乐圈不是销毁娱乐圈。森微目前做的《明星天梯》节目主旨积极向上，提倡明星以身作则，完全符合社会主流价值观，运作得当，森微的企业价值不可估量。"

张复勋皱着眉头想了一会儿："你赞成继续做下去？"

蒋修文说："现在转让股份，就是暗示您认为小张总投资失败。"

一心一意让儿子接棒的张复勋当然知道这个道理，只是娱乐圈近来风向不佳，前途未卜，此时不收手，未来更不好走："你认为这个项目不错？"

蒋修文说："您可以看看小张总的计划书。"关键时刻，他把自己摘了出去。

但张复勋显然不想轻易放过他："那你先帮我盯着吧。"

开口之前，蒋修文已经知道了结局。

张复勋想转让森微股份的念头不是一天两天了。之前他一直明哲保身，态度模棱两可，毕竟，张知留下的摊子，不管烂不烂，他都没必要帮着收拾。但现在，小周已经进了这个摊子并乐在其中，那么，他想争取保住。

第21章

小周提着行李到家门口时,庞老太正好从里面出来。奇怪的是,一向热情的周妈竟然没出来相送,倒是庞老太热情地招呼:"小周出差去啦!我上次给你介绍的那个人好吧?你喜欢的话就要主动一点,多给人发发短信!你年纪不小啦,再拖下去,就要成老姑娘了。"

小周笑容挤得很勉强:"多谢指教,回头聊,再见。"

"等等啦,"庞老太白了她一眼,"人都到家门口了,急什么?我问你呀,我之前给你介绍的那个蒋帅哥的照片你拍下来了吗?"

一听"蒋",她就谨慎起来,悄悄将手机塞进口袋里,以免对方看到屏幕上的"抽象照"。

"照片怎么了?"

"你们不是没成吗?刚好我有个朋友的女儿从美国回来,想要见见。"

谁说没成?很成,非常成,百分百成!

再次高度肯定了自己当机立断地确定双方关系的举动,小周理直气壮地说:

"没有。"

庞老太无奈:"那好吧,我去问问他本人好啦。你自己也要抓紧哦,我给你介绍多少个好男人啦,咋会一个都不成的?你自己要求不要那么高,看看年纪,真的不小啦……"

唠叨声直到关上两道门才完全隔绝。

进了家门,就看到周妈坐在沙发上生闷气。

"庞老太过来要照片啊?"她一直知道周妈对照片的看重。

周妈抱胸冷笑:"本来也不是不能给,但一进门就说有个条件更好的女孩子介绍给人家,这次准成!呵,大好日子的挤对谁呢!"

小周搂着她撒娇:"今天就是我出差回来而已,也不用'大好日子'这么隆重吧?"

"你想得美。"周妈得意地说,"你爸买彩票中了二十块钱!今天中午的牛肉就是你爸买的!"转念想起庞老太踩着小周抬高别人的事,气不打一处来,"好好的庆祝饭,又扫了兴。"

小周安慰她:"别气了,他们成不了。"

"你怎么知道?"

被周妈锐目一扫,小周羞答答地搓了搓爪子:"我就是听说……他眼光不大好。条件越好,希望越小。"

周妈无语:"那你们倒是挺相配。他喜欢扶贫,你喜欢矮丑穷。"

与此同时,蒋修文接到了来自庞老太介绍对象的电话。

他温声婉拒:"嗯,不太方便。"

"不,不是时间的问题,是身份。"

在拐角遇到落地玻璃窗,他眸光扫过,看到自己上扬着嘴角说:"我已经是我女朋友的男朋友了。"

海选过后,原定放两天假。小周刚躺平一天,就收到公司的开会通知,于是和蒋先生确定关系后的正式约会,正式地泡汤了。

蒋先生很好脾气,反过来说自己正好可以处理囤积的工作。

她依旧很愧疚:"这样的话,我只能把你上次放我鸽子的事一笔勾销了。"

蒋先生好奇地问:"不一笔勾销会怎么样?"

小周认真地想了想:"大概会把你一个人骗去南极,然后发短信告诉你,我迷路了,现在在三亚晒太阳、吃海鲜。"

明明是有些欠揍的话,落在蒋先生的耳里,却觉得可爱极了。他说:"我现在有点生气约会泡汤了。"

"咦?"

"不然两个小时以后,我就可以亲眼看到你说话的时候有多可爱,而不是靠脑补。"

低沉的笑声钻入耳朵,一路痒到了心底,小周握着唇膏的手一抖,给自己画了颗红牙齿。

又是一个阳光明媚、心情明媚的早晨,即使加班,小周脸上也笑呵呵的。

王星语也笑得很灿烂,还买了好几盒小三明治当茶歇。见到小周,二话不说递上一杯热腾腾的奶茶:"我的特供奶茶,只有你和孙老师有哦!特别好喝,你尝尝。"

盛情难却,小周啜了一口,味道的确不赖。

两人比邻而坐,有一搭没一搭地聊起奶茶,丝毫看不出曾有龃龉。

参会的人陆陆续续到齐,孔小杰分发《明星天梯》试训的新流程。

因为增加了明星导师,所以分班制度和课程都做了相应的调整。

原定是按照声乐的成绩,分甲、乙、丙、丁四个班,修改后,全员根据导师意见和个人倾向,像文理分科那样,加入声乐、舞蹈两组。导师会不定期考核,考核成绩将决定选手的去留。

另外,试训将增设作词、作曲、演奏、演讲、表演等副课,考核的分数以附加分计入总成绩。

陈墅姗姗来迟。他似乎对新流程很满意,几乎没有听取任何修改意见:"我们现在讨论导师的人选吧。"

众人互相观望。

孙兆麟德高望重,被其他人的眼神"推举"出来发言:"以我们公司的人脉资源,声乐导师的人选……罗少当仁不让。"

罗少就是罗少晨。作为近些年最炙手可热的音乐教父以及森微的股东,他的确再合适不过了。而且,他是技术入股,所以责无旁贷。

但陈墅的表情很微妙,不置可否地问:"还有其他人选吗?"

王星语推了推小周的胳膊:"大乔啊!你不是他的助理吗?"

其余人的目光纷纷看来。

小周纠正道:"前助理。"

"那交情一定很不错吧。"王星语说。

小周含糊其词:"'前'是个很微妙的字。"

无须多加解释,其他人就想到了"前男友""前妻"之类的词组,一脸的意会。

话匣子打开了,众人不吝建议。通过集思广益,明星导师的备选名单十分充足。陈墅让孔小杰打印了三份,分给三位经纪人。

"谈合作也是对经纪人能力的考核,谁能以相对合理的条件率先谈成,就拥有挑选选手的优先权。"

此话一出,王星语的脸色就变了。

三位经纪人中,以她的人脉最薄弱,如果这次输了,等于直接输在了起跑线。

会议结束,陈墅将小周和王星语单独留下来。

"留堂"实在不是愉快的体验,至少小周在高勤那里体会的,都是狂风骤雨般的打击。

好在陈墅的面相比高勤和蔼许多:"小周决定好留下哪个助理了吗?"

小周说:"不是要在试训一周后再决定吗?"

为了点击率,《明星天梯》几乎将每次的淘汰都当作一场盛宴来打造。连助理的淘汰,都准备了整整一集的体量。

陈墅说:"是这样的,王星语的两个助理因为私事,决定退出节目,所以她打算从你那里要个人走。"

小周看着王星语掩饰不住的笑容,心中了然:"她有合意的人选吗?"

王星语不等陈墅回答,就抢着说:"昨天在公司遇到了康棠,还挺谈得来。"

不是遇到了才谈得来吧?想起康棠回来时截然不同的表现,小周还有什么想不明白的?他和王星语一定在回来之前就有了某种程度的联系,康棠得到了承诺,才开始不在乎自己的态度。

小周仅考虑了三秒,就做出决定:"真巧,我选王曦瑶。"

陈墅自然知道王星语私底下的小动作,但小周不挑明,他也不会当坏人。

"各取所需,皆大欢喜。"他拍拍手,"行了,那就这样吧。选助理的过程我已经通知摄制组删除了,试训第一天,你们直接带着各自的助理出现就好。"

王星语高兴地拉着小周蹦蹦跳跳地往外走。

走出会议室,她突然认真地说:"你是真的想选王曦瑶,不是故意让我的吧?"

小周半玩笑半认真地说:"故意让你的话,你会愧疚吗?"

"那我们可以交换一下。"她说,"我也很喜欢王曦瑶。"

小周说:"还是不了,我怕她也因为私事退出节目。"

王星语笑容微僵,小周趁机挣开她的手,按了电梯下楼键。

会议结束得太早,还有大半天的休息时间,小周不甘浪费,临时决定去找新晋男友吃午饭。为免遭遇扑空的尴尬,去之前,她特意打探了一下他的方位。

蒋修文敏锐地问:"你下班了?"

男朋友太聪明也不好,杜绝了惊喜。

小周说:"我打算来接你下班。"

"好啊。"蒋修文挂了电话之后,就在琢磨怎样找个理由,让全集团的人都能看到小周接自己的英姿。在他想出办法之前,出走的理智总算及时赶回,挤走了高调的幼稚。

计算了小周抵达的时间,他提早十分钟在楼下等。

九分钟后,小周骑着黄色的共享电动车缓缓地驶入他的视线。

想象中的小周已经很可爱了,可现实总是不断地证明,他的想象太匮乏。

不等人靠近,他已经迫不及待地迎上去。

"不要动。"小周紧张地按住刹车,"你稍微让一下,我要找地方停车。"

蒋修文说:"你下来,我帮你推。"

"不不不。"她紧张地说,"这车不能推,容易飞。"怕他不信,她可怜兮兮地举起左手,手掌有明显的擦伤。

蒋修文的脸色顿时变了:"怎么伤的?"

小周说:"转手把是加速,推的时候容易碰到。"

蒋修文心疼地检查伤口:"受了伤还开来?"

小周理直气壮地说:"说好接你下班,怎么能连一辆车也没有呢?"

蒋修文看着电动车短小的坐垫,狐疑地问:"这车能载人?"

"不能。"

看着女朋友用窘窘的方式将小黄车停入指定地点后,蒋修文拉着她的手去药店买了一大包消毒疗伤的药品,那气势,仿佛病人已经危在旦夕、时日无多了。

药房大婶好心提醒:"严重的话,还是去医院。"

"严重"得活蹦乱跳的病人同志躲在男友的身后,无颜面对大婶关切的眼神。

第 22 章

街上风冷，这几日温度骤降，天气阴沉得好似全市人民都欠了它两百块，随时准备下场泼雨讨债。

蒋修文拉着小周进了一家从外面看起来就很暖和的餐厅。

"欢迎光临！"餐厅里六位服务员喊出了六十人的气势。

唯一的两位客人被照顾得周到细致，安排在景观最好的靠窗位置，能够感受空调的热气却不会被风吹到，屁股还没碰着椅面，后面已经塞入了大小刚好的靠垫。

小周看着服务员们经过精密计算的笑容，心里有点慌。拿到菜单后，慌张变成了现实。

果然，餐厅的服务质量与价格息息相关。

她用脚碰了碰蒋修文的鞋尖。

专心致志研究消毒液的蒋修文抬起头，下意识地握住她的手，检视伤口："很疼吗？"

服务员识趣地放下菜单，留给他们单独相处的空间。

"心疼。"小周说，"这家餐厅的工作日双人优惠套餐是1288。"

为了不让她那么心疼，蒋修文讲了一个更悲惨的故事："我以前只能吃888的单人套餐。"

小周算了算，她吃了四百块，稍感心安。

一张创可贴就能解决的问题，蒋先生又是清理，又是消毒，做得格外有仪式感。

小周近距离地看着他的眼睛，浓密的长睫毛一扇一扇的，真的很像鸦羽。她之前一直认为这个形容非常不科学，人的眼睛上要是长了两把乌鸦的羽毛那还能看吗？

事实证明，能看。不但能看，还很好看。

小周静静地欣赏男友的美颜，伸着手任他倒腾，直到他拿出绷带⋯⋯

她婉言拒绝："它只是个民事伤口，不必搞成刑事案件。"

"防止感染。"

"我戴着手套呢。"从口袋里抽出一双粉红色的兔头手套。

蒋先生的目光被手套吸引过去，意有所指地说："看上去很小。"

"刚刚好。"她戴上展示。

"没有更大的吗？"他含蓄地暗示。

神经粗线条的小周完全没有理解他的良苦用心："我妈从批发市场里买的，均码。"

果然是一分价钱一分货。小周对美食大加赞赏，蒋先生信心大增，立即着手筹划下午的行程。

她问："你不是囤积了很多事情要处理？"

蒋修文笑笑："单身近三十年，我囤积的约会更多。"

她刚好吃了一块巧克力，丝丝甜意冲破了浓郁醇厚的可可味，从唇齿间蔓延开来，灵魂仿佛在蜜水里涤荡，连呼吸都能闻见糖香。她小声反驳："可是我的保质期比它们久。"

蒋修文怔了下,随即笑起来:"当然。"像青春期少年般横冲直撞的心终于慢慢沉静下来。

注定是一场马拉松,何必急于冲刺?放平心态,调整节奏,齐头并进才是关键。

蒋先生最终还是被敬业爱岗的周大经纪人劝去上班了,不过临走前,他亲自将人送上出租车,杜绝了她与小黄车的二度亲密接触。

车抵达小区的时候,那场讨债的雨终于轰轰烈烈地降下来。小周淋了三百米,洗了个热水澡睡觉,在昏昏沉沉中发了个高烧,半夜被周爸带去医院挂水。

一向爱树立自己"功未必高,但很劳苦"形象的小周踌躇良久,终究没舍得在朋友圈发自己的病容照,在蒋先生打电话来时,还强打起精神装作自己下午睡了美美的一个大觉,如今正精神抖擞。

蒋先生在电话那头沉默了一会儿,说:"你身边有点吵?"

何止有点吵?坐在右边的大叔呼噜打得震天响,已经到了环境污染的标准。

小周说:"我电脑用的是瑞星杀毒软件,小狮子睡着了。"

大叔突然长吸一口气,惊醒过来,慌张地看着空荡荡的盐水瓶,怪叫道:"护士,护士!我盐水打光了,快拔掉!快拔掉!空气打进去,我就要死了!"

护士跑过来,看了看瓶子:"管子里还有,急什么?"

蒋修文慢悠悠地说:"小狮子遇到了'狮子烧香'吗?"

被当场揭穿的小周不得不如实招供。

电话那头响起站起来拿衣服的声音:"哪家医院?"

她期期艾艾地推托了一会儿,实在无法回避,才小声报了医院名,提醒他:"我爸爸送我来的。"

那头脚步不停,只是压低了声音问:"你爸爸喜欢什么?"

难道蒋先生想借机止名?小周灵机一动,机智地说:"他喜欢我。"

大多数父亲对抢走女儿的女婿都有着天然的敌意。和周妈找女婿的急切不同,周爸对自家小棉袄一向放养,有时候小周被逼急了,他还会帮着反抗:"不怕,爸爸养你一辈子。"当然,说了这话的后果就是被"执政党"周妈严酷镇压。

十一点还留在注射室的,不是深夜急诊的病人,就是陪病人过来的家属。每个人的脸上都写满疲惫,生动诠释着何谓病痛的折磨。蒋修文就是这个时候走进来的。

蒋先生很帅这件事,小周认识得很深刻。但蒋先生到底有多帅这个问题,她的理解可能有点偏差。习惯了大乔、沈慎元等明星出差时被粉丝围追堵截,前呼后拥,对出门不需要戴口罩的蒋先生,她一直都认为帅得很亲民。

但是此刻的蒋先生穿着深灰暗格呢大衣,挺拔修长的身姿仿佛刚从T台走秀下来。他的脸用黑口罩挡住了,只露出黑白分明的眼睛,却依然给人英俊非凡的印象。

注射室昏昏欲睡的众人不由自主地振奋起精神,或明或暗地打量着他。

蒋先生毫无察觉,径自走到小周的右手边坐下——那个睡得惊天动地的大叔已经在二十分钟前离开了。

周爸敏感地朝他看了一眼,见他目不斜视地低头看手机,才失去了兴趣,继续看电视剧。

小周坐在两人中间,精神高度紧张,尤其是微信跳出新消息时——就像是一名未经训练、被临时拉入地下党执行任务的普通群众,她小心翼翼地点开了新消息。

蒋先生:"退烧了吗?"

小周摸了摸自己的额头:"应该退了。"

蒋先生不是很信任:"叫我去拿体温计。"

地下党前辈发布了指令。

老爸还在身边,叫一个"素未谋面"的人跑腿,看起来就很奇怪吧?

护士走过来,问蒋修文需要什么帮助。蒋修文说:"我在等人。"

小周趁机要量体温,量出来三十七摄氏度,便说不吊了。周爸一向随女儿,不随那个坐在旁边干瞪眼、没法发言,只能在微信上抗议:"我陪你打完,防止病情反复。"

小周和周爸说说笑笑着拔了针,一眼都没往手机瞧。

小周帮周爸挂好围巾,周爸帮小周戴好帽子,父女俩互相拾掇妥当,正要走,小周说:"爸爸累了一天,好辛苦,早点回去休息吧。"

周爸感动地摸摸闺女的脑袋:"看你健健康康,爸爸就不辛苦了。"

她不想打完剩下的药水,是为了让他们早点回家吧。同样接收到心意的蒋先生内心暖洋洋的。

小周借着拿包,回头冲他眨眨眼睛。

蒋先生用眨眼道晚安。

小周跟着周爸走出医院,周爸突然说:"闺女啊,你认识旁边那男的吗?"

她心里咯噔一声:"为什么这么问?"

"他一直在看你。"

"不会吧,他来医院……有可能是治疗斜视的,哈哈哈哈哈。"小周拼命在心里给蒋先生道歉。

周爸还是坚持自己的观点,不过也没放在心上。毕竟,自家闺女这么可爱,有人喜欢很正常。

因为生病,小周给自己放了半天假,中午才起床去伊玛特找高勤,半路才知道他今天没上班,于是去了他家楼下的茶室等。高勤有严重的洁癖,进他家之前要先进"消毒柜"涮一遍,小周受了一次折磨之后,就死活不愿意再去了。

高勤随意套了件宽大的羽绒服下来。

怕他看不见,小周坐在靠门的位置,于是被他进门带来的寒风吹得浑身一哆嗦。

"我刚退烧,人还很虚。"面对老领导,她习惯性地塑造起自己带病工作的劳模形象。

高勤也习惯性地回答:"年底之前,你会转到森微,年终奖不再归我管。"

小周大受打击。以森微目前的运营状况,能按时发工资就是胜利。

两人就森微能不能发出年终奖进行了一番毫无根据的揣测。

话题几近扯入死胡同时，高勤忍无可忍地拉回主线："你不是说谈合作吗？"

小周意犹未尽地喝了口茶，清清嗓子说："是这样的，我想问问，双十二快到了，大乔打折吗？或者，圣诞节有促销活动吗？"

高勤说："你不如问圣诞老人的礼物里有没有大乔。"

小周厚着脸皮问："那有没有呢？"

"有也轮不到你。"

她沮丧地叹了口气。

"你是在找《明星天梯》的明星导师吗？"他对节目的进展了如指掌，提议道，"你可以考虑沈慎元。参加音乐节目的话，他的报价可能是负数。"

她完全相信，那是一个音乐教父罗少晨都挽救不了的音痴美男子。"还是让他做个安静的美男子吧。"

收起玩笑，高勤简单地说了伊玛特旗下当红艺人的日程，封亚伦接了一部中美合拍的电影，大乔下周开启世界巡回演唱会……大牌的没有空，有空的不够大牌，伊玛特目前并没有合适的人选。

沈慎元不能当声乐、舞蹈导师，却是演技导师的好人选。但是据高勤所知，他的工作日程已经排到了明年年末。

小周听得无法呼吸。

这时候，高勤终于提了一个看似有用的建议："罗少是最合适的人选。名望、实力、人气都有，还是森微的董事，可以谈一个内部友情价。"

小周当然知道这一点："会上提过，但陈总好像有意回避。他是不是被罗少拒绝了？"

高勤说："试训的章程原本是罗少制定的，陈墅明知这一点，还不经他同意任意修改，被拒绝也在情理之中。"

陈总都被拒绝了，那么……小周睁大眼睛，体虚加心虚地说："如果我谈下了罗少，不就是打脸陈总？"

高勤微笑道："我第一次对上马总的时候，也是这么高兴。"

第23章

为了避免和陈总正面交锋,小周重新规划了A、B、C、D……Z种方案,然后发现,打脸陈总……可能是最轻松的一种。

能够成为老总的人,必然有着常人难以企及的胸怀!下属任务完成得好,不能算抢功,而是领导指挥有方!什么打脸,不存在打脸,没有打脸!

小周心虚地安慰着自己,拨通了罗少晨的电话。

"陈墅并没有提过明星导师的事。"罗少晨的答案出乎意料。他似乎想到了什么,顿了顿说,"到工作室来谈吧。"

于是她颠颠地跑去了罗少工作室。

罗少晨正在录制"影视金曲天后"欧悦的新专辑,小周被秘书请到了罗少办公室里等候。

一等就是一个半小时。

秘书不好意思地进来问她要不要一起叫外卖,她要了一份三明治。三明治扛饿,但不会很饱,如果一会儿罗少愧疚得想请她吃大餐的话,她也可以不浪费。

外卖来得很快,就是楼下便利店的店员送上来的。

小周三两口吃完,正准备继续玩消消乐,蒋先生的电话打过来:"你在哪里?"

她不假思索地回答:"罗少工作室。"

那头久久没有回应。

她后知后觉地想起,好像在蒋先生的认知中……罗少还是她的前男友?

"事情是这样的!"她以"报菜名"的速度,将陈总要求经纪人为《明星天梯》寻找合作的明星导师的事,简洁而不简单地说了一遍。

"刚才在付停车费,没听清。你准备找谁合作?"

蒋先生的话音语调十分平静,毫无破绽。

但是,作为一个长期被高老板摧残的小员工,早就摸透了这些腹黑大佬睁着眼睛说瞎话的高超本领,坚决不为表象所迷惑。她毅然地将责任推给了高老板:"是高勤高董事建议我来找罗少的。"生怕他不知道债主是谁,她将"高勤"两个字读得字正腔圆。

"还要多久?我来接你吃饭?"丝毫没有生气的痕迹。

但小周很自觉地拿起包包准备走人:"嗯,刚巧罗少有事不在,我改天再约好了。"

正说着,罗少晨推门进来。

罗少晨似乎从小周的眼里看到了震惊,自己走进自己的办公室有什么好震惊的?

他不动声色地说:"你有事要先走?"

深知罗少有多么难约的小周果断选择留下。她捂着电话,小声说:"我先工作啦……我要努力攒嫁妆。"羞羞地说完,转过身来,罗少晨已经在办公桌后面坐下,目光闲闲地扫过盖着烟灰缸的三明治包装袋。

投进去之前,她明明把它团成了小小一块,没想到它竟自作主张地做伸展运动。

她尴尬地伸手将它重新揉成一团,拿起笔筒边的胶带缠了几圈,固定成一颗实心的"鸡蛋",才放回烟灰缸里,然后心满意足地抬头,罗少晨正一脸无语地看着她。

小周干笑着客气了一句："录了这么久，肚子饿了吧？"

"嗯。"

来做客的小周花了五分钟时间去楼下买了一个加热的三明治。

吃完三明治，罗少晨的面色明显好转："节目打算邀请明星导师？"

小周愣了一下，不可置信地说："你不知道？"

罗少晨挑眉："他修改的流程呢？"

小周将流程交给他，脑子飞快地将事情过了一遍。所以，陈墅不提罗少，不是因为被拒绝，而是压根不想邀请？

她好像发现了了不得的事。

不小心被扯入高层斗争的小经纪人坐在座位上抱着手臂瑟瑟发抖。

罗少晨随意看完："我可以参加。但目前看，我不参加可能对你更好。"

相当深奥的话了。

她细细咀嚼了两遍，试探道："你和陈总有仇？"

联想到罗少是本市首富之侄，她不由自主地脑补了一出陈墅被罗家害得家破人亡，励精图治学成归来，加入森微报仇的狗血大剧。

"没有。"罗少晨从抽屉里拿出墨镜戴上，不想被她蠢蠢的样子伤了眼，"只是他单方面地把我当成了潜在的竞争对手。"

她脱口道："这不就是单恋吗？"

罗少晨居然没有在抽屉里找到耳塞。

浑浑噩噩的小周被罗少嫌弃地下了逐客令，但此行她并非全无收获，离开前，罗少还是给出了承诺，只要她提出邀约，他就不会拒绝。

这是她来之前能想到的最圆满的结果，就是万万没想到陈总不欢迎罗少。

从罗少工作室出来，已近七点。

昨天那场大雨之后，气温又降了5摄氏度左右，街上大多人都裹得椭圆，像企鹅一样摇摆。

小周也是摇摆一族。

厚重的羽绒服虽然阻挡了天气的寒冷,但臃肿的外形使行动颇为不便,尤其是戴上帽子以后,脖子好似被固定住了,走路只能顾前不顾后。

所以,当有车在她后面闪车灯时,她下意识地横着让了让。那车也不超前,依旧缓缓地跟在后面,慢吞吞地闪着车灯。

一下、两下、三下、四下、五下……

小周停下脚步。是谁这么没有公德心?

她愤愤地扭头,车灯刚闪了两下,很快灭了。蒋先生坐在车里,微微一笑。

于是愤慨来得快去得更快,比吐出的二氧化碳消散得更快。

她喜滋滋地坐上车,自觉地系上安全带——做好为女友系安全带准备的蒋先生只好中途改道,伸手摸了摸她的额头。

她一边伸着额头让他摸,一边说:"烧早就退啦,我妈今天早上还说我的身体结实得像牛一样。"

"那我是什么?"

小周愣了下,"扑哧"笑出来:"哎呀,如果你是牛郎,我就是织女。不过我一直觉得,老黄牛对牛郎才是真爱,为了让他飞得更高,连皮都给他了。可恨牛郎一点良心都没有,居然挣扎都不挣扎一下就用了。"

听她在耳边絮絮叨叨,哪怕是漫无边际地说,他也觉得舒坦,仿佛胸腔里那颗无人问津又四处漂泊的心,终于找到了停靠的港湾。

路很长,车开得又慢,小周讲着讲着突然想到了闪烁的车灯,第一次五下,第二次两下,如果第三次不闪的话……是520的意思?她捂着脸,偷偷看认真开车的蒋先生。

蒋先生趁着红灯的空隙,扭头看她,似乎在问怎么了。

她当然不好问你是不是在用车灯表白,毕竟才交往了几天,脸皮还不够厚,便顺势扯向了与罗少的交谈,说着说着,便钻入了话题。

她依旧对陈总不用罗少的事百思不得其解,蒋修文倒是一下子就明白了陈墅的顾虑。

"罗少晨是股东,如果他参与节目,有可能影响陈墅的权威。"

小周说:"罗少只是担任导师……"

她不说话了。在娱乐圈混了这么多年,她当然明白,一个人想动用权力的时候,往往与他的职位职责无关。

"陈总太高看罗少了。"

蒋修文觉得她的用词很有意思:"高看?"

小周说:"罗少并没有他想得那么勤劳。"

与罗少认识了这么久,她还不知道吗?别看罗少和高董一样是毒舌精英的人设,高董是外冷内热,啥事都爱操一把心,而罗少呢,只有遇到小圈圈里的人时,才会纡尊降贵地给予一点关注。那个小圈圈真的很小,至今为止,外姓只有一人闯了进去。

蒋修文嘴角的笑意渐渐消失。

小周又唠叨了一会儿,终于感受到车里的冷清,小心翼翼地望着从刚才开始就一言不发的男友:"你怎么不说话?在想什么?"

终于受到关注的蒋修文有些憋屈地说:"我在想,两个人要相处多久,才能互相这么了解。"

关键时刻,小周的求胜欲发挥了重要作用,她竟然一下子听懂了蒋先生感慨背后的真意。

"看人。有的人,随便了解一点肤浅的表面就足以敷衍一生;有的人,就算朝夕相处,日夜相对,依旧百看不厌,想要给一辈子买个续费套餐。"

蒋修文的嘴角重新勾起了一个弧度,还强撑着想要一个更明确的答案:"有的人?"

坑朋友不手软的小周没有丝毫的犹豫:"罗少是前者……""你是后者"这四个字脑袋里想想是很容易的,但真正说出来,还是颇感羞耻啊。她紧张地吞咽着口水。

已经得到了想要的答案的蒋修文这时候倒好哄得很,不用她说,就运用公式默默地推算出了结论——笑容为证。

经过蒋修文的分析，小周默默地放弃了邀请罗少担任明星导师的事。

虽然这个人选无可挑剔——就算陈墅不愿意，也很难不让他通过，但从长远来看，很可能会造成森微内部分裂，重蹈伊玛特的派系之争。

她看得出，罗少本无意卷入是非，给承诺完全是看在与她的交情上。所以，她决定不害人害己了。

伊玛特虽然没有合适的人选，但高勤人脉强大，顺手就介绍了高音王子魏畅意、综艺大咖钟尧。说到舞蹈组的明星导师时，他意味深长："你可以请蒋修文帮忙。"

小周说："哎？他和娱乐圈不是很熟吧？"

虽然张氏集团旗下有EF唱片公司，但蒋修文的职务是总裁特助，主要负责集团运营，并不算圈内人。

高勤说："他没有向你介绍你未来的婆婆吗？"

"什么未来的婆婆？"小周一下子红了脸，羞涩地低下头，想想又觉得不对，震惊地瞪大了眼睛，"我什么时候承认我们交往了？"

"现在。"

第24章

高老板最终也没有透露蒋妈妈到底是什么人,只用"小两口的事情内部解决"就将人打发走了。可怜小周,被吊足胃口后,遭遇店家无情打烊,简直无处说理。

她揣着一肚子疑问,还不敢问当事人。

上次出差回来蒋先生想登门拜访,被她嫌进展太快,才过几天,自己就眼巴巴地打听对方家长……虽然蒋先生大概不会拒绝,但她也要面子的!

小周决定将疑问用小本本记下来,悄悄地打听,毕竟,她也有张氏集团的人脉。远在伊玛特的高老板都能打听到的事情,一定不是什么秘密。

是时候去大乔家做个家访,顺便见见张太子了。

她打开手机,准备把这件事认真地记下来。

嗯,明天……后天……大后天……为什么她的行程这么满?

从没想过,有一天她竟然也能用"百忙之中,拨冗莅临"来造句,看来自己果然在认真地走事业线啊。

暂时不能家访了,小周只好在去找魏畅意的经纪人谈合作的路上,用微信对大乔下手:"还记得曾经在EF日夜奴役小张总的蒋修文吗?"

那头久久没有动静。

她又发了一条:"就是宁可停电梯,也要阻止你上楼为小张总过生日的那个戴眼镜的斯文败类。"

这个形容只是为了唤起大乔对他的印象,绝非本意。有怪莫怪!有怪莫怪!

小周在心里默默念叨。

虽然蒋修文是奉命磨炼太子,但当年也的确让张知吃了不少苦头,大乔对这位张氏集团位高权重的总助记忆犹新。筹备世界巡回演唱会到天昏地暗的他终于在"真"百忙之中拨冗回复:"他出什么事了?"

隔着屏幕都能感受到对方的期待。

小周:"他找了一位美若天仙的女朋友。"

大乔:"嗯,然后呢?"

小周:"什么然后?"

大乔:"你用的不是欲抑先扬的手法吗?美若天仙这个调子已经起得很高了,是时候让他摔下来了。"

"天仙"本人:"他的女朋友性格开朗,为人正直,家世清白,事业心强,在婚姻市场非常炙手可热!"

大乔过了一会儿才回复:"所以,你告诉我的用意是?"

小周:"你觉得蒋先生的母亲会喜欢这样的儿媳妇吗?"

这次,大乔回复得更晚了。她抬头都看到了街角的魏畅意经纪公司招牌,他才发出来:"冤冤相报何时了。就算你想破坏蒋修文的婚姻幸福,也不必拉长辈下水。我们都不介意了,你也忘了吧。"

自己说了什么?造成了这样的误解。

小周将两人的对话认认真真地复读了一遍,再站在大乔的立场一想,居然很合理。

车到了经纪公司门口,她付钱下车。怕一会儿忙起来忘记,她立在瑟瑟寒风中沉思怎么回复大乔,忽觉难以启齿,毕竟蒋先生当年是她和大乔一起同仇敌忾过的人。但纸包不住火，反正高勤知道了，这层纸早晚会捅破，不如趁早坦白。

她掂酌用词，来回倒腾了几遍才回复如下：

"如果我是蒋修文的女朋友呢？"

大乔立即发了一个两百块钱的红包过来，附言："心领了，但我家小周值得更好的对待。不要拿感情当武器，任何事都不是介入别人感情的理由——且，希望不大。"

读前面几句，她又好笑又感动，但破折号之后……

什么叫希望不大？明明已成事实。

她顿时收起了解释之心，就让真相大白的那一天，让他捡起自己掉下的那一地下巴吧！

邀请魏畅来《明星天梯》的意向，之前已经在电话里提过，又有高勤背书，对方的经纪人答应得很爽快，小周与他谈了谈酬劳以及大概的时间，对方都痛快答应了。

之后，小周匆忙转战NCC电视台。

作为打破几大电视台结界的综艺大咖，钟尧已是时下号召力最强的节目主持人之一，身价不菲，助理相随，但洽谈工作依然亲力亲为。只是他的行程通常跨越二十四小时、全国各地，与他见面，天时地利人和，缺一不可。

小周运气不错，钟尧今晚刚巧在NCC主持《民间探奇》，开始之前有半个小时的时间。

见面之前，她想得好好的，务必给这位综艺界大咖留下自己精明能干的好印象，为日后的合作铺平道路，于是她在网上搜索了钟尧的喜好，查到对方酷爱百合花，便立刻买了一大束。

NCC的录影棚她曾经陪人乔和沈慎元来过几次，倒也无须指点，一路摸了进来。走到钟尧化妆间门口时，就看到一个人撅着屁股，鬼鬼祟祟地往里探身子。

"你在看什么？"

她走到他背后，好奇那人看什么这么专注，那人就像被踩了尾巴似的跳了起来。化妆间里发出椅子翻倒的响声,钟尧匆忙追出来,那人已经推开小周跑了。

小周被推得一个趔趄,差点摔倒,好不容易站稳,又被钟尧撞了一下,好在钟尧还有良心,顺手扶了她一把。

"刚才是谁?"钟尧脸色铁青。

小周还有些不明就里:"没看到正面,要我认人的话,我只能从他屁股的轮廓来猜。"

"一会儿让电视台看监控吧。"他收敛怒气,请她入内,须臾就平静下来,"你是高董推荐的小周吗?"

"我叫周晶晶,是《明星天梯》的主持人。"她从口袋里摸出名片,连花束一起送了过去,然后感觉到一双眼睛好奇地打量自己,转头就见到了一张……红通通的天仙脸。

目光对上时,对方的脸更红了,羞涩地往钟尧身后躲。钟尧将名片揣进兜里,顺手拉着美女到面前,向小周介绍:"我的女朋友,阿钦。这是小周,来和我谈生意的人。"

小周有些奇怪他直白的措辞。

阿钦躲在钟尧的背后,忸怩着不肯出来,钟尧面不改色地说:"她怕生。"

小周若有所悟,配合地说:"很多人都说我长得像个白面书生。"

钟尧嘴角抽了抽:"我当了这么多年的主持人,难得遇到一个冷得我假笑都笑不出来的段子。"

时间有限,他们不再赘言,立即进入正题,小周将《明星天梯》简单地介绍了一下,说了明星导师的设置,邀请他成为演讲的副课老师。

钟尧思索了一会儿,说:"我正打算减少工作量,让自己好好休息一段时间。如果行程不紧的话,我会考虑。你要把演出的时间确定下来。"

"好。"小周回答的同时,注意力忍不住被阿钦带走。

大抵是确认了来者无害,她放松了许多,哼着歌将百合花用个玻璃瓶插了起来。意识到有人在看自己,她耳朵又红起来,放下花瓶藏到了钟尧身后。

钟尧说了声"抱歉",站起来将她牵到沙发上坐下,拿过毯子盖住她的腿,

第24章

然后凑到她耳边低声说了几句，阿钦便乖乖地闭上了眼睛。

钟尧重新在小周面前坐下。

在事实前，他隐晦地解释："因为阿钦的身体状况，我一直避免她受外界打扰，但最近我的曝光率太高，跟我的狗仔队越来越疯狂，就像刚才那样，所以我才想休息一下。"

小周看着阿钦闭目的样子，情不自禁地赞叹："她很美。"

不仅貌美，而且眼神透露着未经人事的纯真，仿佛能看到世界最原本的模样，那是大自然才有的独特。怪不得她看到的第一眼，就想到了天仙。

然后她联想到了曾被误认为是"天使下凡"的蒋先生照片。

好想买一本《这些年蒋先生到底经历了什么》的书啊。

为了争取时间，小周连夜起草了两份合同，并赶了个大早送去公司请陈墅过目。不过，她以为的一大早只是她以为。她进办公室的时候，孙兆麟和王星语已经吃完了早餐，开始嗑瓜子了。

王星语热情地邀请她加入"嗑局"，然后直白地开始打听情报。

看到他们积极的样子，小周已经预见到声乐老师名额的激烈竞争。副课老师只有附加分，而声乐、舞蹈的明星导师却相当于班主任，几乎一手掌握了选手晋级的命运。经纪人想要拉拢好的苗子，必然要与明星导师打好关系。

既然希望不大，干脆就抛砖引玉地试探一下。

她将魏畅意抛了出去。

王星语吃惊地说："咦，那罗少呢？你不是邀请了罗少？"

小周心里一惊，无辜地瞪大眼睛："谁说的？"

王星语噘嘴："有人这么说呀。罗少不是你的前男友吗？你邀请的话，他一定会来的吧。"

罗少与她逢场作戏的事不是只在小范围内扩散的吗？为什么连王星语都知道了？

小周在脑海中快速地过了一遍可能泄密的知情人，毫无头绪。无论如何，死不承认就对了。她更加无辜地眨巴眼睛:"第一,'前'是个很微妙的字。第二,我只有一任男友,就是现任。"

王星语心道,明明是刺探敌情,为什么吃了一嘴的狗粮?

孙兆麟适时地出来打圆场:"魏畅意是科班出身的高音王子,曾在百老汇表演过音乐剧,的确很适合担任声乐导师。"

王星语托腮,苦笑着说:"那麻烦了,我这里也有一个很棒的人选呢。"

第 25 章

　　八点三十二分,陈墅出现在办公室门口走道的尽头。小周与王星语各自占据有利地形,蓄势待发,准备第一时间冲出去挟持人质……不,是汇报工作。
　　八点三十二分五十六秒,陈墅终于路过经纪人办公室的门口。
　　小周与王星语同时向外冲刺,然后……两件羽绒服互相卡在了门框里。
　　因为是侧身,王星语被卡住了胸。
　　她面色通红地说:"你的占地面积会不会太广了?"
　　霸占门洞三分之二空间的小周稍微挪了挪位置,将人牢牢锁住后,对陈墅露出微笑:"陈总早……"
　　陈墅点头:"都在啊,正好开个会,我有事情要说。"
　　然后,事情就是——他找好声乐导师了。
　　会议气氛沉默得很微妙。
　　王星语有些控制不住微扭曲的面部表情,她千防万防,怎么都没防住敌人从上面掉下来。小周倒还好,遇过马瑞这样坑天坑地的领导,其他人再作怪都是毛毛雨。

陈墅也知道自己做得不厚道，但是，为免真的有经纪人请罗少晨上节目，他不得不先下手为强。"很难得才请到音乐教父方竞雄出山，节目播出后一定会引起话题。"

王星语见陈墅的目光在自己脸上逗留，连忙收敛表情，并将小周推了出去："小周早上还说想请魏畅意呢。"

陈墅微怔。他也以为小周要请的人是罗少晨，才匆匆忙忙定了方竞雄。

常年被马瑞坑、高董损的小周，应变能力超群，闻言脸不红气不喘，格外淡定地拍出一记响屁："魏畅意个人实力非常优秀突出，但我总觉得还少了点什么，看陈总请了方教父之后我才知道……少了资历啊。"最后一句，一言双关，说的既是魏畅意，也是自己，言辞恳切，态度真诚，叫人信服。

陈墅果然受用："你有合意的人选可以先问问我，我帮你把把关。"顿了顿，他才对王星语和孙兆麟说："你们也是一样。都是为了节目，不要太拘谨，多交流。"

孙兆麟顺杆往上爬："我正在接触岑世杰，他是这一届美国街舞大赛的冠军……"

陈墅摆手："我们毕竟是综艺节目，光靠专业是不够的，人气或资历，总要占一样。你联系蒋潇云或庞朵雅试试。"

小周跟着插了一句："陈总，演讲导师我想请钟尧……"

"非常好。"陈墅直接给予肯定，"如果能请到他，开价可以适度调高。"

小周心满意足地对这些天仿佛啥都没干的王星语眨了眨眼睛。

王星语生气地保持着微笑。

打铁趁热，小周将准备好的合同给陈墅过目，得到肯定后，立即联络钟尧将生米煮成熟饭，但钟尧的反应很奇怪："我把公司地址告诉你，你用快递寄过来。"

"我送来更快。"她满腔热情。

"我们暂时不要见面了。"

呃……她小心翼翼地问："我们什么时候变成了暂时不能见面的关系？"

"你看下微博热搜榜的更多。"钟尧的语气很无奈，"放心，节目我一定会上的。

这次是我连累你,以后你需要帮忙的,尽可以告诉我,我会酌情回报。"

虽然是酌情回报,但听起来很可靠。

小周挂了电话,打开微博热搜……不用"更多"了,因为吊车尾那里已经出现了答案:钟尧女友探班。

不会……是她想的那样吧?

颤巍巍地打开——她抱着百合花斜靠在钟尧怀里的照片赫然在目!

花朵挡住了她的脸,钟尧的侧脸倒清晰可见,因为拍摄角度的关系,两人看上去像在进行什么脖子以上的唇齿运动,但身为当事人之一的她很清楚,自己就是被狗仔队撞了一下,钟尧恰巧出手扶了一把而已。

怪不得钟尧有这种反应,以他今时今日的地位,这条热搜应该很能打榜。

不敢预估它的升值潜力,她拿着手机,怯生生地拨通了蒋先生的电话:"你今天几点下班,我去接你呀?"

寄出钟尧的合同之后,小周又亲自去魏畅意的经纪公司说明情况。因为谈的时候已言明公司内部有竞争,存在被截和的可能,所以魏畅意的经纪人表示理解,只是好奇签了谁。

小周就直说了。

听说是方竞雄,经纪人的表情很微妙:"他很多年没出来了,这些年传闻倒陆陆续续地没停过。"

"什么传闻?"

经纪人打了个哈哈:"圈里面真真假假的消息太多了,哪里都能信?"

小周从经纪公司出来,已经下午三点多,离蒋先生下班还有两个多小时,一时无处可去,便在张氏集团附近找了个店喝奶茶,顺便找高勤打听方竞雄。

从魏畅意经纪人支支吾吾的口气,她闻到了浓浓的八卦气息,不想高勤竟被难住了。

他说:"我进娱乐圈的时候,方竞雄已经退隐了。乐坛的事,罗少会比较清楚。"

小周本是随口一问,闻言也就算了。

"嗯,正好我也有个八卦问你。你知道钟尧和百合女是怎么回事吗?"虽然用的是疑问句,但口气中的笃定显示他已锁定了嫌疑人。

"百合女这个外号也太不走心了吧!"她明明很认真地走着言情线!

"对于钟尧抱着你上热搜这件事你怎么看?"

"我没承认自己是百合女。"

"照片里的那件衣服是你两年前圣诞打折时买的,第一次穿来时,我说它像泡发的海参。"

解释完乌龙,小周已精疲力竭。高勤反过来安慰她:"钟尧女友的情况比较特殊,他对这条热搜应该会视而不见,你只要像刚刚一样死不承认,并把那件泡发的海参束之高阁就可以了。"

小周为海参正名:"那件衣服没那么营养美味!"

刚应付完高勤,大乔的微信又来了:"你是不是把钟尧认成蒋修文了?"

小周:"我两只眼睛的视力都是1.5。"

大乔:"那是记忆力不行了?"

大乔:"地址发我,我给你买点坚果补补脑。"

准备反驳上一条的小周看到下一条之后,删掉了原来写的话,改成地址发了过去。

花了两小时用完消消乐的精力瓶,小周伸了个懒腰,抬头往窗外看。

夜幕降临,天空不知何时飘起了细细的小雪。因是南方城市,雪天并不常见,路人们纷纷在寒冷中驻足,仰望起在路灯下打转的小精灵们。

蒋先生就是在这个时候,从斑马线上走过来,寒风卷起大衣的衣摆,围巾跟着微微扬起,完美诠释了什么是走路带风。

他并没有看到坐在咖啡店里的她,平时看起来总是饱含笑意的眼睛此时冷漠得有些陌生。一个女孩因为看雪,脚不小心从人行道滑向了非机动车道,斜斜地摔下来……刚好是他的方向。

蒋先生微微侧开身,伸出两根手指在她背后轻轻地顶了一下。女孩很快借力站住,慌张地扭头道谢,看清他的模样时,她微微一怔,冻得红通通的双颊瞬间更红了。

他领首致意,抬步要走,女孩下意识地拦住他的去路:"救命之恩,我晚餐相谢好吗?"

然后她看到他停下脚步,清冷的双眸缓缓升起温度,隐约有了笑意。

"我……"她羞涩地想进一步提出邀请,才察觉他的目光擦着自己的头顶看向了后方。

她扭头,一个将自己包裹得像个粽子一样的短发女孩推开咖啡店的门,朝着他们小跑过来……严格地说,是朝着眼前这位帅气的男士。

大街上遇极品单身帅哥的概率果然比中彩票还难,还是多花点时间研究彩票吧。自觉多余的她识趣地退出了这方不属于她的两人世界。

等小周跑到蒋先生面前时,他的眼睛里已经充满了她熟悉的温暖。他摘下手套,摸了摸她的额头——这个动作已经成功战胜了握手,成为他们最常见的打招呼方式了,就是不知道以后能不能再升级。

尚在胡思乱想,他已经拉着她走向咖啡店。

小周慌忙拉住他:"先吃晚饭。我请客。"顿了顿,她有点不满地抱怨道,"说好我接你下班的,你怎么自己提早跑出来了?"剥夺了她展现十里相迎的诚意的机会。

蒋修文说:"你在外面,我怎么可能待得住?"

她惊讶地张大眼睛:"你怎么知道我在外面?"

蒋修文笑笑。其实不知道的,只是他在门口等了二十几分钟没等到人,想过来买杯咖啡暖暖手而已。

小周带着蒋修文去了那家套餐1288的店。为免蒋先生知道热搜时太生气,她只能拼命压榨自己的钱包,为坦白做好铺垫。

这家店的服务依旧细致周到,不仅帮忙脱外套,还送了他们一人一个暖手宝。

点餐的时候,小周翻了两遍也没有找到那个1288的套餐,只好趁蒋修文低头看手机时,勾着手指将服务员叫过来,小声询问。服务员也配合着小声回答:"工作套餐只有午餐才有。"

　　她为什么要浪费一个下午的时间八卦和玩消消乐？为什么不早点过来道歉？心如刀割的小周征求蒋先生意见之后，点了个1888的双人套餐。

　　蒋先生全程没有发表意见，似乎很享受这场由女友主导的约会。

第 26 章

服务员上菜的时候,小周特意与1288的套餐做了对比,发现还是多了两道菜的,心里稍稍平衡了些。餐厅靠里的角落位置,放着一架纯白色的三角钢琴,原以为是装饰,过了八点竟有一个年轻的小帅哥开始弹奏。

小周凝神聆听了一会儿,小声对蒋先生说:"我觉得没有你弹得好听。"

蒋修文心中一甜,不动声色地问:"嗯?哪里不好?"

她认真地说:"我对你有变身滤镜。"见他不解其意,又解释道,"奥特曼变身以后身高四十到六十米。"蒋先生每天都是六十米!

说完,她又有些不好意思。对蒋先生来说,奥特曼什么的,会不会太幼稚了?

"这样的话,"蒋先生很感兴趣地说,"我就可以天天把你揣在口袋里了。"

小周忍不住瞟了一眼他衣服的口袋。虽然看起来有点单薄,但以蒋先生的细致,一定会铺得很柔软很暖和,自己坐在里面,天天与他朝夕相处,再有女生跑来搭讪,就可以发射怪兽光波……咦,她为什么觉得自己是怪兽?

"不过有利有弊啊。"他似乎在认真地思考着这件事。

她听得一怔："有什么利弊？"

"弊端是体积不太匹配。"他讲得一本正经，耳朵却不由得红了起来。

像她这样的清纯少女才不知道哪里的体积不匹配呢！小周一脸严肃地点点头："嗯，那好处是什么呢？"

说到这个，蒋先生嘴角的笑意立刻消失了，有些委屈地看着她。

她心里咯噔一声，正觉不好，就听他说："当女朋友想送花给别的男人时，可以把口袋的拉链拉上。"

她第一反应是，西装口袋哪里有拉链？随即意识到东窗事发，立刻喝了口汤定定神。奈何，喝的不是孟婆汤，热汤入肚后，还是要面对现实。她起了个标准开头："你听我解释。"

"不听。"

小周倒吸一口凉气。蒋先生，你会不会拿错剧本了？

疑似拿错剧本的蒋先生微微一笑："我信你。"

钢琴师突然弹起《人鬼情未了》的主题曲 *Unchained Melody*，熟悉的旋律仿佛有人在耳畔吟唱"Oh my love my darling……"。

虽然男朋友慷慨大度，但自己不能心中没数。小周还是将自己找钟尧谈合作却被狗仔队误拍的乌龙坦白了。

她愤愤道："他一定是记恨我撞破了他鬼祟偷拍的行为，所以才诬陷我！我送钟尧百合花就像教师节送老师康乃馨一样，纯属礼节，绝无异心。"

蒋修文见她光顾着说话，汤都凉了，就让服务员换了一份。

小周一顿，账单破两千了。

"钟尧确定参加吗？"她话一停，他就接上去，避免冷场。

小周在心里哀悼了痛失两千大洋的钱包一秒钟，才说："确定了。幸好经纪人能从合同里抽成，不枉我牺牲了一头秀发和一双大……"对着认真聆听的蒋先生，脸皮没厚到家的小周默默地吞下了"长"，"大……腿出镜。"

"不必牺牲。"其实他更想说，不必这么辛苦。可是，看她谈起合作眉飞色舞的样子,便不忍败兴。

"哎,和明星传绯闻的事怎么可能天天都有?"他似笑非笑地看着她。

呃,这算不算哪壶不开提哪壶?再说下去,可能要翻罗少那笔账了。她果断总结全文:"我努力工作都是为了……"当着面,"攒嫁妆"三个字实在说不出口,她退而求其次地含蓄暗示,"成家立室,养家糊口啊。"

蒋修文笑了笑:"我很好养。"

这是给她养的意思吗?小周忍不住傻乎乎地笑起来,脱口道:"那你家里对彩礼有没有什么要求?"

"应该是我出彩礼。"蒋修文无奈地扶额,"而且,我妈妈一定非常喜欢你,你愿意就是唯一的要求了。"

那你爸爸呢?她下意识地好奇,转念想到,自古以来,婆媳和谐才能齐家保平安,搞定了婆婆,翁媳关系何足惧也!

很贵的晚餐有它贵的道理。

首先,很好吃。属于吃撑了还想往里塞的好吃。小周围上围巾后,偷偷地打了个饱嗝。其次,很有情调。虽然坐在大堂里,但每一桌都是独立的小空间,客人与客人之间互不干涉,听不到突兀的喧哗。

唯一的缺点是结账之后,微信还会弹出一条消息,提醒你刚才花了多少钱。而且到了还信用卡的日子,还要再回忆一次。

蒋修文送她回家的时候,她还沉浸在钱包出血的心痛中走不出来。因为算算日子,信用卡还款日已近在眼前。

"想过其他明星导师的人选吗?"他随意找了个话题。

她立马打起精神来。没错,钱这个东西,光节流是没用的,最重要的是开源。她认真思索道:"舞蹈导师的人选,陈总已经让孙老师联系了。不知道蒋老师和庞老师,他能谈下哪位。"

蒋修文眉毛微扬:"蒋老师?"

"蒋潇云老师。她很少上电视,经常在世界各地巡演,也许你没听过,但是非常厉害,有家杂志还称她为现代舞女王。"

"过誉了。"

小周愣了下,很少听他这么不留情地批评,于是问道:"你不喜欢她?"

知道她误会了,他无奈道:"我只是谦虚一下。她是我妈妈。"

婆婆?不对,还得加上"未来的"前缀。但已经很叫人吃惊了。原来高老板埋的梗在这里。

她瞬间坐直了身体,仿佛女王突然驾临车厢。

"我可以帮你问问她最近的行程。"他说。

"不,不用了。"小周偷偷抹了一把臆想出来的冷汗,"陈总已经当面交给孙老师了,我横插一脚,不利于公司内部团结。"

这有违蒋修文的处事原则,他一向认为尘埃落定之前,公平竞争,能者居之。不过,女朋友大人的选择必然要尊重的,不仅要尊重,还要尊重得很心甘情愿,真情流露。

"你考虑得很周到。"

她有些小得意,难得得到蒋先生的赞叹呢,伸直的双腿忍不住打起了小节拍。

车驶入小区,停到小周住的楼门前。确定关系之后,两人的距离已经从小区外缩短到小区里了。蒋先生相信自己再过不久,一定能登堂入室。

小周趴在窗户上,借路边的灯光侦察来往行人,生怕爱溜达的父母大冬天夜游。确定没有"可疑人物",她迅速地解开安全带,准备下车。

"等等。"蒋修文牵住她的手,打开车灯检查当初骑小黄车擦伤的伤口。

她紧张兮兮地缩着脑袋,生怕周妈从哪个黑暗的角落里冒出来。

袖子突然被往上拉了一下,她低头,就看到一向运筹帷幄的蒋先生正略显笨拙地将一只金灿灿的手镯套到她的手腕上。

秒钟一格一格地往前跳,蒋先生的耳朵越来越红。她默默拉起袖子,露出手腕,方便他操作。看着他将掰开的手镯重新合拢,两人一起松了口气。

蒋先生总算想起了预先准备的台词:"庆祝你谈成了进森微的第一笔合作。"

"谢谢，很好看。"她欢喜地摆弄着，忍不住就着灯光欣赏。

她虽然不太关注时尚，却也认得手镯的造型是某珠宝奢侈品牌的标志，艳而不俗的玫瑰金镶嵌碎钻，亮眼又别致，凸现手腕的纤细感。

收礼者毫不掩饰的欣喜目光，是对送礼者最高的赞赏。

她看着手镯，他看着她，然后她的脸在车灯下慢慢地红起来，她忍不住瞟了他一眼。此时的蒋先生已然忘了刚才的尴尬，斜侧着身子，一脸的风轻云淡。

"我要上去了。"小周讷讷地说。

蒋修文温柔地说："早点休息，晚安。"

"到家发个消息。"虽是惯例，她仍叮嘱了一句。

"好。"他笑吟吟地望着她，仿佛这时候她要天上的月亮，他也愿意去航天局订船票。

小周目测了一下两人的间距，小声说："你过来一点。"

蒋修文心快跳了几下，面上不动声色，配合地倾身过去。

小周伸出手，飞快地摸了他的额头，笑道："晚安！"

她如旋风般跳下车，蒋修文虽然来得及抓她，最终却没有伸手。以他们交往的时长来算，如今的进展刚刚好。不是不想亲近，但谈恋爱的每个阶段都这么美好，他不舍得快进。

第 27 章

孙兆麟谈下庞朵雅之后,至今未破鸭蛋的王星语连走路都充斥着焦躁的情绪。小周为了避免成为出气筒,识趣地退避三舍,在公司的时候,就去孔小杰的小办公室里躲着。

被她吃空了零食储备的孔小杰忍不住下逐客令:"孙兆麟和王星语都这么努力,你为什么还坐在这里?"

小周说:"你听过三个和尚的故事吗?一个和尚挑水喝,两个和尚抬水喝,三个和尚没水喝。我坐在这里,就是避免造成三个和尚被渴死的悲剧啊。哎,你今天泡的柚子茶很好喝,再续一点呗。"

孔小杰郁闷地又泡了一杯。

走廊有人叫"周女士快递",小周连忙起身往外走,孔小杰忙说:"你的包……"

"放着放着,我还要回来的。"

想把门从里面锁上的孔小杰默默地收起了钥匙。

她果然很快就拿着快递回来了,拆开后拿出一份合同递给他:"我跟陈总报备过了,帮我存档就好。"

他无语地问道:"你签了谁?"为什么每天嗑瓜子剥橘子的人还能完成工作任务?

她笑眯眯地看着落款的签章:"陈德章,演技导师。"常年徘徊在一二线的实力演员,拿过金花奖最佳男配、A市电影节最佳男主,圈内口碑不错,只是很少上综艺节目。

最让小周得意的是,这次谈下他,全靠自己的三寸不烂之舌——严格说,就是真心实意忽悠过来的。

高勤原本推荐的是陈德章的同门小师弟,正当红的流量小生,演过几部大制作电影,被誉为新生代的演技担当。她联系他的经纪人,对方虽然说话客气,但言谈之间对选秀节目颇露鄙薄。

于是,谈到时间的时候,小周连续表示"太不巧了,刚好是您说不行的时间""真的没空吗?太遗憾了,这个时间我们也要的""哎呀,怎么又撞上了",委婉而不失礼貌地搅黄了合作。

离开时,听说陈德章正在公司,她抱着姑且一试的心态走进了他的办公室。对着影帝,她毫不怯场地画了一个香甜可口的大饼,居然歪打正着地戳中了他的内心。

他说:"很多有天赋的好孩子就是没有走上正确的路,白白浪费了。你们这个节目的创意很好,明星对粉丝的影响力这么大,就是应该树立起积极向上的正面形象。"

他当即叫来经纪人,与小周谈了一个小时,合同就拿下了。

怎么说呢?就是人走运的时候,挡也挡不住。

孔小杰见她得意扬扬的样子,不禁泼冷水:"还有作词作曲的导师呢?"

一共六个导师,三个经纪人均分也是一人两个,其中,陈墅还不要脸地拿走了一个,要是她再谈一个,就比另外两个经纪人加起来还多了。这么拉仇恨的事情,一点都不符合温柔谦和的低调少女的人设。

尤其是封亚伦出国拍戏,高勤随行,临行前特意提醒她近期务必夹着尾巴做人。怕她不在意，他还恐吓了一句："马瑞之前想插手森微，被我挡了回去，正憋着一肚子气。我离开之后，他一定会找机会撒出来。"

小周也不是被吓大的："放心，森微有坦克拉仇恨。我查过进集训的选手资料，有周向野。"

"我买了国外的流量卡，你可以随时直播战况。"

小周谈下第二个导师的消息很快在公司群里发了通知。她坐在孔小杰的办公室，都能听到经纪人办公室的门被重重地摔了一下，随即王星语在走廊里自言自语地说："今天风怎么这么大？把门都吹上了。"

小周一直觉得王星语从台前转到幕后，是职业规划的大错误。

犹记得初相识，王星语半开玩笑地诉说着圈内黑幕，嬉笑怒骂，直率开朗，毫无破绽，演技何等高明！只是相处一久，剧本超纲，人设才逐渐崩塌。但当演员就没有这个问题，反正一段段地演，演砸了还能再来一条，不愁影响效果。

喝了两大杯柚子茶，小周上洗手间，出来的时候，正好与王星语撞了个正着。

王星语笑嘻嘻地恭喜她再下一城："不过作词作曲我已经有人选啦，你不能再抢哦！"

小周洗好手，拿纸巾擦手，慢条斯理地说："'抢'这个说法，应该是你谈好了我横插一脚，把人拉过来……唔，听起来有点难度，具体怎么操作，我还要再琢磨琢磨。"

王星语的笑容维持不住了："我跟你开玩笑的，你当真啦？"

小周露齿一笑："我也是开玩笑的，刺不刺激？所以，这个道理告诉我们，不主动'刺'的话，哪有那么多机会被'激'啊？"

虽然王星语小动作频频，但同事以来，还没有真正吃亏过的小周好心情地决定提早下班。

已经没有什么零食可以失去的孔小杰这时候倒恋恋不舍起来："再聊一会儿，就快下班了。"

"不，我要去逛商店。"

孔小杰心道,当着总经理秘书的面,这么理直气壮地翘班真的好吗?

小周收拾好了东西,顺便帮他将垃圾带下楼:"对啦,圣诞节你最想要什么礼物?"

所以说,好人有好报是至理名言!孔小杰含蓄地说:"新出的手机或电脑……随便一样都行。"

唔,蒋先生不缺钱,应该不需要等礼物才换新手机新电脑吧?

她摇头:"除此之外呢?"

反省自己太贪心,孔小杰重新划定了一个价格范围:"日式自助餐也不错。"

蒋先生好像更喜欢吃西餐?

她摸摸自己的钱包,无奈地叹了口气。她收到手镯之后,虽然没查价格,但那个牌子的东西,起码上万……交一个有钱男友的压力真的很大啊。

孔小杰干笑着说:"要不你就随便买一点零食吧?主要讲究个心意。"

果然还是要走心意路线啊。小周若有所得地点点头,走了。

留下孔小杰抱着空荡荡的零食盒,热切地期盼着明天的到来。

说到心意,当然就是手工。

说到手工,当然就是……围巾。

小周兴冲冲地买了毛线和书回家。周妈见她提着袋子,随口问:"买了什么回来?"

"零食。"

周妈下意识地看了一眼,两根毛线针露在外面:"什么零食?"

小周将袋子换到另一只手,用身体挡住了袋子,慢吞吞地说:"棒棒糖。"

冬夜的月亮暗沉沉的,仿佛进入了冬眠,但挂着碎花窗帘的小屋子里灯光大亮。屋子的主人盘膝坐在床上,对着手中的毛线针如临大敌。

她终于明白,为什么织围巾能够表达心意了。就像勇士要屠了龙才能表达对公主的爱一样,那都要从千军万马中杀出来呀!织围巾先不说技术,就说蕴藏着技术的书,就淘汰了一部分连书都看不懂的人。

郁闷的是，她正是其中之一。

万般无奈，她拎着小袋子向周妈求救。

周妈挑眉："不是棒棒糖吗？"

小周拿起毛线针，插在线团上，举起来，装傻说："像不像棒棒糖？"

经历大小战役不知凡几的周夫人怎会被她的插科打诨影响了判断："你织的围巾想送给谁？"

说出蒋先生的存在，还是不说出蒋先生的存在，这是个问题。

每当话在嘴边，冲口欲出的时候，她就忍不住想象说出的后果——可能每天都要写一篇恋爱汇报。

还是算了。

"织好的围巾是送给……大老板的。"她硬着头皮说，"二老板出国了，大老板可能要来找我麻烦，我准备送条围巾贿赂一下。"

周妈良心建议："那就买一条。你自己织的围巾，送之前最多是结怨，送了以后就是结仇。"

大冬天浇冷水，真的是亲妈才干得出来的事啊。

第28章

当孙兆麟和王星语在外奔波请导师的时候,率先达标的小周正安安稳稳地躲在孔小杰办公室里,嗑瓜子打围巾。

周妈还是将打围巾的秘诀传授给了她,且严格把质量关,言明每天要将成果呈给她"御览",如有瑕疵,必须重织。为此,她第二天拎去的都是巧克力、糖果等耐吃的打折零食,以免影响发挥。

孔小杰受宠若惊:"还没到圣诞节,这么早送?"

虽然不明白买零食与圣诞节有什么关系,小周还是说:"昨天不是都吃完了吗?不能断粮啊。"

他揭着袋子,将东西一样样往外掏,掏到最后,是一盒礼盒包装的爱心巧克力,红艳艳的丝带下夹了一张爱心卡片。他的手一下停住了,看她的眼神尴尬错杂。

虽然不想误会,但又问圣诞礼物,又送巧克力……总不会是误会吧?

他犹豫道:"我好像还没介绍过我的老婆?"

怎么突然说起这个？有大老板夫人携小三轰轰烈烈上热搜的前车之鉴在，小周对这个话题很敏感："呃，有这个必要吗？"

难道她要的是"不求天长地久，只求曾经拥有"的露水姻缘？孔小杰很纠结，不知该如何委婉拒绝："我是一个传统的人，娶了老婆就是一生一世。她对我特别重要。"

既然这么重要，她也不好驳他的面子："要不你介绍一下？"

他面色一变："你想和我老婆见面？我们只是一起吃了几天的零食，没这个必要吧？"

男人善变，以此为最。

孔小杰狠狠心，将巧克力递回去："对不起，我不能收，你一定能找到更适合的人的。"

小周的目光落在礼盒的外形与卡片上，终于明白自己闹出了什么误会。

她将卡片抽出来，当着他躲闪的眼神，翻开："为了迎接圣诞节的到来，特意推出八折礼盒回馈顾客，欢迎选购。我只是节俭，买了打折的巧克力而已，不用这么嘲笑我吧？"

孔小杰仔细看了卡片上的字，才明白自己闹了什么乌龙，顿时面红耳赤："那你问圣诞礼物……"

"送给我男朋友的圣诞礼物。"她扬了扬装着毛线的袋子。想起自己好像也没有宣布过脱单，她骄傲地拿出手机，展出桌面："是时候介绍一下我的男朋友了。"

他好奇地瞄了一眼，照片的画风十分抽象。他意外地说："你喜欢二次元？"

"因为我男朋友太帅了，我怕帅炸屏幕，才做了艺术处理。"

他见她完全没有把刚才的误会放在心上，总算消除了几分尴尬，开玩笑道："就当我信了。"

看他戏谑的样子，小周虚荣心爆棚，不炫耀一把都对不起自己交了这么优质的男朋友。

"你等一下。"

她摸出手机，悄悄发微信给蒋先生，表示自己的眼光遭同事质疑，急需携男友出场炫耀。

蒋先生秒回:"为这一刻,我已准备了很久。"

得到支持的小周,趾高气扬地对小伙伴说:"下班的时候,我决定让你看一眼我男朋友的剪影。"

孔小杰心道,果然是二次元。

好奇小周的男朋友到底是谁,孔小杰一天度日如年,好不容易到了下班时间,他早早地拉着小周去楼下等。

小周发微信给蒋修文,让他不要下车,就坐在车里,让她的同事远远地瞻仰一眼就好。蒋先生身份敏感,在他们修成正果之前,不宜过早曝光。

蒋先生久久没有回消息。

天不知何时飘起棉絮般的细雨,小周拿着手机,脸色越来越难看。蒋修文从法国回来后,消息一向回得很快。她忍不住拨了个电话过去。

孔小杰站在旁边,稀奇地看着。

对方手机已关机。

他安慰她:"可能手机没电了。"

手机没电吗?这种理由放在别人身上可能司空见惯,但是蒋先生……总觉得他应该运筹帷幄得在电量还剩百分之二十的时候,就及时地插上了充电宝。

时间一分钟一分钟地过去,孔小杰有点后悔跑来看热闹,可这个时候,总不能抛下她一个人。

他建议:"我们要不要去对面喝杯咖啡慢慢等?"大厦的空调也不知道怎么回事,过了五点就开始降温,尤其是大堂,温度几乎要和外面持平了。

小周从忧虑中回过神,不好意思地说:"你先回去吧,下次有机会再带你……"

一辆黑色奔驰驶进来,保安连忙出去拦车,示意他去停车场。

小周眼睛一亮,跳起来往外跑。

稀稀拉拉的小雨如喷雾般飞到她的脸上,蒋修文飞快地从车里出来,打开伞,挡在她的头上。

保安见他是来接人的,识趣地走了。

小周抬头，小声抱怨："手机为什么不开机呀？"

她的脸湿漉漉的，一双圆溜溜的大眼睛犹如激滟的湖水。

蒋修文内心柔软得一塌糊涂，从口袋里掏出摔碎的手机，柔声道："在公司楼下被人撞了一下，摔碎了。本来以为能准时到的，又遇到塞车。"他失约和迟到的记录很少，没想到在和女友约会上就挂了两笔。

她听到有脚步声从后面传来，想起跟自己一起等的孔小杰，连忙抓住他握伞的手，将伞面往下压了压："不是让你待在车里不要出来吗？"

他笑着刮了一下她的脸："没关系。"

孔小杰停下了脚步，与他们保持两三米的距离，好奇地看着伞下的两人。

天太黑，他依稀看到站在小周身后的男人应该有一米八几的身高，身姿挺拔，而面容被伞遮住了……那个男人突然抬起伞，露出脸来，微笑着对孔小杰说："反正以后婚宴上也会遇到，不如早点问候。"

这不是蒋大佬？！

孔小杰感到了从内而外的冷意。上午误会蒋大佬女友对自己有意思的那个蠢货一定不是他！

浑浑噩噩的他并不记得自己后来对大佬说了什么话，后来据小周说，他一直翻来覆去地祝他们百年好合。

蒋修文原本想送他回家，实在不顺道才作罢。

小周调侃他："看来孔小杰不是你天涯海角都要顺路的人啊。"

蒋先生意味深长地说："没追到女朋友之前，走走群众路线、顺顺路还是可以的。"

第二天上班，孔小杰坐在办公室里认真看书。

小周惊奇地说："你被谁刺激了？"

"你。"他额头亮得仿佛刻了"发愤图强"四个字，"快嫁给大佬了的你都这么努力，我还有什么理由不努力！"

她羞涩地说："结婚还言之过早。"

他白了她一眼:"晒恩爱也要有个限度,大佬都说出口了,你笑就可以了。"

小周忍不住嘻嘻嘻地笑起来,笑完之后,她提醒他:"如果有第四个人知道这件事,就是你传出去的。"

孔小杰惊讶道:"难道我是第一个知道的外人?"

好像高老板也知道?小周昧着良心说:"没错,所以你要守口如瓶。"

自从分享了小秘密之后,孔小杰与小周的友谊就真挚了很多,他还实时分享了王星语与孙兆麟的战况。孙兆麟为了签导师,直接跑去首都堵人。王星语也不甘示弱,在孙兆麟从音乐学院请来大提琴演奏家裘艺的当天,她谈下了史奔。

小周从孔小杰的嘴里听到两人名字时,愣是没明白他们是什么导师。尽管裘艺的头衔非常清晰,但史奔不是经常上综艺节目的搞笑艺人吗?总不能让他当词曲创作的老师吧?

后来孔小杰找出了他的简历,发现人家毕业于国内著名音乐学院的作曲系,根正苗红。

两个人选很快通过。

一方面,陈墅不想节目一开始就让王星语摔倒在起跑线上,有意放水;另一方面,他觉得史奔的加入说不定能给节目带来意想不到的结果。毕竟,被他寄予厚望的"搞笑担当"孙兆麟在海选阶段大失水准,没有贡献出足够的笑点。

导师人选尘埃落定没多久,集训就要开始了。

为了拍摄节目,森微特意租了一座停业的三星级宾馆做集训大楼,里面宿舍、食堂、训练教室……应有尽有。

选手已在这几天全部入住。

因为王星语的肋理"因事退出",她直接从小周手里要走了康棠,所以原定的淘汰助理环节被取消了,三名经纪人直接带助理进入集训大厦。

公司拉了汽车赞助,给三名经纪人各配备了一部,但颜色不同。

孙兆麟选了黑色,被节目组取了个"黑王者"的外号;王星语是香槟金,号称"香槟公主";小周最后选的是红色。她原本想选粉红,因为蒋先生在她眼里就是代表爱情的粉红色，可惜没有，所以退而求其次，而且《明星天梯》的最终考核就是艺人走红程度的比拼，红色很应景。节目组给她的外号是"红魔法师"。

小周很满意。

三个人打起来，他们两个只能靠气质和血统，她靠远程输出，明显占优势。

去集训之前，小周先去接王曦瑶。

经纪人寻找导师的时候，助理也不轻松，需要带着摄制组挨个拜访通过海选的选手，这些天下来，王曦瑶直接瘦了一圈。相比较之下，天天吃零食聊八卦的小周明显感觉到自己比对方大了一个码。

她真诚地问摄像师："视频能P吗？"

第29章

经纪人到达的画面还要拍几个特写。孙兆麟已经拍完了,原本轮到小周,偏偏王星语说自己生理期,赶着进屋躺躺,找自己的编剧过来和厚厚商量,想插个队。

小周正精神萎靡,也懒得计较,乖乖地排到了第三个。

厚厚今天有事,这时才赶过来,见她蔫蔫的样子,疑惑地问:"怎么了?你也亲戚到访?"

摄像师脸色不大自然地看向了窗外。啊,路边的白杨树多么挺拔瘦削!

王曦瑶憋着笑,转述了小周想要P视频的美好愿望。

厚厚仔细看小周的脸,的确比之前圆了些,但面色红润气色好。"那卢老师怎么说?"卢老师就是一直盯着白杨树不肯眨眼的摄像大哥。

王曦瑶终于绷不住脸,破功笑出来:"摄像大哥说,后期救不了三次元。"

歪着脑袋偷听的小周精神更差了。

生理期的王星语折腾了摄像师一个小时,总算"着急"地进屋躺躺了。

厚厚原本担心小周的心情影响拍摄，谁知当车一停，她就生龙活虎起来，笑容、台风双满分。

王曦瑶叹为观止："你是学表演的吗？这么专业！"

很多经纪人都是表演专业出身。

小周有雄图大志："就算是胖子，我也要当一个精神抖擞的胖子。"

集训时期，一百三十六名选手将均分为声乐、舞蹈两组进行训练。节目一开始，选手以自由意志报名，报名人数多的组，由三位经纪人共同进行考核。

考核成绩排名在六十八名以后的选手，自动调入另外一组。

选手报名的时候，三位经纪人带着各自的助理在小化妆室里等候。

小周大大方方地介绍了自己的小助理，然后笑眯眯地看着王星语。王星语脸皮再厚，这时候也有些不好意思，借口肚子痛，歪在沙发上，让康棠自我介绍。

康棠倒很沉得住气，一板一眼地介绍完了。

孙兆麟带的助理是走正规途径二选一挑出来的，叫林杏菲，长得像朵含苞欲放的小白花，娇嫩欲滴，说话声音轻柔悦耳，却是声乐歌剧系毕业的女高音。

小周听名字颇觉耳熟，转念想起，这不就是邱奕宇拜托她关照的小表妹吗？她不由得多看了两眼，小表妹安静地回以微笑。

选手的自选持续了将近两个小时才结束。

结果送到三个经纪人手里，声乐组报名人数大比例超出，一百三十六人中有一百二十二人报名，选舞蹈组的只有孤零零的十四人。倒也不令人意外，他们本就是凭借唱歌通过海选的。

编剧们与他们最后一次确认流程后，三位经纪人带着助理走出了化妆室，准备开启第一次合体亮相。

而此时，选手正在原酒店会议室、如今的集训大教室集合等候。

为了制造节目的悬念，选手对比赛的流程并不很清楚，只知道分组之后各自培训，所以视舞蹈组为淘汰组，大多数人都表现出由内而外的抗拒。

有选手在个人采访时放话:"要是进了舞蹈组,我就回家。"

有的选手甚至公然吐槽:"我感觉节目有点不专业,经纪人好像都不是很懂音乐,有一个还是演员。不知道为什么让他们来考核我们……想让什么人来考核啊?那歌手啊,音乐制作人啊……专业的都行。别的选秀节目不都是那样的吗?"

不管背地里怎么说,在三大经纪人联袂出现时,他们还是给予了热烈的掌声。

由于后继无人,孙兆麟依旧是节目里独一无二的搞笑担当,编剧们便把掌控流程与节奏的重任交给了他。余下,王星语负责美,小周负责传播正能量。

孙兆麟背了一段编剧写好的稿子,顺便与两位经纪人稍作互动之后,就开始宣布考核安排。

因为考核人数太多,所以分两天进行,选手将自由组合,两两进入考场合唱。

规则一出,在选手区引起一波小骚动。

合唱不仅考验个人唱功,还考验团队合作,难度比原来更大,失误率也大大增加。

之后的个人采访中,许多选手都表现得很消极。

吐槽经纪人不专业的选手黑着脸说:"我有点不知道自己坐在这里干吗。"

他们不知道,三个经纪人却很清楚。在节目的最后,经纪人将各自挑选想签约的选手,有可能是个人,也可能是组合。合唱是为了寻找拥有组合潜质的选手。

考核明天开始,跟着选手的摄制组继续留下拍摄,经纪人和助理原地解散。

小周收拾东西准备走,厚厚拉住她,拼命使眼色:"听说这里的自助餐味道不错,你不留下来试试吗?"

虽不明缘由,但蒋先生晚上有应酬,她也没什么要紧事,正好王星语和孙兆麟看过来,她顺势回答:"好啊好啊。"

好个鬼啊。

一望无垠的蔬菜世界完全不值得留恋。

小周端着盘子,生无可恋地跟在厚厚的身后。

跟拍的摄制组留下来拍素材,将这一幕真实地记录了下来。

厚厚说:"你不是想减肥吗? 晚上吃蔬菜最好了。"

小周说:"想瘦和减肥是两个概念。一个是美好的愿望,一个是残酷的行动。"

"可是不行动的话,你就只剩下愿望了。"厚厚意有所指地看向王星语和孙兆麟的方向。

他们也留了下来,一人带着一群选手吃得欢。

顺着她的视线看过去,小周突然开心起来,指着不远处的烤鸭:"看,有肉!"

厚厚扯住她展翅欲飞的衣摆,用眼睛暗示:"你就不能关注一下周围吗?"

"我关注了。"小周认真地说,"趁他们忙着聊天,我们赶紧挑两块大的!"

厚厚心累得不想说话。

肥瘦得宜的烤鸭毫无疑问是今日美食之最。

小周看着烤鸭附近排起的长队,暗暗庆幸自己及时下手。吃完烤鸭,再吃几根青菜,今晚的美食探险差不多宣告结束。她擦擦嘴,等待厚厚停筷。

深感昏君扶不起的厚厚已经放弃了进谏,一门心思与烤鸭做斗争。

小周放下筷子的那一刻,密切关注动向的选手们终于找到了搭讪的机会,一个个端着果汁过来,很快形成了一个圈。小周站起来与他们胡侃,从演艺事业聊到人生哲学,听得小年轻们如痴如醉,觉得这姐姐真是学识渊博。

厚厚在旁边看着,终于露出了老阿姨的欣慰笑容。

这一聊,就聊到差不多餐厅关门。剩下六七十名选手,小周粗略地扫过去,她通过的海选选手差不多都在,除了朱玉轩。

餐厅服务员们着急下班,开始乒乒乓乓地打扫,选手们不好再待,陆陆续续往外走,小周与厚厚跟着人流。

大约觉得再混下去就没有机会了,选手们"图穷匕见":"你们评分的标准是什么?"

小周说:"优秀啊。"

"如果去了舞蹈组,以后会怎么样?"

"好好学习,天天向上。"

"周姐姐,不要敷衍我们啦!"可爱的小弟弟这么说。

周姐姐很冤枉:"这怎么能叫敷衍呢？我叫你们'自己看着办'才是敷衍啊。"

好吧，经过对比，高下立见。

选手将人送到门口，依依惜别，小周走得十分潇洒:"别送了，送得我都以为自己要去刺秦王了。"

到停车场，她发现王星语和孙兆麟的座驾都还在。

厚厚说:"他们今天带着行李来的，这叫有备而来。"基地本就是酒店改建的，房间多得是，他们留下来，一来可以树立亲切的形象，二来可以和看好的选手套近乎。

早在机场厚厚就暗示过她，康棠可能叛变，那时候她没有领悟。今天厚厚提醒得这么明显，再不领悟她就是二百五了。小周感激在心:"你说得对，今晚的自助餐的确很好吃。"

不仅饱腹，还醒脑。

请导师环节的领先优势，的确让她有些掉以轻心。另外两位经纪人都不是善茬，一点轻忽，优势就会变回劣势。

王星语的某些招数虽然难看，却很有效。比方说，她放弃了自己的助理，要走康棠。理由很简单，因为康棠是南赛区的助理。他俩相加，等于刷了东、南两大赛区选手的初始好感度。

"我决定了，"小周要奋起，"明天带好吃的来。"

所谓好吃的，就是润喉糖，歌唱比赛必备良品！

王星语和孙兆麟吃完早餐出来时，就看到小周提着一大袋润喉糖分发，那热情的模样，可媲美昨晚对烤鸭的钟爱。

选手们很受宠若惊了一番。

选手结对子完毕，排队领号，昨夜没露面的朱玉轩也在队伍中。王星语特意走过去问:"感冒好点了吗？"

朱玉轩戴着口罩点头，大约怕传染给别人。

王星语从口袋里掏出感冒药递给他:"我让助理买的。"

小周从她身后路过:"哎,这药不错,有助睡眠。"

王星语面容微僵,警告般地看了小周一眼。

小周不以为意地笑笑,朝王曦瑶招手:"嗨,这里有你的病友。"

昨晚头昏,早回酒店的王曦瑶今早起来就发现自己感冒了。为免工作没精神,她特意买了不含扑尔敏的感冒颗粒,顺手就掏出两包给了朱玉轩。

朱玉轩两种都收下了。

王星语意味深长地盯着小周。

小周不免感慨,王星语面容虽美,却美得很大众,但目露凶光的时候,就有辨识度了。

考核开始,选手按号进场,三位经纪人在助理的帮助下打分。

最先入场的十名选手,表现不出意料地一塌糊涂,毫无默契也就罢了,因为同伴的干扰,几乎每个人都出现了走调的情况,让准备听演唱会的六位考官仿佛亲身经历了连环车祸现场。

惨案直到朱玉轩出现才中止。

朱玉轩虽然感冒,但发挥稳定,不但没有被同伴的走音带偏,还将同伴从歪路上带了回来,离场时,得到了考官的一致好评。

王星语说:"他我预定啦。"

大概嫌她吃相太难看,一向不掺和的孙兆麟也忍不住下场:"经纪人与选手是双向选择,先不要急。"

王星语看向小周:"你是他的海选考官,你觉得他会选择我们中间的谁?"

小周说:"这要看我预测得准不准。准的话,我选我。不准的话,我选你。"

两天考核结束,小周称了称体重,发现自己轻了两斤,很是开心:"我果然很用心地在工作。"

厚厚吐槽:"明明是织围巾织瘦的。"这两天但凡有空闲,她都用来织围巾了,可怕的是，围巾的长度成谜，时长时短，让她一度怀疑她已经织了好几条。

说起围巾，小周很愁："圣诞节快到了。"而老妈大人的标准没有丝毫松动的迹象，不仅漏针要重织，松紧不一样也要重织。

厚厚说："圣诞老人冻了这么多年，不缺你一条围巾。"

小周郁闷地说："除了圣诞老人，难道我就没有其他人可以送了吗？"

厚厚愣了下，猛然反应过来，震惊地说："原来你想织一百三十六条围巾？"那一切都说得通了！这果然是刷选手好感度的大杀器啊！她以前怎么会觉得小周没有战斗力呢？分明在偷偷蓄力养绝招啊。

小周说："事业线之外，我就不能走一走感情线吗？"

厚厚想起了机场帅哥："哇，我们下班这么晚，你还有精力跑去约会？"这几天，她一直和小周一起上下班，并没有吃到狗粮。

小周的脸垮下来。

并没有约会。算算时间，她与蒋先生已经三天没有见面了，每晚倒是通话，但她听出他的疲倦，便不肯多说。其实，以蒋先生的身份地位，每天忙碌才是常态吧，像前阵子那样按时上下班，简直是奇迹了。

考核结束后，成绩拖了两天才出来，实在是争议太大。三名经纪人的分数南辕北辙，很多选手的成绩大起大落，然后高峰低谷拉平，又与其他表现平平的选手撞分。

好在节目录了像，几个经纪人与助理一起，一边复看，一边争论，总算将名次定了下来。

朱玉轩毫无悬念地位居榜首。

成绩公布后，几家欢喜几家愁。

王星诣与孙兆麟聊天时透露舞蹈组的性质是偏重跳舞，但声乐课一样会有，表现良好还可以换回来等内部消息，选手们都冷静地接受了。

还有一天就是平安夜，围巾只剩收尾就能大功告成，总算赶上了圣诞节。小周提着袋子，与厚厚、王曦瑶说说笑笑地往停车场走。基地目前只用来录制节目,每天停放的车辆都很固定,所以多出一辆黑色奔驰时,极其显眼。

小周见状,眼睛如名字,一下变得晶晶亮:"我今天有事,不和你们一道走了。拜拜。"她冲她们挥挥手,飞快地朝奔驰跑去。

第30章

　　车里的人先一步下来站在副驾旁边，为她打开车门。
　　小周曾经对车模的作用不以为然，模特再漂亮，难道能提升汽车的品质吗？但她现在的答案是……能。蒋先生的存在大概是专门纠正她以前的不成熟偏见的。
　　低调的橄榄绿大衣穿在他的身上，有种浑然天成的优雅。他打开车门的一刹那，沉稳大气的奔驰仿佛变成仙女的南瓜车，坐上去就能完成灰姑娘的转变。
　　落后的厚厚与王曦瑶越走越近，发出刻意的艳羡惊呼。小周悄悄地瞪了蒋先生一眼。自从在孔小杰面前亮相以后，他已有恃无恐。说好的保密男友，都快成公开的秘密了。
　　有过一面之缘的厚厚自发地打招呼："机场帅哥，又来接女朋友啊！"
　　蒋修文微笑回应。
　　偶然的相遇并不算正式介绍，双方都点到即止。
　　小周上车离开后，王曦瑶对着车屁股发了一会儿呆，厚厚在她面前招了招手："朋友夫，不可妒。年轻人，不要走歪路。"

王曦瑶冥思苦想:"他很眼熟。"

"以我对我国影史的了解,他不是圈中人。"厚厚自信地说。

这种颜值又眼熟的……不是明星吗?王曦瑶对自己引以为傲的记忆力产生了怀疑,只能安慰自己:"人帅到一定程度,很容易大众脸吧。"

厚厚心道,原来她连一张大众脸都不配有。

坐上南瓜车——男友座驾的周大经纪人欢喜过后,又觉得自己最近秀恩爱的频率有些高。交往了不到一个月,己方阵营已有全面沦陷之忧。

她不知道别人谈恋爱的进度,但对她来说,委实有些快。她对蒋先生的了解还很肤浅,每次见面,都在心跳心动中度过,脑子运作的时刻屈指可数。

而蒋先生于她,分量日益加重。未见面的几天,她常想他。很日常的想念,诸如他现在在做什么,今天吃了什么……然而剔除了惊心动魄,人生所余不就是日常琐碎?如此说来,即使蒋先生按兵不动,她的全面溃败也计日而待了。

但是,如此优秀的蒋先生真的能和她走到最后吗?一向乐观的小周也不禁忧愁。她烦恼的时候面上会带出各种表情,自己毫无所觉,旁人看来,却是精彩纷呈。

蒋修文默默地欣赏了一会儿,到她愁眉苦脸,才借着红灯,伸手捋她的眉头。

"节目进展不顺利?"

小周说:"尚在掌握之中。"

蒋修文说:"那掌握之外的是什么?"

她望着他,一双水汪汪的大眼睛眨呀眨。

没戴眼镜却戴着女友滤镜的蒋先生心脏被重重地戳了一下,手指顿时痒痒的,于是他毫不犹豫地将手塞进了她的手心里,以示自己全在对方掌握的决心。

红灯跳绿灯,小周将握了才一秒的手抽回来,义正词严地红着脸说:"要遵守交规。"

听女友大人的话,乖乖遵守交规的蒋先生在路上蜗行了一个半小时才到预订的意大利餐厅。路上,他简单介绍过这家餐厅的背景——一个除了厨艺,什么都不靠谱的朋友开的。

下车时,蒋先生亲自为她解了安全带,手指擦过肩膀,明明隔着衣服,她仍是悸动了一下。悸动之中,她又有一丝清明——今天的蒋先生殷勤得不太正常。

女友直觉是毫无科学依据却经常在应用中得到肯定的学问。她不免胡思乱想,根据电视剧,任何反常都是为了改变关系,不是分手,就是结婚,都叫人难以面对。

她晕乎乎地下车,跟着他来到车尾。

后备厢打开,露出巨大的红玫瑰花束。

她惊愕得说不出话来。"看星星"那晚,她曾幻想过这个桥段,没想到变成现实后,莫名地肉麻。

蒋先生也有所觉,虚心求教:"从后座拿出来会更好吗?"

同样是初恋的小周很迟疑地回答:"也许?"

摸着石头谈恋爱的两人决定搁浅争议。

小周捧着花,看蒋修文从后备厢里拿出一个长方形的礼盒,心里咯噔一下,突然有了某种猜测。这是要提前过圣诞?

印象中,蒋先生好像是海归。外国人过圣诞,都和家人在一起吧?所以提前与女友庆祝,合情合理。好在自己这几日为了上节目,一应穿戴都由造型师搭配,大衣长裙,勉强应景,只是……她的圣诞礼物还拖着毛线球,蒋先生属猫才会喜欢吧。

尽管如此,她还是将装围巾的袋子带上了。比起两手空空,精雕细琢的未成品也是诚意嘛。

餐厅是商业广场边角的独栋圆柱体建筑,两层挑高,外围一圈的落地玻璃。厨房坐落在圆心位置,是一个半径两米左右的小同心圆,周围全透明,客人随时能透过玻璃看到里面的动向。

蒋修文推门而入,脚下灯光亮起。对面的厨房里,一个男人将脸贴在玻璃上做鬼脸。

蒋修文一手搂住小周的肩，一手挡住她的眼睛："小心伤眼。"

因为视线被挡住，身体的其他感官便格外敏感。他拥着她前行，动作轻柔得仿佛抱着一个易碎品，如果用一句话形容的话，大概就是"捧在手里怕摔了"。

她踩着小碎步，放心大胆地往前走了两三米："还伤眼吗？"厨房里的是美杜莎吗？看一眼就要变成石头？

"还有两步。"他的声音从头顶响起，温柔而撩人。

须臾，她眼睑上的暖意退去，眼睛一凉、眼前一亮，餐厅周围的灯不知何时关了，只余头顶一盏抽象的"心"灯，独力在黑暗中撑起光明。

他们站在光的中心，仿佛是世界上唯一的两人。

不闻喧嚣，只有彼此的心跳。没有烦恼，只见彼此的美好。

这应该是爱情最美的模样了。

蒋修文拉开椅子，让小周入座。

她借着暗淡的灯光，好奇地打量周遭。

餐厅的桌位稀疏，每张上面都有一盏专属的灯，造型各异。她又举头看灯："这是一颗心？"

他之前与朋友来过一次，并没有在意餐厅的布置，此时不免慎重研究："的确。"虽然经过了艺术加工，但原型应该是"心"。

小周窘窘地问："变形的心，是变心的意思吗？"

蒋先生满餐厅地找了盏倒"福"字的灯，重新拉着小周落座。

有种管不住嘴，需要减肥；有种管不住嘴，需要减压。小周头顶"倒福"，压力山大，紧张地挽回刚才的失言："从这个角度看那颗心，还是很有艺术感的。"

"心"的左半边短而圆润，右半边长而纤细，单以造型论，的确很奇特。

但蒋先生对"变心"两字殊为敏感："外表再冠冕堂皇，也不能掩饰扭曲的灵魂。"

小周噤若寒蝉，说错话的后果果然很严重啊。

蒋先生精于表情控制，旁人难窥其里，但对于已经在里面的人，便能看出他隐藏的压抑与难过。

她并不想揣测他为何有这样的感悟，总归是不好的事情，等有一日，他愿意分享的时候再说吧，现在，她只要大声认同就好："没错，心脏肥大的人很可能患有肺心病、扩张性心肌病、心内膜炎等疾病。可见，一颗胖瘦得宜的心脏是多么重要。"

见他重新展颜，她暗暗松了口气。

玻璃房的鬼脸朋友见这对奇葩情侣终于找好了窝，才端着菜单慢悠悠地走出来："恋爱中的人总有一股让人退避三舍的腐臭味，幸亏你今天包场，不然一定被人投诉。"

小周很想问，包场要多少钱。

蒋修文面不改色地说："你的目标客户群是单身和离异？"

一回合阵亡的朋友认真地看着小周："你看上他什么了？"

咦，问得这么突然的吗？

看戏的小周顿时挺直腰背，像小学生背课文一样认真回答："高大英俊、事业有成、才华横溢、温柔体贴、风趣幽默、正直善良……还很专一！"

她每说一个字，蒋先生脸上的笑意便浓一分，说到最后，他高兴得很正大光明。

朋友不可思议地看着他："你用的是哪家的催眠术，效果这么好？"

蒋修文噙着笑意："我们有变身滤镜。"

自己的话被男朋友炫耀给第三人听，小周竟有些小骄傲。

朋友催促他点完菜后，迅速躲回厨房，以抗议他们免费发放狗粮的恶行。

小周见厨房里只有他一个人忙碌，好奇地问："没有帮厨吗？"这么大一个餐厅，只有一个厨师忙碌的话，说明平时生意也不怎么样嘛。

蒋修文回答："平时有的，还有两位主厨。今天他觉得自己能应付，就给员工放假了。"

中国好老板啊。小周感慨。

"毕竟，"蒋修文慢悠悠地接下去，"平时都是他在放假。"

小周对晚餐的期待值直线下降。

厨房热火朝天，餐厅的气氛便有些冷清。小周与蒋先生还没有亲密到坐着不说话也不尴尬的地步，更不想各玩各的手机，便搜肠刮肚地想话题。

嗯，还是从集训基地的烤鸭开始说好了。

她正准备开口，面前递过来一个长方形礼盒。

来了来了。

小周紧张又期待地双手接过。上次是手镯，这次这么大这么轻……难道是领带？被自己的猜测窘到，她温柔地打开礼盒，然后浑身一僵。

蒋修文一直注意着她的神情，惊讶道："不喜欢？"

"不是不喜欢，是太喜欢了。"她的脸像倒翻了调味罐，五味杂陈。

蒋修文沉默了一会儿说："是我亲手织的。"临近年底，本就忙碌，为了打这条围巾，他熬了两个通宵。

小周知道他误会了，默默地将自己拖着毛线球的围巾从袋子里取了出来。

他们注定与围巾结缘。

他笑着起身，在她面前蹲下。

一向高高在上的蒋先生难得矮了几公分，像个期待的孩子，伸长脖子等待她亲手送上温暖。

看到自己的心意这么被期待，小周顿时忘了撞礼物的尴尬与织围巾的艰辛，高高兴兴地取出半成品，围在他的脖子上，然后又将礼盒放在腿上，同样期待地看着他。

蒋修文站起身，弓下腰。他们"劈腿"被抓的那一次，她接他的围巾像接哈达一般，他有样学样，也伸出双手虔诚地接过，轻柔地绕住她的颈项。

小周显然也想到了："其实，罗少并不是我的前男友，我们从未交往，我只是扮演他的女朋友。"他这么在意"变心"，当时还是默默地为她背锅，如今想想，真是难得。

"我知道。"

他从来只相信证据，唯有那一次，他相信了自己的直觉，于是违背原则与底线，放纵了自己对她的好感。

第 31 章

他一站起来,毛线球便滚了出去,拖出长长的一段线。

小周弯腰将毛线球捡起来,又想把围巾收起来,尴尬地说:"本来打算今天回家再收线的。"

蒋修文摸围巾的手顿了下,不动声色地问:"还要带回家?"

她卷着线,迷惘地反问:"呃,还没有织完啊?"

他不舍地将围巾解下来:"你可以现在收尾。"

对着围巾发了一会儿愁,她实诚地说:"我还不会。"

蒋先生积极地将椅子搬到她旁边:"我教你。"

开启教学模式的蒋先生一如既往地魅力四射。小周很想知道那些考前一起复习的情侣是怎么集中注意力的,反正她眼里都是蒋老师近距离的英俊侧脸,低沉好听的声音像是大提琴弹奏的乐章,入耳欢快但不知道内容是什么。

蒋老师很快讲完一遍,并亲自示范。

让小周几度束手无策的毛线针落在他的手里,如臂使指,灵活得像要飞起来,不过片刻，就完美收尾。

她一脸惊叹。她织得磕磕绊绊，拆拆补补，才勉强拿到周妈的及格分，而他的那条，完全符合周妈的最高标准。如果他是他们家的成员，那周妈"最佳手艺奖得主"的身份就有待商榷了。

在她胡思乱想之际，他将织好的重新拆掉。

"啊。"她一脸心疼，"为什么拆掉呢？"

蒋修文递给她，期待地说："你不是要亲手织？"

其实，合资也是可以的。

小周为难地接过来，凭借零星的记忆与感悟慢吞吞地下针，蒋老师在旁不时指点，花了十几分钟，倒也像模像样地完成了。

随着剪刀咔嚓一声，线头还未落地，围巾已经在蒋先生的脖子上绕了半圈。

小周心道，餐厅的空调若有灵，会不会有些委屈？难道它工作得还不够努力吗？

但是，怎么办呢？自己选的男朋友，再奇葩也要用心宠着。

她也默默地系上了蒋先生送的围巾。

出来进去好几次的厨师朋友终于忍不住冲过来："你们够了。再磨蹭下去，不说你们凉了，火鸡凉了，沙拉都凉了。"

火鸡烤得刚刚好，沙拉也很好吃。蒋先生说得不错，这位朋友的厨艺很靠谱。

小周吃得眉飞色舞。吃完之后，才想起火鸡是圣诞大餐的必选，于是直白地问出口："我们是提前过圣诞吗？"

蒋先生抓重点从来不失手："你们家没有过圣诞的习惯？"

"圣诞节打折算不算？"

蒋修文家人都不在身边，提前过节是为了迁就女友，当即兴高采烈地宣布明天过"双dan"。

小周心道，你置元旦于何地？

圣诞"预演"得太开心，导致回到家才发现手里捧着一大束玫瑰花。面对

第31章

周妈探究的眼神，小周小心翼翼地问："如果我说，这是大老板给我的回礼……"

好吧，她自己都说不过去。

周妈说："你大老板被戴了绿帽，准备离婚了是吧？"

小周大惊失色，生怕她乱点鸳鸯谱。

而事实证明，她想多了。

周妈说："人家够倒霉的了，就别再泼脏水了。"

"老妈，你有没有觉得你最近对我越来越严苛了？"

周妈叹气："你不打围巾，我也不知道你个人能力这么成问题。"

备受打击的小周郁闷地飘回了房间。放下玫瑰花，她才震惊地发现，周妈居然没对她严刑逼供？

淡定关上房门的周妈转身就换了张热切的脸。

周爸吓了一跳，看看时间，羞涩地放下游戏，伸展身体，为今晚丰富的夜生活做准备。转眼，周妈已经拿起电话："陈阿婆啊，上次去寺庙求的姻缘真灵啊！你知不知道什么菩萨保佑女儿不给人骗的呀？"

节目进入小高潮——

选手分组完成后，两组导师在千呼万唤中登场，三名经纪人可自主选择旁听的课程。邀请了庞朵雅的孙兆麟毫无悬念地选择了舞蹈组，而小周与王星语则进入方竞雄带的声乐组。

课程刚开始，小周就感觉到了来自导师的恶意。不过一个小时，方竞雄就差遣了她四次，其中有三次是倒水，后两次的水根本没喝，仅是因为不够热。

连学员都能感觉到他的刁难，何况小周？

她当然也可以将刁难转嫁到助理身上，不过对方既然是冲着她来的，就没有避战的道理。小周接过冒着些微热气的水杯往旁边一放，大大方方地走了出去。

到门口时，她听到方竞雄冷笑道："时代变了，经纪人倒比导师还大牌！"

王星语笑眯眯地接口："方老师，我给您去倒水。"

五分钟后，高高兴兴倒了热水回来的王星语与抬着饮水器的小周在门口撞了个正着。小周不理她,径自和王曦瑶一起,将饮水器安置在教室的前面,然后笑眯眯地对着黑脸的方竞雄说:"方老师放心喝,我已经向公司申请了每天给您提供三大桶水。"

方竞雄生气地说:"投机取巧!"

她只是随机应变地从根本上解决问题而已。

吃瘪的方导师到了下午都很消停,直到送水小哥真的送来了三桶水,他不知道想到了什么,突然炸了,指着小周说:"你什么意思,说我是水桶吗?"

她被炸得一脸茫然,下意识地回答:"我写的是方先生收,没写水桶啊。"

他气得面色通红:"你还敢骂导师!"

今天过后,鸡同鸭讲大概要过时了,改成"周同方讲"。

几组摄像机还在拍。在镜头前,她不好真的和导师吵起来,反正是非曲直,自有公断。她自认行得正,便不再理会,准备去后头找个远距离的位置坐下。

谁知方竞雄情绪异常激动,她已经转身了,他还蹦出一句脏话来。话里带了"婊"字,对女孩子来说,极是难听。

小周一怔,不仅她,连旁边的摄像师、王星语与选手也齐齐呆住了。

方竞雄像扳回一局,趾高气扬地往钢琴的方向走。

历史证明,所有的忍气吞声并不会换来和平,只会让侵略者更加得寸进尺。想要和平,就要迎头痛击到对方不敢再犯为止。

小周按捺住上涌的怒火,脚步一转,半挡在他面前,好声好气地嘲讽道:"水桶的事,方导师真的是误会了。装满的水……是不会响的。"

而像方竞雄这样咣咣响的,当然连水桶都称不上。

方竞雄直接炸了,毫不掩饰地吐出一串脏话:"你给我出去!我不欢迎你来听我的课!"

眼见事态升级,小周也心慌得一塌糊涂,但脸上还要微笑着硬刚:"可能我脸太嫩,让方老师误会了。我不是选手,我是经纪人,不归您管。"然后踩着外人看来很嚣张、其实本人无比慌张的步伐,走到教室最后,在众人敬畏的眼神中缓缓落座。

被抢了座位的选手自觉地换了位置。

方竞雄摔门而去。

声乐教室陷入死寂般的沉默。

王星语虽与小周不和，但方竞雄骂人太脏，连她都听不下去，便没有落井下石。

煎熬了约莫十分钟，小周被陈墅一通电话叫出去谈话。

一上来，他就极不客气："方老师是我千辛万苦请来的导师，你怎么能用这种态度对他！"

这种态度是哪种态度？送水加微笑服务还骂不还口，去五星级酒店评优秀员工都绰绰有余了吧？

小周装傻："太恭敬礼貌了吗？我想着上节目，要起到尊老爱幼的示范作用，如果用力过猛，请陈总看了现场视频后，多多纠正。"

"你也是这么对方老师说话的？"陈墅口气愈加严厉，"油腔滑调，插科打诨！你还知道自己在上节目？播出去怎么看？让观众看你怎么气乐坛前辈吗？"

她低声反驳："好过看我一个劲地端茶倒水还挨骂吧？"

"端茶倒水怎么了？哪份工作不是从小做起？你特别金贵还是怎么的？倒几杯水就甩脸子？"

"没甩脸子呀。"

他被顶得肺疼："别跟我讲！节目你暂时不用录了，先回家待着！"他气急败坏地挂掉电话。

这种时刻，小周无比想念二老板。她拨通手机，连基本问候都省去了，开门见山地问："我的人事档案转到森微了吗？"

高勤说："马瑞又找你麻烦了？"

"千万不要这么说马总！看马总胖乎乎的身躯，就知道他是一个心宽的好领导。我愿意重归其麾下驱使。"她说得情真意切。

"你在森微出什么事了？"

一贯清冷的口气，却让小周差点掉下泪珠子来："我被停职了。"

听完来龙去脉的高勤难得地怒形于色:"陈墅千辛万苦就找了这么个东西?"他讲话一向不客气,可不客气得这么粗俗,也是罕见。

小周委屈巴巴地说:"我的人事档案别转了吧,反正要回去。"

"被人欺负了就夹着尾巴逃回家,我是这么教你的吗?"高勤冷笑道,"前绯闻男友罗少,现正牌男友蒋修文,伊玛特、罗少工作室和张氏集团的三大靠山你都集齐了,还想灰溜溜地落荒而逃?"

胸腔突然滋生出无限勇气,她说:"我突然觉得我可以再上去硬刚三百回合!一个老年人,居然这么没有口德!"平心静气地想想,依旧义愤填膺。

高勤说:"方竞雄才四十出头。"

比周妈周爸小这么多?

小周自发地将他拨入同辈中人,吐槽起来更无压力:"五十知天命,没想到他差了几年就很无知。"

高勤听了一会儿,突然问:"你向现男友打小报告了吗?"

向蒋先生打小报告?她愣了愣。

虽然对蒋先生位列靠山名单毫无疑义,但她真的没有想过。

与高老板并肩作战多年,共同书写过几部血与泪的宫斗史,他于她亦师亦友,工作遇到麻烦,第一时间想到的便是他——好比作业不会做,先想到问老师。与蒋先生真正相熟,却是这一个月的事,她很愿意向他倾诉烦恼,但寻求帮助……暂时好像还做不到。

不过发散着想一想,如果蒋先生知道了,会怎么做呢?

智斗大乔与张知的蒋特助与体贴入微的蒋先生在她脑海中交错出现,须臾,蒋先生占据上风。

大概会温柔地抱着她安慰吧?

手机突然又进来一个电话,她看了一眼,瞬间紧张:"是大老板!他不会来兴师问罪吧?"高老板在国外鞭长莫及,马瑞对她的态度就至关重要了。

"这件事你告诉马瑞了吗?"

"我怎么可能主动增加关卡的难度?手机还在响……"

高勤给她出点子:"先下手为强。"

她接起电话,不等马瑞开口,就先一步告状:"马总,我被人骂了,你要给我做主啊!"

接了陈墅的状子,兴冲冲跑来找碴的马瑞一个字还没说,就听小周嘤嘤嘤地哭诉自己的委屈。听起来是挺委屈的,他顿时有些犹豫。

"马总,你还记得我们的医院协定吗?"她一句话,迅速拉拢两人的关系。

马瑞不动声色地问:"嗯?什么协定?"

"就是我给你当卧底呀!"她丝毫没有藏着掖着的意思,"我也算是你的心腹爱将了,你千万要为我主持公道。"

当初就没把这件事当真的马瑞呵呵冷笑:"说得好听,卧底的事你转头就跟高勤说了吧?"

"说了呀。"

马瑞万万没想到她承认得这么痛快。

"高董一直苦于找不到与您沟通的和平桥梁,全权委托我当信使,为你们牵起一条共同富裕的红线。"

"少拍马屁!"马瑞并不想上当,"这件事我会再调查的,你先在家里待几天。"话音刚落,高勤的电话就进来了。头疼!他语气不善地问:"这件事你也跟高勤说过了?"

小周问:"你的问题算是卧底任务吗?我的答案是……是呀,我说了。"

高勤培养出来的人果然和他一样气人。他挂了她的电话,接起高勤的。

小周在餐厅喝了杯咖啡,就接到了孔小杰发来的复职通知。他发这条消息的时候一脸茫然:"你什么时候被停的职?"

她看了看手机上的时间:"一个小时之前。"

"这一个小时你干了什么?"

"大概是,喝了杯咖啡?"

折腾了一天,她不想再回声乐组看方竞雄的脸色,正好今天是平安夜,蒋先生约了她吃饭,便发消息说自己打车过去,直接去了张氏集团楼下等。

她坐的车拐入集团所在的街道时,正好赶上下班高峰,人行道上川流不息,路口堵得厉害,于是她结账下车,徒步走了一段。途经一排高大上的名品店,见时间尚早,就进去先逛了一圈,看到奢侈品柜台里的手机壳,她心中一动。

蒋修文手机坏掉的时候,她还想过要不要买一部新的手机当圣诞礼物,但他当晚就买了一部新的,毕竟是日理万"机"的蒋先生。但手机送不上,手机壳却是可以的。

动辄上万的她负担不起,小礼品店里的却可以考虑。于是脚步一转,去了地下商城,找到她常逛的那家连锁店。店内正在做圣诞大酬宾,学生成群,她好不容易挤到手机配件专区,货品已所剩无几。旁边有好几个学生正伸着手要拿,这时也顾不得好看不好看了,她直接拿了两个大小差不多的下来看。

到手才发现一个是蒋先生的手机型号,一个是她的手机型号,且两个图案一模一样,只有颜色的区别。

这不就是跨品牌的情侣手机壳?

蒋修文因为经常要与国外联系,所以新买的手机也是自带独家APP的美国著名品牌,她用的一直是国货,本以为两人错过了用情侣机的机会,没想到竟从手机壳上弥补了遗憾。

低头看壳上的图案,只有一座圈在篱笆里的小房子。大概是太简单朴素,才能留存至今,遇到她这位有缘人。

结账的时候,她又买了个小礼盒和包装纸,自己坐在店门口将两个手机壳包在一起。包完想放进包里,但礼盒太大,包太小——真正的体积不匹配。

蒋先生从大厦出来,就看到自己的女朋友像圣诞老人一样,捧着礼盒笑眯眯地看着他。

小周也在看自家男友。蒋先生真的是减压神器,就这么单纯地望着,就觉得世界真美好啊,人生无烦恼啊。

蒋先生接过礼物,就这么拉着她坐在花坛边开始拆。

她窘道:"其实它的保质期很长,不用这么着急。"

他露出孩子般纯真的微笑:"可我就是很着急。"

她有点不好意思地想,自己的礼物会不会买得太便宜了,起码再加两个零才对得起蒋先生如此郑重的期待吧?

他终于打开礼盒,看到手机壳时,眼睛一亮,拿着两个手机壳翻来覆去地看:"不同牌子的手机也可以有情侣手机壳?"

小周看他真的很喜欢,这才稍稍放心。蒋修文将她的手机拿过来,先帮她换上,又非常讲究公平原则地将自己的手机递过去,让她操作。

她一边细致地为手机穿上新衣服,一边满脑子胡思乱想,这种交换特别像某种仪式。

他拉着她去吃饭,不是昨天那样有许多道工序的大餐,而是在一家不起眼的小店里,吃简简单单的两份套餐。进来的时候,小周其实松了口气,过圣诞的人实在太多了,其他餐厅光是站着,都能感觉到从四面八方而来的拥挤。

套餐小而精致,味道很不错。

看蒋先生结账的时候,竟也不便宜,她默默将它从"常吃"挪到"一个月两三次"的菜单中。

跟着蒋先生在电影院取票,小周才领悟到饭吃得这么简短的原因。走进观影厅,屏幕上正在放广告,光线极亮。小周走在蒋先生的后面,注意到他往里走的时候,路过的人都忍不住转头看他。

她看看广告里的某明星,再看看身边的蒋先生——果然比广告好看。

对其他人的目光,蒋先生视若无睹,专心致志地拿着票,一路往后走往后走,走到了最后一排,又横着走,走到了最角落的位置。

跟了他们一路的视线顿时心照不宣地眨着眼睛,然后在小周挖地洞之前,笑着转了回去。

落座时,她的脸已经红成了平安果。

她自欺欺人地告诉自己,蒋先生选这个位置一定是很纯洁的原因,比如斜视什么的。

第32章

大屏幕换了个暗色系的广告,观影厅的气氛顿时暧昧起来。他们选的是一部爱情片,影后张佳佳与一名当红小鲜肉演绎在大学校园的忘年之恋。

小周原本兴致缺缺,以为接下来的一百二十分钟要在偷瞄蒋先生的盛世美颜与打瞌睡中度过,但是,蒋先生好像也醉翁之意不在酒,坐下以来,他的目光一直与大屏幕背道而驰。

默默对视了一会儿,眼神交织处,隐有火花飞溅。

在他彻底灼烧起来之前,她挪开了视线,强作淡定地问:"吃爆米花吗?"

小周吃爆米花,喜欢一把把地往嘴里塞,体会满嘴香甜的满足感,而反观蒋先生,拈起一两颗放在嘴里,细嚼慢咽,优雅斯文。以双方速度的差距,她很担心他还没尝到味道,桶就空了,于是吃到二分之一的时候,她就识趣地停了下来。

蒋先生起先没察觉,等左边"咔哧咔哧"的声音停了好一会儿,才转头问:"不吃了?"

她殷勤地说:"你吃吧。"体贴谦让的好女友,从我做起。

他将爆米花放到旁边的空位上,不吃了。

她疑惑地问:"不吃了吗?"

以消灭障碍物的心态吃爆米花的蒋先生,悠然地说:"既然不碍事了,可以放一条生路。"

如果没记错的话,这个碍事的家伙是您掏出二十二块钱买来的。

电影拍摄得非常唯美。男女主在杨树下相遇,漫天飞扬的花絮,仿佛是上天为他们终将产生的美丽爱情绽放出的绚烂烟花。

正当观众们看得如痴如醉时,小周呢喃了一句,蒋修文没听清,将耳朵凑过去:"什么?"

她低声说:"杨树的花絮容易诱发过敏和哮喘等疾病。"飞絮中的每个演员都很敬业了。

"看来不能在夏天带你回母校。"他轻笑着说。

"你的学校有杨树?"

"嗯,那条路还被称为浪漫大道。"

她看着大屏幕上相视而笑的男女,在脑海中浮现了蒋先生和其他女生在飞絮中漫步的画面,心里酸溜溜的:"你和谁一起过敏了吗?"

蒋修文拿饮料的手微微一顿,侧头看她。

电影刚好放到天空,明亮的光线照在小周微微仰起的面庞上,白得发亮,浅浅的醋意像被PS到月球上的湖泊——突兀,又很赏心悦目。

他悄然地握住她放在扶手上的手,委婉地解释:"我的体质不太合群,室友们过敏的时候,我只负责慰问。"

"什么样的慰问?"她的重点轻易被带歪了。

"我认为是亲切的。"

"我认为"听起来就很不客观。小周打破砂锅问到底:"你的室友认为呢?"

他想了个最婉转的说法:"日常走流程。"

她几乎能想象出画面,室友们被杨树花絮折磨得生不如死,蒋先生生龙活虎地问:"你们好吗?"

趁着她乐不可支，他悄无声息地完成了十指相扣的任务。

小周慢了一拍反应过来时，蒋先生已经在认真地看电影了。

电影里，男主被暗恋的女生拒绝，一个人骑着自行车绕圈子，路过篮球场时，还被篮球砸得从车上摔下来。女主经过，默默地捡起了他掉在路中央的礼物盒。

电影外，事先研究过剧情的蒋修文，将右手伸入大衣口袋，同步地摸出了礼物。

男主突然从地上爬起来，一把抢过女主手中的礼物盒，因为动作太猛，盒子里的项链掉出来，刚好落在女主的脚边，钩住了她凉鞋的鞋扣。

女主尴尬地蹲下要解，被男主抢先一步。

镜头拉远，背影瘦削的男主半跪在白裙飘飘的女主面前，仿佛王子在向公主求婚。

"那条项链好像是……"小周说了一个品牌。为了忽视手上传来的蒋先生的体温，强制自己陷入电影剧情的她，很快发现了槽点。"说好打了一暑假的工攒起来的钱呢？这条项链的价格应该不超过两百。"怪不得被拒绝，任何一个女生看到一个男人努力工作了两个月，只赚了两百块，都看不到两人会有什么未来吧？

正准备打开礼物的蒋先生被逗笑了："嗯，我用的是一个月的薪水。"

他打开盒子，露出一条"心很正"的钻石项链。

虽然不知道蒋先生月薪多少，但看钻石的大小就知道分量很重，自己的手机壳连装它都不够格。

脖子顿时重了千斤，她期期艾艾地说："太、太贵重了。上次的手镯就很贵……"再这样下去，以身相许都是轻的，起码得卖身为奴、效犬马之劳。

说到一半，蒋先生的身体压过来，她顿时瞪圆了眼睛，一动不敢动。

长及肩膀的头发被轻轻地撩起，她被半拥在怀里，嗅着他身上散发出来的清洌香气。

蒋先生用的是什么香水？抑或是沐浴液的味道？她努力让自己胡思乱想，却怎么也无法忽视他的脸就在她脸的左侧的事实。他的气息轻轻地吹拂着耳垂，就像杨树的飞絮，吹得她都觉得自己在过敏。

只要微微转头，就能碰触到蒋先生的脸颊。

脑海中劈出一道名为"大逆不道"的闪电，她吓了一跳，人微微地抖了一下。

正与项链扣进行"殊死搏斗"的蒋先生以为自己弄疼了她，连忙放轻动作，嘴唇无比自然地亲了亲她的耳垂以示安慰。

小周心道，圣诞节许愿这么灵的吗？

尽管光线暗淡，手艺生疏，蒋先生还是凭着一腔热忱，将项链扣上了。项链垂落到胸前的那一刻，两人同时松了口气。她舔了舔嘴唇，正想说点什么，却发现他并没有退开，而是侧着脸，垂眸看她。

他的眼睛近在咫尺，因为逆光，暗沉沉的，仿佛蕴含危险。

却是诱惑得人难以自拔的危险。

他慢慢地靠过来，她下意识地闭上了眼睛。

相触的一刹那，两个自由的灵魂同时感受到了同频共振的震颤，超脱了身体，又回归了身体。

前几分钟，蒋先生充分展现了一个初学者的生疏与木讷，但度过适应期之后，预习的知识就发挥了作用，随着实践的深入，成功变成了自学成才的高手。

小周起初还能冷静地感受着尴尬，后来……无酒精断片了。

电影播完，观影厅的灯光亮起时，她整个人埋在蒋修文的怀里，不肯抬头。

嘴巴都肿起来了，怎么见人？

开场前就关注过他们的其他观众果然看完电影的结局，又来看他们的结局，见状，再度露出了心照不宣的微笑。

蒋修文神情镇定地单手收拾垃圾。

如果不看那双红得快滴血的耳朵，大概算是很镇定的。

从电影院出来，依旧沉默地牵着手，街上到处是亲昵依偎的情侣，他们混在其中，再自然不过。就在昨天，小周还觉得两人一起沉默是一件尴尬的事，今天就如鱼得水、安之若素，仿佛灵魂的深处，还残存着共鸣时的回音。

回去的路上，蒋先生没有说太多的话，但每一句话都透着一股不淡定的喜意，让本有些不淡定的小周反而淡定了下来——淡定这种事，也是对比见高下。

越近小区，车速越慢，到最后，竟直接停在了离小区大门还有十几米的路灯死角。

小周看着蒋先生兴致勃勃的眼神，下意识地往后缩了缩："我明天还要上班。"

"我也是。"

他头一回完全地不克制自己的情绪，将喜欢与欢喜都写在脸上，供她赏阅。

她内心叹了口气，默默举起白旗。尽管理智仍然对优秀的蒋先生居然喜欢自己这件事存疑，但感情上，每与蒋先生多相处一秒钟，爱情的树苗就像中了伽马放射线炸弹一样，以不可思议的速度，茁壮成长。

第33章

夜晚的梦再美,当太阳公公上班的时候,也要从暖烘烘的被窝里爬起来上班。

昨天与方竞雄闹得那么僵,还间接地得罪了陈总——虽然不知道高老板最后怎么和他说的,总归不会让人高兴,她第一次对去集训基地这件事产生了抵触心理。

如果今天感冒发烧就好了,或者干脆请个假。

但手机在手边,她的手还是伸向了牙刷……一定是惯性作用。

随着离上班时间越来越近,她想请假的冲动也越来越强烈,连喝粥都心不在焉。周妈看不过去,直接拿了根粗吸管来:"这样吃更快。"

快是快了,但不方便夹菜呀。

周妈看出她的小眼神在说什么,于是道:"吃清淡点好,不长痘。"

说起长痘,是昨晚太……呃,热,所以上火了吗?她今天额头爆出了两颗痘,刘海都盖不住。

喝完最后一口粥,厚厚发来微信,说十分钟以后到。

要请假的话，现在是最好的时机。

手指已经输入几个字了，又犹豫不定地撤回，反反复复，最后跳到了上一个菜单，居然有三条高勤的未读消息。看时间，是昨天晚上九点四十几分发的。

那个时候她还在……不能再想下去了！痘痘会更大的！

她捂住发烫的脸，点开了微信。

高老板："战争会舍弃怯懦的人，而不是勇敢的人。"

高老板："仔细体会诗人的感慨。"

确定是本人发的吗？小周想象不出一向鄙夷心灵鸡汤的高老板竟然会引用名人名言，看来在国外水土不服得很严重啊。

看到最后一条，她又确认了发信者是本人无疑。

他说："当你凯旋的那一刻，年终奖是你的勋章。"

如果问她现在最缺什么，必然是钱了。

蒋先生送出的一只手镯一条项链，加起来六位数，她送出的手机壳连个零头都没有。本来还有一条围巾拉拉分，谁知还输在了质量上。

虽说感情的事，不一定要用金钱衡量，但是，在其他条件更难追赶的前提下，金钱已经是比较公正的标准了。所以高勤的最后一句话，直击她的软肋。话说，这些年她的软肋居然始终如一，真是非常恋旧。

在利益的驱使下，小周干劲十足地上了车，然后闻到了一股浓浓的酒味。王曦瑶已经在了，抱着靠枕睡在最后一排，酒气大多数从她身上散发出来，一副宿醉未醒的样子。

厚厚的身上也有些许，但喷了香水，不凑近就闻不到。

"圣诞节快乐。"小周十分理解年轻人在节日尽情玩耍的心态，只是如今的她在节目的处境微妙，方竞雄和陈墅一定等着抓她的把柄，王曦瑶这样去上班，恐怕要吃排头，不如不去，"曦瑶身体不舒服还是请假吧？"

厚厚帮着说："正准备顺路送她回宾馆。"

"昨晚你们在一起？"

她眨了眨眼睛："还有方竞雄的助理。"

小周心道，方竞雄居然有自己的助理？难道她和自己长得很像，被认错了，所以才一直使唤自己吗？

厚厚得意地笑道："昨天你走了以后，方竞雄发了好大一通脾气。我们几个躲得远，只剩他的助理供他撒气，后来还丢下助理，自己回去了。我们见助理可怜，就顺路捎了一程。"

如果她笑得不那么狡黠，自己几乎要信了这个邪，小周问："然后你们就一起去喝酒了？"

"庆祝圣诞，顺便喝了几杯。"

"喝到今天早上？"王曦瑶穿的还是昨天的衣服。

"王曦瑶陪到今天早上，我凌晨就回家去睡了。"厚厚不满地说，"你为什么总关心这些无关紧要的事！难道你不好奇方竞雄为什么找你的碴吗？"

她虚心改正："那请问，为什么？"

"因为他想改掉经纪人的设定。"

这个答案出乎意料。小周猜过最复杂的答案，不过是陈墅看她不顺眼，想借刀杀人。

厚厚说："他的助理说，方竞雄对节目存在经纪人的设定非常不满，说它瓜分了导师的权力。他似乎认为只要把经纪人挤走，导师就能取而代之。"

小周想了想："正常人的思维，不应该是挤走一个经纪人，还会有千千万万个经纪人站起来吗？"

"我昨天问过领导，领导说这个节目的策划由你们公司全权负责，我们只负责内容和拍摄，所以……"

所以，如果方竞雄认为挤走经纪人就能上位的话，一定是森微给出了这样的暗示。兜兜转转，好像还是陈墅的锅？

小周无语地捂脸。难道她真的要踏上高老板走过的路，和自己的顶头上司争个你死我活？

厚厚见她有气无力的样子，又说："难道你不好奇三个经纪人为什么挑中你下手？"

这个答案就不必说了。

孙兆麟资格老,王星语艺人出身,备受瞩目,只有自己,连长相都照着软柿子来的。

小周的答案获得厚厚的好评,她说:"方竞雄没想到自己一出脚,就踢中了铁板,才这么生气。"

抵达王曦瑶下榻的宾馆,厚厚将人叫醒,小周感动地握住她的双手致谢。王曦瑶还迷迷糊糊的,睡眼惺忪地跟着她们去了自己的房间,一趴上床,就不动了。

小周仔细地给她盖好被子,恋恋不舍地出来。

厚厚宽慰:"别担心了,难得放她一天的假,也挺好的。"

小周感慨:"我就是羡慕她啊。"忙碌的工作日,躺在床上晒屁股,多美好!

前几日不是下雨就是阴天,难得放晴,集训基地都变得神采奕奕。

小周下车之前还萎靡不振,脚一落地,立马精神百倍。厚厚早见过她的"变脸"绝技,不再大惊小怪,转身交代摄像师务必将之后发生的一切都拍得清清楚楚。

她提醒小周:"昨天的事情原原本本地放出去,肯定同情你的人居多,但是,如果剪辑掉了前因,你就会成为众矢之的。娱乐圈最近都喜欢这么爆料和搞噱头。你最好找个理由,让我们传给你一份完整的视频存档,以后出事了好用。"

有手眼通天的高勤在,小周的确没想过防范这件事,但往深处想,事先留底好过事后走关系,于是谢过了她的好意,将事情记下来。

走进教室,嘻嘻哈哈的选手们不约而同地放低了说话声音,王星语坐在教室另一头,难得没有过来搭话,小周乐得清静。

方竞雄掐着点进门。

小周已经做好了迎接无理取闹的准备,但他黑着脸,眼睛都不往她那里瞟一下,俨然将她当作了透明人。厚厚口中的方竞雄助理也终于闪亮登场,她顿时明白了王曦瑶大醉的原因。

厚厚和王曦瑶是想灌酒套话却被灌趴下了吧?看助理容光焕发就知道一定是海量啊。

感觉到她在看自己，助理还特意冲她笑了笑。

小周闻到了打入敌人内部的队友的气息。

兴许是陈墅说过什么，方竞雄这一天都消停得很，不过上课氛围很压抑，每个选手都像在小心翼翼地踩钢丝，生怕不小心滑出去，引来无妄之灾。

小周做了两天透明壁花，就转去了隔壁组。

不是她投降认输，而是不想因为自己与方竞雄斗气，就让这些怀揣着梦想到来的年轻人错失了学习进步的好机会。

隔壁组的孙兆麟倒是对她的到来在第一时间表示出欢迎。导师庞朵雅态度也很温和。她四十出头的年纪，保养得极好，说话轻声细语，但小周就是从她身上感受到了淡淡的疏离，那是一种藏在骨子里的不认同。

她可能不大招艺术家喜欢……小周突然担忧起未来见家长的场面。

导师进驻的第五天，副课导师们陆续进场。

小周松了口气，她的主场优势终于要来了！

第34章

为了迎接钟尧出场,小周特意起了个大早,去花店买了一束花,不过这次不敢再买百合花了,随便包了一束据说很得长辈青睐的花束。

厚厚和王曦瑶见到花束,惊了一下,纷纷问这种九十年代流行的包装纸究竟是在哪家古董店淘到的。

厚厚对着花束研究,突然说:"我们好像少准备了一条'欢迎钟尧领导莅临指导'的横幅。"

小周眼睛一亮:"不少,我们可以喊出来。"

厚厚心道,她只是善意地嘲笑一下,为什么要搬起石头砸自己的脚!

事实证明,小周也只是善意地回嘲,真到上场的时候,她也觉得手里的花接地气得有点丢人。

钟尧刚从车上下来,手里就塞入了一束色彩、造型异常"复古"的鲜花。

"贵方真是热情。"

他假装打量环境,悄悄地背过手去,将丑得很有年代感的鲜花藏到了身后。

小周陪他逛了一圈，介绍集训基地的设施设备，直到王曦瑶通知他们选手们已经在大会议室里等待了。

副课是选修课，每个选手拥有选修两门副课的权利，而且，每门课的报名人数不设上限。也就是说，有可能出现全员报名或无人报名的情况。

小周倒没有担心过钟尧收的学生会少，国民度数一数二的主持人，能沾光就是机会，选手们不可能那么傻。

也许，傻的是她。

这个环节分两部分。先是钟尧在一百三十六名选手面前做自我介绍，然后导师退场，留下选手自行选择。最后，导师回归，剩下的选手即为选修成功。

钟尧与小周在楼上聊了一会儿天，下来的时候，她还调侃："收满一百三十六个选手，会不会压力很大？"

钟尧说："我是按小时计费的。"

两人说笑着推开门，教室所余人数不到零头。而且，放眼望去，几乎全是舞蹈班的人，唯一一个声乐班的……是朱玉轩。

这就很尴尬了。

小周脸被打得很肿，几乎失去了控制表情的能力，呆呆地站在门口。先一步在教室里等待的孙兆麟若有所思地看了王星语一眼，正好看到她嘴角的笑意一闪而过。

钟尧反应极快："多少人去了洗手间？"

一个爱耍宝的选手举手："导师，没有！我正憋着呢！"

钟尧笑道："那他们走宝啦！我准备把多年来的经验写成秘籍传授下去，你们学会以后，马上就能开宗立派。"

还是那个爱耍宝的选手："导师放心，我们都很孝顺！欺师灭祖的事情我们不会干的！"

"那靠你们养老啦。"当主持人以来，钟尧不知遇到过多少尴尬的场面，眼前实在不算什么，随意开了几个玩笑，就将场面圆了过去。

拍摄上了正轨，小周也调整好了心情。

第34章

她悄悄从教室里退出来,厚厚已经去联系人问情况了,很快回复她:"选课之前,方竞雄让摄像师关机子清场,威胁选手不许选演讲和演技两门课。"

居然不令人意外。

一个人生气到极致的时候,竟连脾气也没有,头脑冷静得要命。小周就冷静地站在走廊里。

不知谁从外面进来,带起一阵穿堂风,厚厚打了个哆嗦,她却毫无所觉,浑身的热血熊熊燃烧:"我知道了。"

每个字都是悲愤所化的力量。

就算高老板出面,陈墅与方竞雄也没有罢休的意思,看来是要将战斗进行到底。

但是,谁怕谁呢?

她回到教室,笑眯眯地看着钟尧将第一堂课录制完。

孙兆麟见她出去、进来完全是两个状态,忍不住问:"有什么高兴的事?"

小周说:"顿悟了。"

王星语也在旁边偷听,闻言道:"其实和方导师熟了,觉得他人还挺好。我约了他中午一起吃饭,你要不要去?"这是一个试探。她想知道小周所谓的顿悟是否与方竞雄有关。

小周婉拒:"我中午约了钟老师吃饭。"顺便道歉。

以钟尧的身份地位,完全受自己连累,才会进节目受气,所以,等钟尧饱餐一顿之后,她说明原委并真诚道歉。

钟尧恍然大悟:"我就说,以我的魅力,不可能迷不倒小男生的。"见她依旧愧疚难当,他忍不住笑了,"多大点事?我又不是真的老师,来这里就是赚点外快,学生少了我更清闲,有什么不好?"

她真的想出一条不好来:"没面了?"

"你知道大学什么样的选修课最受欢迎吗?好混的。我收的学生少,说明我教学严格。"

不得不说,钟大主持人为了找回面子,也是很拼了。

副课只有上午半天，下午依旧是两个组的主课。小周亲自将钟尧送回市区，姿态十足，惹得他下车时拍胸保证，一定履行合约，不会中途跳车。

牢牢地加固了自己与导师的合作关系之后，她好心情地回到了基地，随即，王曦瑶告诉了她一个心情瞬间不好的消息。

朱玉轩因为擅自选修了演讲课，被方竞雄找碴赶出了声乐课的教室。

青涩而嘹亮的歌声从教室里传出来，响彻走廊。

声乐教室门外，一个身穿黑色羽绒服的高个青年正靠墙玩手机，悠闲得看不出受了委屈。听到急促的足音，他抬起头，脸上是一贯的冷漠与慵懒，对她们的出现无动于衷。

小周放缓脚步。

凭着怒气冲过来，却不知该说什么。就如方竞雄无权对她颐指气使，她也无权对导师指手画脚。这场争斗中，选手无疑处于食物链的最下方，轻易就会被牺牲。除非赶走方竞雄，不然，接触就是雪上加霜。

教室里的音乐突然停了。

方竞雄从里面探出头来，老而弥坚的脸皮微微一抖，鼻腔里发出剧烈的破风声。

小周掏出一张纸巾递给他，面带微笑地说道："最近天气不好，方导师注意身体。"

方竞雄狐疑地看着她，似乎不明白她葫芦里卖的是哪壶药。

她哪壶药都没卖，纯属不想他随地擤鼻涕而已。她一脸高深莫测地从他面前走过，由他去反复揣摩自己的用意。

走过走廊，转到拐角，听不到声乐组的歌声后，她的笑容垮下来，一个人跑去基地的天台打电话。

电话响了很久才接通。

小周单刀直入："你知道方竞雄吗？"

另一头，方竞雄琢磨了半天也不知道小周的用意后，果断将它归入坏话的行列，于是坐立不安起来。经历上次的事情后，他已知小周并非想象中的软柿子，

第34章

但人已经得罪了，和解是不可能的，只能你死我活。

好在陈墅是他的盟友。

他捏造了一段小周目中无人的谣言，发给陈墅，催促他尽快动手。

陈墅何尝不想？为了握紧手中的权柄，他先后得罪了罗少和高勤，臀下宝座已岌岌可危，为今之计，只有抓住余下那位大股东的信任。

他坐在办公室里反复推敲，等窗外的天空由明转暗，他终于编好短信，发了出去。

杯子里的咖啡冷了很久，对面的人却丝毫没有停下来的意思，依旧讲着千篇一律的废话。蒋修文手指轻轻地敲击着沙发的扶手，尽管内心不耐烦到了极点，表情看起来依旧像是在认真聆听。

奇怪的是，平时这段时间内，电话短信早就挤爆了，今天却格外安静。因为明天是新年的缘故吗？大家憋着劲准备在半夜十二点发力？

终于，手机振动了一下。

蒋修文内心如获至宝，表面怡然自得地拿起来。

对面的人起先还有些不满，见蒋修文的脸色越来越难看之后，尴尬地住了嘴。他之所以敢坐在这里唠叨这么久，不过是仗着蒋特助脾气好，与人为善，但刚才一刹那，他居然从那双温和的眼睛里看到了杀气。果然人不可貌相，年纪轻轻就能在张氏集团占据一席之地的人，又怎么可能真正温良无害？

思忖间，蒋修文已拿着外套起身："我有急事，先走了。"迫不及待的样子，似乎真遇到了棘手的事情。

第35章

他从咖啡厅一路冲出来,直奔停车场。

陈墅发来的短信像一记闷棍,敲得他晕头转向,眼冒金星。女朋友在工作上与人起了冲突,他居然是几天后才从女朋友上司那里知情。更可笑的是,那位上司本意是告她的状。

到了汽车前,他停住脚步,一时竟不知该到哪里去。

胸腔情绪翻腾,他不知道诸多情绪里,到底是对女朋友受了气更生气,还是对女朋友未曾向自己倾诉而更感委屈。

终究是……更想见她。

如果她不想说,就由他来问。陈墅的这条短信总算是坏事中的好事,至少给了他一个寻根究底的好借口。

几个年轻男女拿着电子鞭炮从面前经过,兴高采烈地讨论着如何庆祝新年。

他停下开车门的手,突然不知所措起来。

差点忘记,明天是元旦,小周早早地宣布要在家里过节,就算赶过去,没名没分的他也只是个见不得光的地下党。

心里更委屈了。

为了不让自己难过,他开始为女朋友找理由。

圣诞过后,他们各自忙于工作,没再见面,她就算想倾诉,也找不到机会——虽然,在通讯科技发达的现代,这个借口实在漏洞百出,但他总有办法让自己接受。

他开始翻两个人的微信,想从周小姐对蒋先生的甜言蜜语里找到一些自信。突然蹦出一条新消息,是一袋面粉的照片。小周在下面注解:"妈妈说今天吃饺子。"

照片上没有她的身影,他却已经脑补出她说话时兴致勃勃的样子。

蒋修文长吁一口气,干脆转过身,倚靠在车上:"阿姨的手艺一定很好。"

小周:"如果你是指把饺子煮熟的话,的确。但馅是我爸和的,面是我爸揉的,皮是我擀的,饺子也是我包的。"

看来脑补错了,她现在的表情应该是郁闷加苦恼吧。

他输入:"家庭分工很明确。以后,我可以帮你分担其中一部分。"

小周过了一会儿才回复:"擀皮吧,这种粗活适合男士。"

蒋修文又顺着她的话,脑补出一场他过了明路之后的温馨画面,有过一面之缘的周爸周妈都在其列——要名分的欲望越发炽烈。

可惜周小姐实在不解风情,不等男友"作妖",就赶着去接手擀皮这件"粗活"。

他抓紧时间,不动声色地暗示自己晚上只能吃速冻饺子的凄凉,争得女友的心疼后,才故作大方地体贴放行。

停车场没有空调,夜间温度很低。他刚才心不在焉,所以不觉得,收起手机才发现手脚都要冻僵了,好在心情已然解冻。

在车里暖了一会儿,蒋特助的大脑开始正常运作。

陈墅发来的控诉显然是一面之词,以他对小周的了解,飞扬跋扈、目中无人是不可能的,多半被踩了尾巴,原地蹦跶几下,蹦跶的途中,大概还要顾念彼此的面子,不敢太张扬。而踩尾巴的人,不用打听了,陈墅列得很清楚。

方竞雄。

以及，他本人。

以上纯属他在男友立场上的揣测，需要更具体的细节。

蒋修文从手机里找到森微联系人的表格，拨通了其中一个号码。

等小周包完饺子，已近七点半，周妈急急忙忙地下锅，到真正上桌，正好八点。周氏父女饿得前胸贴后背，躲在房间里吃饼干，为免周妈发现，吃的晚饭依旧是平常的食量，然后双双吃撑了。

周妈在垃圾桶里看到了饼干包装，对这对父女智商的下限再度改观。

父女俩被赶出门散步。

两人被羽绒服裹成了两颗移动的球，绕着小区花坛，慢悠悠地滚动。

出门前，被太座交代过刺探任务的周爸，一边呵气，一边搜肠刮肚地想开场白。

小周看他冻得鼻头都红了，建议道："我们干脆去理发店坐一会儿，然后回家？"这里的理发店是小区邻居开的，周爸与他们相熟。

周爸搓手说："我，我不冷。"

小周心道，不吸鼻子的话，还能信你。

周爸显然放弃了结冻的脑袋，质朴地问："你最近有没有什么心事要对爸爸讲啊？"

还真有。

下午与罗少通话之后，她就冒出一个念头，能彻底解决方竞雄这个麻烦。但事到临头，总有些摇摆，偏偏没什么人可问。高老板和大乔一定赞成，沈慎元……多半问罗少，罗少依旧是赞成。

突然好奇起周爸的答案来，她简单描述了有人在工作上为难她的事："我现在知道了那个人的黑历史，不知道该不该下手。"

答案不在周爸的预习提纲内，但作为一个二十四孝的好爸爸，他很快调整心态，同仇敌忾道："当然该。"

小周惊讶地看着他。

周爸握拳道："除魔即卫道！"

差点忘了，周爸是个武侠兼游戏迷。

不管怎么说，得到答案的小周心情十分舒畅，回家还哼着小曲。

周妈眼睛一亮，将周爸拉到房间里："你问了？"

"问了。"自觉顺利完成任务的周爸，昂首挺胸地回答。

"怎么样？是个什么样的人？"

"是个脾气很差嘴巴很贱的糟老头子！"尽管小周讲得很模糊，但爱女心切的周爸早就从细枝末节中抓到了故事的精髓。

周妈大惊失色："她亲口说的？"

"是啊。"

周妈一掌拍在他的后背上："那你还高兴什么？也不知道劝劝自己的女儿？你如花似玉的闺女都要嫁给糟老头子了，你还笑得出来？"

"呃……夫人，您误会了。"

等解释清楚，已经是半个小时以后的事情了。

周妈家暴完脑袋缺根弦的周爸，打了个电话："你知不知道哪里的寺庙保佑事业比较灵？或者能化解犯小人？"

并不知道周爸回房后经历了什么的小周在老爸的开导下，终于下决心订了一张火车票。元旦放假三天，节目跟着停了，她正好能抽空跑一趟。

真正做出选择后，先前的不安就消失了，她反而有些跃跃欲试。

自己果然被高老板改造成功，从金毛变成比特犬了吧？

拥有阳历与阴历两本日历的国人，每年都能跨年两次。以前她嫌太烦琐，从元旦到春节，总有道不完的新年快乐，如今却深感幸运。因为，以后可以和蒋先生一起度过双倍的年。

睁着眼睛熬到十一点五十七分，她打开微信，在对话框里输入"新年快乐"，又觉得太公式化，于是精雕细琢地加上"今年冬天有你，我房间的空调省了很多电"。

不知道他能不能看懂。

她咬着下唇，目光紧紧地盯着时间，在时间跳到00:00的一刹那，按下发送。

发出去之后，是漫长的等待。

说漫长，其实也不过是十一分三十六秒，但是，对于守着时间发送新年祝福的小周来说，的确很漫长了。而且蒋先生的回复言简意赅："新年快乐，祝万事顺心。"

简直像群发的消息。

她不满地戳着他的头像，仿佛戳着他的脑袋。转念想了想，身居高位的蒋先生此时一定处于迎来送往的高峰期，能够拨冗回复自己，已经很不错了。她不敢多扰，发了"晚安"就睡了。

却不知，收到"晚安"的人正盯着她发出的微信辗转难眠。

新年前夕，他不舍得打扰女朋友，只好祸害他人。作为女朋友的朋友，毕竟被正式介绍过，以及是陈墅秘书的孔小杰便荣幸中选。尽管，他本人大概不这么觉得，赴约的时候，脸上充满了迷茫与紧张。

蒋修文不欲打扰对方太多时间，很快进入主题："有件事需要你的帮忙。"

"请讲。"

"我要小周的节目拍摄视频。"他虽受集团委派，关注森微，但本身并无实权，任何运作还需通过森微的员工。陈墅向他告状，不过是因为他背后的张氏集团以及……当初是他招聘陈墅进来的。

孔小杰愣了一会儿，很快想到最近发生的事情，顿觉为难："这件事，我恐怕没有权限。"

蒋修文身体往椅背一靠："那你能否客观描述一下，方竞雄与我女朋友之间发生了什么事？"

都已经明说了女朋友三个字，还叫他怎么客观描述？

孔小杰很后悔。新年都到了，他为什么不在蒋先生打电话之前，摔了老手机，买一个新的？

此时，后悔也于事无补。

"我没有亲眼见到，只是听说而已。"事情闹得那么大，根本掩饰不住，公司上下传得沸沸扬扬。他毕竟是陈墅的秘书，描述时下意识地将事情重点放在了四杯水上。

但蒋修文抓重点的能力岂是等闲？

"你说方竞雄骂人了，骂了什么？"

"我也不确定，好像是……"孔小杰极轻声地说了。

蒋修文光看嘴型，脸色就冷厉得不行，吓得对面差点当场递辞职信。

孔小杰觉得自己可能是难得要害怕老板被人开除的员工了。

至于方竞雄，谁管他！但陈总还是要挽救一下。

他绞尽脑汁地为他开脱："其实，陈总最近压力很大。他为节目、为公司付出了很多，经常整宿整宿地不回家，所以很多事就顾不到位。"

蒋修文说："你在暗示他'失职'？"

孔小杰吓了一跳，摆手道："不是不是。其实是……"他咬咬牙，决定为陈总争取最后一把，要是这把都输了，他就真的无能为力了，"马总来找过陈总，暗示陈总是临时的，森微未来将从三位经纪人之中选出一位来顶替他……陈总把森微看得很重。"

蒋修文没想到森微建立之初的设想竟会被马瑞利用，对陈墅的反应却不太意外。他选择陈墅，是有原因的。

EF投资森微没多久，张复勋就收到了娱乐圈将有大变革的风声，当即就想解散公司。森微当时的负责人是罗少晨，有背景有实力，软硬不吃，加上张知抵死不从，他才无从下手。

张复勋便走迂回路线，提出要"更专业的人"来掌舵——当然，本质还是找机会解散公司。EF毕竟受集团约束，为免森微内部分裂，罗少晨和张知让了一步，同意由蒋修文物色职业经理人出任森微总经理。

彼时，森微于他，不过是张复勋交付的任务对象，他便选了陈墅——一个履历辉煌，但在知情人中口碑极差的人。

然而如今看来，是他作茧自缚了。

第36章

得到资料的蒋助理客气地致谢。离开时,他看到甜品店窗台上亮闪闪的圣诞小装饰。因为日子与元旦挨得近,很多店家会将圣诞布置保留到新年以后再取下,以增加节日氛围。

他突然回头问:"他们的冲突是在哪一天?"

正要问女友动向的孔小杰连忙抬头,不及思考地脱口道:"圣诞节的……前一天,平安夜吧?"

蒋修文的脸色有一瞬间的空白。

平安夜。他们看电影的日子。

那一天,当他为两人的进展而沾沾自喜,她刚刚在工作上受到了打击。

为什么不告诉他呢?是不够信任,还是没有必要?

他站在甜品店的暖炉边上,身着大衣,依旧感觉到了一阵凉意,暗暗从心生,漫漫无出去。

"谢谢。今天的会面,希望是你我之间的秘密。"

蒋修文回过神来，淡然地说，不等纠结的孔小杰作出回答，就推门出去了。

驱车在街道闲游，随绿灯而行，于是一路向右，绕了一圈又一圈，直到油箱告饶，他才加满油回家。

家里是无尽的空虚。

众人皆以为他家学渊源深厚，又是海归，骨子里定是个又有品位又懂情趣与享受的人，然而，事实并非如此。早在大学时代，他就懂了情，此后漫漫人生路的乐趣便有了皈依，哪有闲心分与其他？

他买下的房子是难得的白坯，交由朋友设计，要求是简单，务求可以在后期改造成任何风格与模样。然而，住了将近一年，房子依旧是朋友交给他时的模样。预想中的改造迟迟又迟迟。

落地窗外，是这座城市的母亲河。横跨两岸的大桥点起盏盏路灯，撑起了这座城市的光明。车与人在灯光的指引下，来来往往，川流不息。但他从这里看去，那些光似近、又远。

蒋母发来微信视频。她正与友人一起游逛英国广场。这么多年了，她踏遍世界各地，却很少回来，原因是……中国的街道那么相似，每一条都像我和你爸爸曾经走过的。

因为太痛，所以不见。

他莫名地害怕，终有一日，这是他的归途。妈妈也曾得到过、幸福过，不是吗？

视频里，神采奕奕的蒋母与友人在拥挤的人群中放声高歌，旁边时不时有英国人过来蹭镜头，她便大大方方地说自己正拍给远在中国的儿子看，于是有了一幕幕生硬的中国式祝福："恭喜发财，红包拿来！"

"新年快乐！你快乐我快乐全家快乐！"

"你妈妈很漂亮！"

这不算祝福，是事实。

年过半百的蒋母看上去不过三十来岁的年纪，皮肤光滑，不见皱纹，而且五官深刻，深具中西结合之美。当年她下嫁一名数学老师，实在大跌了一大票人的眼镜,纷纷不看好这段婚姻。万万没想到,婚姻如预期地破裂了,原因却出乎意料。

可见,爱情的胜负从来与个人条件无关。

蒋母祝福过后,同事、同学、朋友的祝福也从各个渠道进来。每一条都热气腾腾、喜气洋洋,满屏的欢乐几乎要破壳而出,却始终没有他期待的那一条。

他突然好奇,如果自己不主动,小周是否会选择自己?难道他们之间,也是一厢情愿的强求与勉为其难的应付吗?

如果是别的日子,成熟睿智的蒋修文绝对不会产生这样的误解。

然而,新年太欢喜,越发衬托他的空虚,感情里的悲观被无限放大,仿佛让他重回了大学那一年,重回那个用尽全力也无法挽回家庭悲剧的无助青年。

零点刚过,天空便炸开了一朵五彩的烟花。

手机屏幕亮起,备受期待的微信终于姗姗来迟,又或者说,来得恰恰好。准点发送的祝福太多,她的那条很快被冲了下去,他飞快地点开,就看到她头像上的大笑脸。一样是照片的抽象化,外人根本看不出是什么,但他每次看到,脑海都能精准地浮现她的样子——呆萌与俏皮的矛盾结合。

"新年快乐!今年冬天有你,我房间的空调省了很多电。"

一条文字发送的"有声"祝福。

画面感极其强烈,强烈地击破了他一个人的自怨自艾,如一盏强光灯,一下子指明了未来的方向。

他在回复框里慢吞吞地输入:"新年快乐,祝万事顺心。"

最后五个字,输得极其用力。

如果用语音念出来,大抵是一字一顿的效果。

奈何对方接收不良,并未领会真意,将几个字读得十分轻描淡写,以为他忙于应酬,非常识趣地道晚安就睡了。纠结接下来措辞的蒋先生被架在半空中,不上不下。

他对着手机独自生了一会儿气,终究化作一声叹息:"你是小猪吗?"

如果这句话让小周听到,她绝对不肯承认。哪家的小猪有她这么勤快,大半夜才睡，一大早就起来打扫卫生？周家历年的惯例，由周妈亲自制定，周氏父女负责执行，寓意干干净净地迎接崭新的一年。

打扫到九点半，出门走亲戚。

第一站，外婆家。

每年去外婆家吃饭，都是一场大型的人才交易会，每家企业的核心思想都是"不能输"！

往年周妈带小周出场，都要全副武装，从工作到婚姻，她的每一样防御都很薄弱，但今年，战斗力明显上升了一个档次。

说到工作，周妈呵呵一笑："她今年就升了个职，当上了经纪人，能赚什么大钱啊？还要千辛万苦地熬到艺人红了，接戏接广告了，才能抽成。而且艺人也分档次，哪能个个都几百万几千万地赚啊？好在她老板有能耐，又特别看重她，接触的艺人都当红，我想着还算有点盼头。"

姨妈们改攻小周的婚姻。

周妈敷衍得底气十足："人的婚姻啊，就像股票，还在上升期，何必急着抛售呢？要是停滞不前了，走下坡路了，倒要急一急，免得砸在手里。"

姨妈们含恨败退。

至下午，各路人马鸣金收兵。小周跟着爹妈赶去奶奶家。与中午的喧哗相比，晚餐吃得十分和谐，聊得话题天南海北，偶尔扯到个人，也是点到即止，绝不让对方下不来台。

第三代们围坐在另外安排的小圆桌边，由年纪最大的小周主持。

小堂妹一家与奶奶同住，小周与她年龄差大，但感情很好，便唆使她拿期中成绩单来看。拿来之后，也不给其他人看，自己阅读了一遍，悄悄指着七十几分的数学对小堂妹笑。她小学的成绩不算好，但整体没下过八十分。

小堂妹被笑得很没面子，扭头拿了自己的数学作业给她，让她讲题。

菜还没上，小周决定大展身手，认真地看起题来。

这道题，她看了足足十五分钟，终于熬到上菜，她严肃地放下练习册："题目很复杂，吃完饭再给你讲。"

小堂妹鄙夷地说:"为了下一代的智商,你一定要找个聪明的堂姐夫。"

小周捏她的脸:"你以为我找不到吗?"

哼,不用想也知道,以蒋先生的聪明才智,他的数学一定……突然想起他的名字,唔……

她说:"下次拿语文作业来。"

周妈两顿饭吃得心情都不错,回去的路上充满了轻松的气氛,小周趁机提出自己明天去邻省的事。

周妈敏感地回头看她:"晚上回来吗?"

"看事情顺不顺利,顺利的话,当天就能赶回来。"不顺利的话,还要磨两天。

"一个人去?"

小周终于明白她误会了什么,脸有些红:"当然,你想到哪里去了?"

周妈说:"我想哪里还不取决于你能做到哪里吗?"

小周老老实实地交代:"暂时还做不到。"亲亲还没有熟练呢。想起那天晚上蒋先生拼命刷熟练度的情形,脸又红了。还好,这方面她是青铜,蒋先生就算个人修炼到王者级别也带不动。

第二天一大早,她就带着老爸赞助的两瓶酒,坐上火车去了邻省。

电子地图实在是伟大的发明,就算人生地不熟,小周也很快找到了地方——一个连围墙都没有的老小区的车棚。她爬了六楼,气喘吁吁地敲门。

房主没想到会有人上门,还是个陌生女性,在里面噼里啪啦地收拾了近半个小时,才顶着鸡窝头出来。

"傅先生您好,我是森微娱乐的经纪人周晶晶,您叫我小周就可以了。"她殷勤地送上老酒。

傅睿接过来时,一阵恍惚。在圈外太久,数不清自己多长时间没见过圈内人了。

"哦哦,请进。"他慌里慌张地将人请进去。

小周状若漫不经心地打量房屋。老式的两室一厅,客厅极小,堆放着各种杂物,已无处落脚,他直接将人领去了改作工作室的大卧室。里面放着吉他、电子琴、架子鼓等乐器,以及三把凳子。

他挪了一把给她,尴尬地说:"地方很乱,太久没人来了。"

小周边坐边随口问:"方竞雄最近也没来过吗?"

他一下警觉起来:"什么意思?你是谁?"

"我是森微娱乐的经纪人,周晶晶。"她复述了一遍后,递出名片,"罗少说,方竞雄曾经答应你永远地退出乐坛。我想确认此事是否经过你的同意。"

傅睿拿着名片,冷声道:"他打算复出?你要签他?"

"他已经在我们的选秀节目《明星天梯》中担任导师。"

他沉默了一会儿说:"只是一个综艺节目,不算违反诺言。"

"但比违反诺言更严重。"小周认真地看着他,"他正教导着一群明星。如果,这群明星向他学会了剽窃呢?如果,明星的粉丝们也认为剽窃无罪呢?"

当罗少告诉她,方竞雄是剽窃学生的作品被发现,不得不退出乐坛时,她就知道,机会来了。据说,方竞雄离开后心有不甘,通过关系对自己的学生发出了禁用令,使那个学生至今没有机会施展才华,黯然回乡。

第37章

小周期待地搓手,至今没有机会施展才华……她可以给机会!黯然回乡……她提供接送机服务兼赠机票!

看,她可以当他黑暗人生中的一束光,像车前灯一样照亮他前行的方向。

傅睿久久没有回答。

她添了一把柴:"你总不想让你的遭遇再发生在别人身上吧?"

"你以为你很公正很客观吗?"不知道这句话戳到了哪个痛点,他一下子愤怒起来,"我大学交不起学费,是老师代交的。我毕业没地方住,老师就让我住在他的家里。我写的歌没人肯用,老师就用在自己的新专辑里……我……老师很有才华,"说到最后,像丧失了所有力气,他慢慢地蹲在地上,"他只是走错了路。"

小周没想到他对方竞雄的感情这么深厚。

也是,若非感情深厚,怎么可能被抄袭了还选择忍气吞声?她记得,罗少说他被抄了不止一首歌,有一首还成了方竞雄退出乐坛前的最后经典,此事至今未在公众面前澄清。

她当即改变策略,柔声问:"方……老师为什么剽窃?"

以方竞雄昔日的地位,就算不写歌,一样有大把的好歌送上门,何必铤而走险?

傅睿从裤袋里摸烟,因为蹲着不方便,抬臀坐到了旁边的凳子上,点起烟,狠狠地抽了一口,才说道:"我的第一张个人专辑是老师操刀的,推出后,评价不太好。好像一夕之间,老师就被市场淘汰了。他的脾气就越来越坏,经常怀疑我在背后抹黑他。有一次,他看到了我写的歌,当面骂它们是狗屎,但没多久,我就看到我的歌以老师的名义发表了,获得了很多好评。我跑去问老师,老师说就是他写的。"

这么不要脸,的确很"方竞雄"。

小周同情地说:"你一定很生气,所以才让他退出乐坛。"

"不,我当时很害怕。因为,"傅睿叹了口气说,"老师的表情很认真,好像那些歌真的是他写的。"

"你的意思是说?"小周指了指自己的脑子。

傅睿说:"我问了他的经纪人,说他进入了更年期。"

更年期会暴躁,但不会失忆,方竞雄还是脸皮厚,拒不承认吧!

小周不是当事人,都觉得自己快气炸了,傅睿却还慢悠悠的:"后来,老师剽窃的范围越来越广,我实在看不下去,才收集了证据,要他离开乐坛。"

小周不能理解傅睿对方竞雄的感情,但不妨碍她顺着他的思路来达成自己的目的:"你认为方竞雄变成今天的样子,是因为更年期?"

他固执地说:"老师以前不是这样的。"

她无意戳穿他自欺欺人的假象,又问道:"你让他退出乐坛是为了保护他的名誉?"

傅睿第一次遇到完全理解自己的人,语气缓和了不少:"我希望你们不要追究这件事了。老师在音乐上的造诣无与伦比,当导师绰绰有余。"

"他的更年期没有好。"

小周听了厚厚的建议,从摄像师手里要到了自己与方竞雄冲突的视频,用手机播放:"而且,好像变本加厉了。"

傅睿看着视频,脸色渐渐凝重。

她在他情绪波动的时刻,放出大招:"如果你想保全他的名声,最好让他自行退出节目。不然……你说过的,他当年剽窃的不止你一个。"言下之意,如果他不同意,她会再找别人。

傅睿脸色惨白,半晌才说:"他不会听我的。"

"我们公司与方竞雄先生签署的合同约定,在节目录制期间,方先生不得传出负面消息,对节目造成不利影响。只要你愿意发律师函起诉方先生,余下的事我会处理好。"

说来也是运气。方竞雄虽然是陈墅第一个确定下来的导师,却因为陈总"日理万机",迟迟没有拟定合同,反让她与钟尧的合同占了先机。后来森微与导师们签署的合同,都以那份为模板,所以她对合同细节了如指掌。

傅睿一脸警惕:"我不会帮你害老师!"

小周真诚地眨巴着双眼:"我长得这么像吉祥物,怎么可能当格格巫呢?我是为了将双方的伤害减到最低,才坐在这里跟你磨叽呀!"

见他不为所动,她再接再厉:"我只是一个经纪人,敢坐在这里和你说这些,难道还不足以说明公司的态度吗?而且,律师函只是小小的善意的提醒,你要是觉得我不怀好意,随时可以终止追究行为。"

他低垂着目光,眼皮动了动:"老师要赔钱吗?"

她直接踢了个皮球:"方先生是陈总邀请来的,陈总怎么会和自己的面子过意不去?"

傅睿并不知道她与陈墅的关系很僵,以为她得到了总经理的授意,这才略放心。

打铁趁热,小周当即就要送他去律所。

傅睿怔忡:"今天放假。"

"不不不,你太不了解律师的敬业程度了。"她一边站在门口等他,一边摸出手机,联络伊玛特长期合作的律师,让对方通过关系介绍了一名能临时加班的本地律师。

当傅睿穿着羽绒服,坐在她叫来的出租车里时,思绪仍有些恍惚,怎么就……发展到了这一步?

他突然惶恐起来:"你让我想想,明天再办好不好?"

一个三十几岁的大男人,吓得直哆嗦,让小周有些于心不忍。她安抚道:"别怕。你慢慢想,我们先去律所问一问情况,如果你不喜欢这家律所,我们也可以换一家。"

她声音甜甜的、软软的,脸也甜甜的、软软的,在这寒冬腊月里,他想起了雪媚娘。

也许,她其他话的真假有待商榷,但有一句是真的。

她像吉祥物,不像格格巫。

人与人建立了基本的信任关系之后,剩下的事情就很好解决了。尤其是被介绍的这位律师也是忽悠界的高手,谈了两个小时,小周和傅睿就成了他的迷妹迷弟,觉得对方说什么都很"道德法规"。

律师函最终还是写了。

傅睿自己提出的。他说:"当初让老师退出乐坛,也是一冲动就做了……这么多年了,我没有后悔过。"

小周看出他故作坚定背后的猜疑与踌躇,安慰他:"别怕。后悔这种事,一旦尝过了滋味,就再也忘不掉了。"

从律所出来,小周打算提供优质的"售后服务"——送他回家。傅睿原本已经同意了,但她接了蒋先生的电话后,他又变卦了。

"既然男朋友找你,你就先走吧,我自己回去。"说话的语气带着不易察觉的失落。

小周感到莫名其妙:"我又不是失踪人口,他找我也没有找得很急,不差这一会儿。"

傅睿摇头:"孤男寡女的,不好。"

"出租车上,应该有司机的吧?"不管司机是男是女,他们都不算孤男寡女。但傅睿坚持,她只好从善如流。

来的时候没想到事情这么顺利,背的包里还放了换洗的衣物准备过夜穿,回去时不免觉得累赘。她买好火车票后,就窝在候车室里等,不肯再挪动半步。

十分钟后,蒋先生的电话又来了。

之前那一通问她在哪里,她老实地回答了,这一通竟然还是。

"呃,我在火车站……买了半个小时后的火车票。"

那头停顿了一会儿,报了个车次号。

小周猛然反应过来:"你来接我?"

"你不想见我吗?"低沉的声音从话筒里传出来,格外撩人。

她心里酥酥的,回答得诚实无比:"想啊。"

他低声笑了:"一会儿见。"

"嗯!"挂下电话,突然包不沉了,腿脚也利索了,还对火车站里的商店多了几分兴趣。她提着包,走进了一家国际知名的仿水晶店,直奔男士系列。东西虽然不算很便宜,却在她的承受范围之内。她当下大方地一挥手,买下了价格相对高昂的一条纯黑的男士手链。

手链不算独特,却胜在时尚典雅。

商店提供礼盒,但没有包装纸。她跑遍了火车站,终于在一家礼品店内买到了包装纸。半个小时用得所剩无几,当她背着包,拿着包装纸和礼盒冲向检票口时,检票已到了尾声。

升降梯停在一楼,扶手梯都是人,她干脆从楼梯跑下去,冲到站台时,心情太激动,手掌一滑,手机飞了出去,差点砸中一双皮鞋。

"不好意思!"

怕手机被踩踏,她来不及喘气,直接扑过去捡手机,却被另一只手捷足先登。

这是一只很好看的手,白皙,修长,骨节分明,还眼熟。

她呆呆地抬起头,望着犹如从天而降的蒋先生:"你是不是接错车站了?"

蒋修文微笑道:"没有接错人就好。"

小周的二等座被升级到了商务座,她感慨自己"一人得道,鸡犬升天",听得蒋修文哭笑不得:"难道不是妻凭夫贵?"

小周诚恳地说:"我们才交往了一个月,我不能太占你便宜。"显得她很急色似的。

"真急色"的蒋先生注意到她手上的包装纸和礼盒,问:"这是什么?"

"你可不可以假装没看到?"小周简直想找个地洞钻进去,为什么她的礼物每次都在半成品的时候就被发现?好吧,也不是每次,至少手机壳保住了尊严。

她看向蒋先生的手机,他顿时心领神会:"我看会儿杂志。"说完真的拿起杂志认真地看起来。

虽然是自欺欺人,但已然走到了这一步,她决定继续欺下去。

包装纸唰啦啦地响,前后座的人都好奇地看过来,偏蒋先生始终保持淡定,目不斜视地看完了整本杂志。隔壁好一会儿没动静了,但她没开口,他只好去拿下一本。

突然,旁边响起有些尴尬的声音:"我没有胶带……你带了吗?"

一向算无遗策的蒋先生也失策了,但他很快想到了新的计策:"据说现在流行把礼物包装成糖果的样子。"礼物包在包装纸的中央,两头用旋转的方式束口。

小周眼睛一亮,果然是好办法!

一分钟后,蒋先生终于看到了完整的礼物。

"新年快乐!"小周奉上"大糖果"。

"我没有准备。"蒋先生甜蜜又苦恼地拆着礼物。

她的笑容顿时更大了,情不自禁地挽住他的胳膊:"你就是我的礼物。"

第38章

　　拆"大糖果"的手微微一顿，尽管蒋先生的内心已经给她的甜言蜜语打了一百分，但商业精英进一步追逐利益的本能让他下意识地接了一句："那你打算什么时候拆礼物？"

　　拆蒋先生吗？怎、怎么拆？小周眼皮一跳，正好看到他将"糖果纸"完全打开，脑袋里顿时充斥着各种胡思乱想的违禁画面。

　　她悄悄地捏了自己一把。疼痛使人清醒！

　　蒋先生拇指一拨，盒子里的手链就完全露了出来。一排细碎的仿水晶石通过精湛的切割工艺，比普通的水晶更闪亮，光泽仿佛照进了他的眼睛里。他含着笑，将手和礼盒一起递到她的面前。

　　难得蒋先生撒娇，她顿感受用无穷，乐颠颠又晕乎乎地为他戴上手链。

　　他问："好看吗？"手腕翻来覆去，高兴得像头一次穿新衣服的孩子。

　　"蒋先生戴什么都好看。"

　　绝非恭维。

蒋先生不仅手指修长,而且手腕也粗细适中,既有男子的阳刚气概,又不失文秀之气。休闲款的手链戴在他的手腕上,立即被拉高了好几个档次。

她由衷地说:"它应该请你代言。"

蒋修文失笑:"你要签我出道吗?"

小周很认真地纠结了一会儿:"还是不要了……我希望蒋先生是我一个人的蒋先生。"

最后几个字轻轻的,如羽毛,如花絮,仿佛一不小心就错过了,又重重地,如古钟,如巨锤,每一下都敲在了灵魂最深处,令他战栗不已。

"为什么还叫我蒋先生?"略沙哑的声音,努力地掩饰着他内心的不平静。

小周的脸红了又红,实在不好意思将自己那点小心思拿出来讲,只能强作镇定地说:"呃……先生啊,就是敬语。你不喜欢吗?"

尽管她语焉不详,但蒋先生一向拥有观察入微和剥茧抽丝的能力。

我一个人的蒋先生。

我的蒋先生。

我先生。

这样的心思,怎么会不喜欢?

明明是每天都会更喜欢她一点。

"很喜欢。"

乘务检票,过后,两人激荡的、热切的心情便平复了许多,空气里流转着黏糊糊的亲昵。

小周看出他眼下的困倦,建议他睡一会儿,他执意不肯,两人便侧躺在椅子上,有一搭没一搭地聊着。

他漫不经心地问:"你来这里走亲戚?"

"不是。"

她和蒋先生刚开始交往,心理类似公孔雀开屏期,总希望自己展现出来的是好的一面——虽然,经常计划不如变化。如果事情还没有解决,她大抵还是不希望蒋先生知道的,被人骂实在不是光彩的事,但现在事情圆满解决,那就大不一样了。

她得意扬扬地述说自己的丰功伟绩。

帮大乔和沈慎元看过那么多剧本,她深谙欲扬先抑的叙事手法,绘声绘色地描绘自己与方竞雄的冲突,再话锋一转,说自己如何运用对方的黑历史,顺利扳回一局。

蒋修文不动声色地听着,直到她说完喝水,才慢悠悠地问:"你怎么查到他的黑历史的?"

一激动,水差点从喉咙冲到鼻腔。她缓缓地咽下口中的水,脑袋飞快运转,明明她一笔带过了这个细节,为什么蒋先生还能打击得如此精准?

"我想来想去,乐坛八卦之最,非罗少莫属。"

她在心里默默地向罗少道歉。

蒋先生沉默地翻身,仰面向上,闭上眼睛,带着点赌气地说:"你说他不是你的前男友,遇到事情,却宁可问一个连前男友都不是的人。"

这个逻辑……小周疑惑地问:"难道问前男友会比较好吗?"

他蓦然睁开眼睛,望向她,刚刚语气里还带着点玩笑,如今却带着点危险:"你有前男友?"

"有啊。"然后在他怔忡的目光中,她慢条斯理地说,"刚才温柔地说着'很喜欢'的蒋先生,可惜被一个吃醋的蒋先生取而代之了。"

他说:"因为他聆听女朋友诉苦的权利被一个连前男友都不是的人取而代之了。"

吃醋的蒋先生真是又萌又难缠。

小周福至心灵:"劳心劳力的事,当然是交给别人的男朋友,这样才不心疼。"

蒋先生面上的寒霜有少许松动。

她打铁趁热:"解决问题之后,你是我第一个分享的人。"

第一个,却不是唯一一个。而且,如果不是他跑来接人,真的能轮到第一个吗?

他没有自信。

他长时间的沉默让小周的笑容也垮下来，为难地挠额头："要不……我保证，下次再有人找碴，我第一个放蒋先生。你不要生气了嘛，好不好？"

蒋修文握住她挠痒的手。再抓下去，额头的痘痘都要抓破了。

他轻叹一口气："我在生自己的气。"

啊？她茫然。

"在我的女朋友经历了一场冲突后，"他坐起来，将她的手送到唇边，轻轻地烙下一吻，"我却径自地沉浸在初吻的喜悦中，什么都没有发现。"

"初吻"两个字简直有画面的自动回放功能！小周头上冒着热气，一双眼睛东张西望，不知看向哪里好，过了一会儿，才鼓起勇气说："没发现是正常的。因为那时候的我也沉浸在喜悦中，就像白天的遭遇都是为了晚上的奖励。不是说，事业失意，情场得意吗？"

见他直直地望着自己，她既羞涩，又勇气倍增："我那时候想，早知道有这种好事，我怎么可能等方竞雄来骂我，早就主动去找方竞雄了。"

他沉吟道："那你今天问题解决得这么棒，是不是应该再奖励一下？"

小周瞄了一眼四周，小声说："虽然我心里在说'好呀好呀'，但公众场合要注意影响，还是得克制。"

蒋修文终于绷不住脸，笑出声来。

火车到站，小周跟着蒋先生取车。尽管事先向周妈报备过可能在邻省留宿，她却不敢告诉蒋先生，总觉得说了以后，后果会很可怕。

圣诞刚过没多久，他们还是继续沉浸在初吻的喜悦中吧。

挑选晚餐的餐厅时，他们终于摆脱了某88的阴影，回归本源——回到了那家失约的火锅店。

进门时，小周感慨："你送的鸳鸯锅我还没用过，下次我们可以自己做火锅。"

蒋修文目光一闪，立即抓住机会："我家里有。下次我们自己买食材，又新鲜又便宜。"一掷千金的蒋先生居然使用"便宜"这个借口，可见诱拐之心已经强烈到人神共愤。

因为到得早，店里没什么人，他们随意找了个位置坐下。送菜单的服务员竟然是小周上次遇到的那个。大概蹲桌底的印象委实深刻，他一见面就惊叫起来："啊，是你。你又来了。"

小周胆战心惊地瞄了蒋先生一眼，见他正低着头认真地看菜单，立即对服务员使了个眼色："你认错人啦，我第一次来。"

"怎么可能认错！"他说，"你那天穿着白毛衣灰裙……"

她说："我没有白色的毛衣。"那件是米白色的。

服务员执拗地想要唤起她的记忆，蒋先生已经将菜单递过来了："这个酒什么年份？"

工作要紧，服务员立刻专业地介绍起来。

蒋先生要喝酒？小周愣了下。

他在她的印象里，一直是不抽烟不喝酒，但仔细想想，以他的职业和地位，平时一定经常有应酬，怎么可能滴酒不沾？

但最后的菜单上，只有一壶果汁。

她问："不喝酒吗？车我可以开回去。"

蒋先生拿筷子的手一顿："舅舅说你没考驾照。"

这个怎么解释呢？难道说她以为舅舅们是绑匪，开车是为了方便同归于尽，后来发现是误会一场，就顺坡下驴地编了个理由？听起来多么荒谬，她怎么好意思说？

她硬着头皮说："回家以后，我认真地想了想，才想起自己考过驾照。你猜我当时有多惊喜？"

蒋修文笑吟吟地听着她胡说八道。

火锅上来，那服务员盯着小周看了半天，还想坚持小周之前来过的话题，蒋先生已先下手为强："抱歉，我不太喜欢别的男人盯着我的女朋友看。"

服务员惊慌地道着歉走了。

火锅的热气慢慢弥散开来，小周隔着雾气看男友，忍不住赞叹我家蒋先生一级可爱！

"太好吃了！"明明是一样的东西，却比她当初一个人吃的时候好吃百倍。

她吃东西的样子太可爱，令他食欲大增之余，又暗悔错过了他们确认关系后的第一次约会："怪我上次失约。"

她挥手表示不在意："工作有突发情况很正常。"

"不是工作上的事。"既然要求小周对自己坦白，他当然要以身作则，"是父亲现任的妻子生了重病，来向我借钱。"

父亲现任的妻子不就是继母？

他这么称呼，明显是不肯承认她的地位。轻描淡写的一句话，隐藏了多少汹涌的暗涛啊。原来人前风光无限的蒋先生，背后也有这么狗血俗套的故事。

这么想虽然不厚道，但是，她与蒋先生的距离，好像又近了一点。

如果说蒋修文对今天还有什么不满意的，就是送女朋友回家了。两人又在路灯死角黏糊了一番，可终究意犹未尽。人在身边的时候，万事不愁，一旦离开视线，就患得患失。

小周拎着包下车时，他盯着包看，似乎在琢磨哪天能连人带它一起运回家。

第 39 章

元旦放假三天,余下的一天休息,小周被周妈拎着去逛街,原以为自己只是提供拎包服务,谁知还兼职当模特,虽然当完模特之后,合适的衣服都被周妈买回了家。

这真的是她勤俭持家的周妈吗?

她提着大包小包,不禁问:"老爸又中彩票啦?"

周妈说:"别做白日梦了,能中一次,已经是祖上烧高香保佑的。"

"那是你要告诉我什么噩耗吗?"小周满脑子都是"狠心母亲丢孩子之前,先带他们吃一顿好的"的剧情。

周妈微微一笑:"既然你这么诚心诚意地问了,我就好心好意地回答吧。这些衣服是我的投资,如果明年的今天,你没有带回令我满意的女婿,我可能会让你破产清偿。"

小周的疑惑直到饭后她和周爸又被赶出去散步,才被解开。

周爸说:"昨天你不在,你小姨带着她女儿的男朋友过来串门。"

余话不必多说,她都懂。

小周问:"阿虹不是今年才毕业吗?哦,对了,大学能交男朋友。"男女比例1:10的师范大学,总让她以为自己大学上了个女子学校。

周爸说:"不是大学交的,是毕业以后,你小姨给她介绍了个同事的儿子。"

"他们认识多久了?"

"好像两个多月了吧。"

两个多月就跟着女方走亲戚?小周目瞪口呆:"他们打算结婚了?"

"那倒没听说。"周爸意味深长地说,"婚姻大事,还是要由父母做主。现在的女孩子太容易头脑发热,男朋友膝盖往地上一磕,就感动得热泪盈眶,傻傻地把后半辈子交出去了。这种喜欢用膝盖思考问题的男人,我觉得要慎重考虑。"

她迷糊了:"感情还没有稳定就带回来,以后分手了怎么办?"

"你不相信你爸的眼光也应该相信你妈的眼光。"周爸骄傲地挺胸,"俗话说,一人计短,二人计长,三人计妥当。你早点带人回来,有问题我们也能早点发现,好过你被人骗。再说,你分手难道不跟家里说吗?我们不还是要知道吗?晚知道不如早知道,好歹有个心理准备。"

小周惊呆了,没想到周爸今天打的是直球。

她问:"刚才的话,除了第一句,都是妈妈教你的吧?"

周爸心虚地说:"第一句怎么了?"

小周看着他笑,就是不说。

周爸起先还有点不好意思,听她笑着笑着,也觉得好笑起来:"就你鬼机灵!"

节后第一天上班,小周去前台拿信。傅睿的律师函是当场寄出的,用的又是著名的价高服务好的快递,此时果然已经到了。她拿着信,装模作样地联系了伊玛特的法务。

森微的组织结构极其精简,法务暂由伊玛特的人兼顾。

伊玛特的法务昨天就被知会过,也得到了高勤的指示,小周一说好戏开场,他立即带上两名小助手,气势汹汹地杀来,把刚刚上班的陈墅吓了一跳。

第39章

法务碗里装的是伊玛特的米,当然无须给陈墅面子,讲话很不客气:"你们公司怎么回事?钱倒还没赚到,官司先惹上了!"

除了在高勤那儿,陈墅哪里受过这样的气,当下黑着脸说:"什么官司?"

法务将律师函给他,故作糊涂地问:"这艺人是谁签的?背景没有调查清楚吗?不知道现在公众最反感抄袭吗?惹这么大的麻烦,打算怎么收拾残局啊?"

陈墅知道他是指桑骂槐,一口血都含在喉咙里了,还要硬生生地咽着:"这件事我会调查清楚!"

法务说:"你赶紧调查,我回去拟解约函!"

"这个先等等,总要调查清楚再说,万一是有人构陷呢?"方竞雄被解决,就等于他承认自己决策失误。他的地位正深受威胁,这口锅怎么肯背?

他说得在理,法务也不好咄咄逼人:"那你尽快。如果消息在你调查期间传出,责任由你承担。"

法务一走,陈墅脸色就变了,拿着律师函直奔前台,问这封东西是什么时候寄过来的,又是寄给谁的。

小周拿得正大光明,也没想封口,前台就老实说了。

陈墅差点气歪鼻子,听说她去了集训基地,当即叫孔小杰备车杀过去。

孔小杰坐在副驾驶座上,感受到了风雨欲来的压抑。

今天是陈德章第一天出场,报他课的选手还挺多。到底通往歌手的路太窄,很多明星后来转型当了演员。

小周坐在教室里听课,嘴角的笑意没下去过。

孙兆麟问:"遇到什么好事了?"

她拉起袖子,露出玫瑰金手镯:"收到了很棒的礼物。"

在娱乐圈里混的,哪有不识货的,孙兆麟笑道:"男朋友送的吗?倒是很大方啊。"

王星语坐在孙兆麟的另一边,中间隔着个人,还要伸长脑袋过来说话:"哇,好看!这个牌子的手镯我以前也有几个,都没你这个型号好看!你拿下来我试试,好看的话，我也去买一个。"

小周微笑道："不方便。我男朋友亲手戴上去的，不让我摘。"

王星语当众讨了个没趣，笑容也有点撑不住。自从小周开启了"我就是不想给面子"模式之后，她与她交锋，就很难占到便宜了。就连之前占到的便宜，也有种被施舍的窝囊感。

陈墅到基地的时候，刚好一节课下了。

他直接去了小会议室，让孔小杰去叫人。

眼见局面到了一发不可收拾的地步，孔小杰也不会傻乎乎地跟着陈墅一条道走到黑。他暗示小周向蒋修文讨救兵："陈总很重视蒋先生，但蒋先生重视你。"

已获得蒋先生宽大处理的小周心态很放松："你怎么知道他很重视我？"

"元旦放假的前一天，蒋先生……"他将自己被单独会见的事情说了。

小周惊讶又恍然，怪不得火车上，蒋先生的情绪来得很快，原来早就酝酿好了。

会议室的空调刚开，里面还很清冷。

陈墅在里面冷静了一会儿，小周进来时，他的脸色缓和了许多，但看上去仍有些发黑："小周，你来公司这么久，我们还没有好好地谈谈。"

这开场白很像裁员。

陈墅目光沉沉地看着她一步步走到面前坐下，挤出笑容："你对我有什么不满，今天都可以说出来，我们开诚布公地聊聊。"

智商不高，情商也低，人缘还差……如果她如实说的话，大概真的要收拾包袱走人了吧。

"听陈总您今天说的话，就知道您为人坦荡！"就是光明正大地不要脸。

"工作亲力亲为，事必躬亲。"连员工的业绩也抢，还是不要脸。

"要说不满，只有一点。每当我们下班了，您还在办公室加班，给我们员工造成了很大的压力。"老总总是不能按时完成工作，能力太不行，给下属造成了很大的心理压力。

"虚话就不要说了。"陈墅很清楚自己在小周心目中的地位,"诬告方竞雄的律师函是不是你找人做的?"

听他嘴巴一张,就判了个诬告,小周就觉得陈总是个始终如一的男人——始终坚持自己昏庸的人设!

"既然有陈总为方竞雄背书,那我就放心了。没事的话,我先出去了。"说着,她就要站起来。

"等下,我什么时候为他背书了?"

"陈总不是说那封律师函是诬告吗?"小周慢吞吞地说,"我以为您已经调查清楚了,对方应该是来讹诈的。只要方竞雄行得端,坐得正,我们就没什么可怕的了,该出声明就出声明,该反击就反击。总之,要把诬陷的苗头掐死在萌芽里,让对方知道,方竞雄是我们船上的人,要沉一起沉。"

陈墅心里一抖,她的话击中了他的软肋。

他殚精竭虑地耍弄手段,就是为了保住自己的地位,怎会愿意与绑着定时炸弹的方竞雄同舟共济?他虽然不知道律师函所说的是真是假,可空穴来风,未必无因。

他急匆匆地跑来兴师问罪,不过是惯性思维,想先解决提出问题的人,再考虑怎么解决问题。但小周不按套路出牌,背景又硬,他没法硬来,只好憋着气说:"这件事我来处理!你别擅做主张。如果再让我发现你私下有什么小动作,就别怪我不给高勤面子,让你从哪里来就回哪里去。"

目的达成!小周自然不会在意他虚张声势的威胁,十分乖顺地应承了,却把陈墅气得够呛。

再过几天就是股东大会,这个节骨眼上,他绝不能让其他人抓到把柄。

小周绝对不能再留下了。

他在会议室里来回踱步,终于下定决心拨了个电话。

孔小杰在门口等了一会儿,见陈墅久久没有出来,便推门进来,想问问接下来有什么需要,就见他拿着电话,滔滔不绝地打着小报告。

"这样吃里爬外的人,绝不能留下!"

他讲得抑扬顿挫,不知怎的,孔小杰却听得心里拔凉。

但愿他告状的对象不是……

远在张氏集团总部的蒋修文站在落地窗前,面无表情地听完陈墅的投诉,幽幽地说:"你的意见我收到了,但是……"他的声音喜怒不辨,却莫名让闻者不安,"希望陈总今后对我女朋友的措辞能够礼貌一些。"

第40章

电话那头,陈墅的呼吸声粗重,仿佛竭力克制着震惊。

身后传来说笑声,蒋修文转身,集团小股东们正从走廊另一边走过来。与他有几次咖啡之约的穆老放缓了脚步,与其他人交换了个心照不宣的表情,笑眯眯地走过来。

其他股东冲着蒋修文颔首致意,然后走进了电梯。

"蒋先生……"手机的听筒里,陈墅似乎有话要讲。

"我还有事,下次再聊。"

蒋修文挂掉了电话,对走到面前的穆老微微一笑:"听说您有意召开临时股东大会?"

"尚在考虑。"穆老压低声音说,"近来集团的人事调动太频繁,叫人摸不着头脑。你看,像岳副总,在集团工作了十几年,一直兢兢业业,前几天出了点小差错,就要被调离总部,是否有些矫枉过正了?"

差点损失十几个亿的小差错?蒋修文笑而不语。

"而且，岳副总调职后，这个位置由谁来坐？"穆老意味深长地拍拍他的肩膀，"小蒋啊，你为人忠厚老实，踏实肯干，但有时候也不要太老实了，能争取的，就要争取一下。我们几个老的都很看好你。"

正巧，秘书处的Fiona从财务办公室出来，关门的时候，往这里看了一眼。

穆老听到动静，立马回头，见到是她，脸色微变。Fiona是张复勋特意调派给张知的秘书，被划分了天然阵营。

蒋修文倒是面不改色："谢谢穆老。"

送走穆老，蒋修文独自回到办公室。

案头文件堆积如山，他却无心处理，从口袋里掏出手机玩起消消乐来。自从见小周沉迷这款游戏，他便下载了一起玩。虽然没有感受到她口中过关斩将的成就感，但小动物头像被大批量消除时，的确很痛快。

玩的时候，他的脑子没有停止思考。

岳副总的失误，牵扯到张氏集团合作了十几年的国外商业伙伴，战略发展部原意请他出国一趟，但提议到张复勋手里，就将出差人员改成了张知。

这件事对小股东们刺激极大。

他们对小太子的不满由来已久。年纪轻轻，高中肄业，加入公司后表现平平，靠着家世稳步提升，照目前的趋势看，张复勋提子上位之心昭然若揭。等张知从国外回来，顶替岳国辉的副总裁职务就成定局，张复勋退休后，他就是张氏集团顺理成章的掌舵人。

光想想，小股东们都觉得集团前途未卜，如何能忍？只能千方百计地唆使蒋修文与小太子一决高下。赢了固然好，输了，损失也不大不是？

蒋修文自然清楚其中的道道。如他真有宏图大志，借风使船也无不可，但他并不想。

他的经历与张知颇为相似。

张氏集团早年曾遭遇重创，是他母亲用人脉关系为张复勋牵线搭桥，使其起死回生，事后，张复勋送原始股以报答。

他海外学成归来，母亲就介绍他进入集团工作。张复勋直接让他空降到战略发展部担任副部长,遭受了小股东们好长一段时间的冷眼。直到他做出成绩,被升职为总裁特助,他母亲又将股份转到他名下,双方关系才有所缓和。

但坐在一起喝咖啡,是在张知加入EF之后。

小股东们嗅觉灵敏,小太子一来,就明白了老大的意图。毕竟张氏集团多年来,始终保持着家族企业的传位制度。他们一直以为继承人是品学兼优的大太子,谁知大太子半途跑去当画家,换了个放荡不羁的高中生回来。

是可忍,孰不可忍。

不过,他们在张氏集团的名字注定了,不忍也得忍。

蒋修文既无意卷入纷争,早早抽身才是上策。

他一口气通了六关,秘书处打内线说总裁找。看了眼时间,如果今天不加班,应该来得及接小周下班,就是不知道她今天是否加班。

根据这段时间的观察所得,女朋友似乎更喜欢中餐,他记得有家私房菜馆味道不错,现在订位应该还来得及。

订好位置,他正好走进总裁办公室。

张复勋正在玩投篮机,还招呼他加入。

蒋修文婉拒:"我晚上要约会。"

"那正好,有汗味的男人更有魅力!"

"我还在热恋期。"并不接受老夫老妻的审美。

张复勋觉得自家特助有时候真不讨喜。

张复勋又投中一个,气喘吁吁地擦汗:"我听说老穆又找你抱怨?"

蒋修文虽然不喜欢小股东们锲而不舍地拿自己当枪使,却也不会卖人:"电梯遇见,打了个招呼。"

张复勋放下毛巾,给两人各倒了杯红酒:"年底太忙,我不想你来回倒腾出差,再说,森微那个节目不是快要推出了吗?关键时刻,你坐镇我放心。"

算是解释了为什么让张知顶替他出国,虽然这个解释听起来并没有说服力。

但蒋修文很满意他的安排。热恋期的恋人,总喜欢时时刻刻腻在一块。张氏集团和集训基地的距离他都嫌远,何况出国。他说:"我接下来会转移部分工作重点在森微上。"

张复勋摆手："三方合资,难道靠你一个人劳心劳力?高勤和罗少才是专家,你把个大方向就行。"

"那您应该不会介意出让森微董事长的职务吧?"

"这是什么意思?"张复勋不悦。

把森微的模式类比为装修风格,就是极简风。新成立,员工屈指可数,运营的项目只有一个,去那里当董事长,对集团总部的总裁特助而言,根本是发配。

张复勋说:"老家伙们正嫌骂我的借口少,你还提供支援。"

"我有非去不可的理由。"

张复勋哼了一声,将红酒饮尽:"说来听听。"

蒋修文晃了晃杯中酒,微笑道:"森微的总经理是我按照您的预期挑选的,我的女朋友正在他手下做事。"

张复勋不想接锅:"那也是你选的。"

"嗯,所以我打算拨乱反正。"

他不认为自己的一句话能对陈墅造成多大的影响。初期也许有,但时间一久,他鞭长莫及,陈墅总会故态复萌。

有两条解决途径。

一是换人。但他有私心,陈墅留着日后有用。

二是缩短鞭子的距离。成为森微董事长是最直接的方法,反正张复勋对森微董事长的职务也不会有所留恋。

他心意已决,张复勋也不再反对:"你自己去征求另外两家股东的同意。"见他胸有成竹又心满意足的样子,张复勋不大高兴地提醒他,"森微是兼职,集团才是主业,主次要分明。别忘记,我们对森微股权的定位。"

蒋修文说:"当然。"

公事谈完,谈私事。故交之子,张复勋对他的恋爱生活也很关心:"你交女朋友的事,跟你妈妈说过没有?"

"等她过年回来再说。"

"回来了告诉我,我们一起吃个饭,我也很久没见你妈妈了。"

张复勋拉了几句家常,又给自己斟了杯酒,给蒋修文添时,见他的酒始终没动:"这酒是我在法国的酒庄出产的,口感不错,你试试。"

"我一会儿要开车接女朋友下班。"

狗粮配酒,难以入口。张复勋顿觉这酒真酸。

蒋修文提前下班去集训基地,路上打了通电话,这才知道小周已经在回来的路上。

"陈总今天不知是什么毛病,早上还气鼓鼓的,下午就笑眯眯了,还叫我早点回来,准备邀请罗少入节目当声乐导师的事。"难道方竞雄抄袭的事写入百度百科,陈总察觉覆水难收,才悬崖勒马?

蒋修文沉默了下,试探着问:"你介意我们的关系公开吗?"

哎?这个问题……小周认真思索着回答:"那要看怎么公开。"

"你介意哪种公开?"

小周说:"在闹市区的广告屏买版面,说'恭喜蒋修文与周晶晶成功交往'什么的,旁边还放着烟花效果。"想想就窘里个窘。

果然不能指望她说出什么正常的答案,蒋修文笑道:"请女朋友大人明示这种方式的不足之处。"

"费钱。"她随口胡诌了一个理由,"新媒体时代,买个热搜都比买广告牌有效。"

蒋修文心动了:"内容就写'恭喜蒋修文与周晶晶成功交往'吗?"

小周立马换了种语调,柔声说:"喂,蒋先生吗?我是小周的第一个人格,刚才是不正常的第二人格在支配,我已经把她打走了。我们现在可以用正常的思维把刚才的对话再走一遍吗?"

两人嬉闹了一通,蒋修文漫不经心地将陈墅已知他们正在交往的事带入了对话中。

小周联系上下文,很快得出结论:"所以,陈总是屈服于你的淫威,打算夹着尾巴做人了吗?"所以说,小说里人物幡然悔悟的前提是被当头棒喝啊。

蒋修文担心她反感,解释道:"我并非干涉你的工作。"

明面上不干涉,实际上的确造成了影响,但小周不会矫情地认为,朋友或上司帮自己天经地义,男朋友帮自己就天理不容。她原先怕拖累蒋先生,如今……

"蒋先生,我请你吃饭吧!"

蒋先生想了想那家私房菜的价格,微笑着回答:"好啊,你想去哪里?"私房菜的预订就推迟到明晚吧。

第41章

约会归来,小周没有忘记陈总交代的大事,当下致电罗少,盛情邀他过来接方竞雄留下的烂摊子。

说烂摊子,或许言过其实,但方竞雄带领的声乐组,除了声乐课的成绩较为突出,其他课全都一塌糊涂。方竞雄有时会为他认为水准不够的选手开小课,虽说是好事,但时间往往与其他导师的课冲突。

王曦瑶与不少选手私底下关系不错,听他们不止一次地抱怨过自己像在复读高三。

这些情况小周都跟罗少晨交底了。他不以为意,直接让她第二天寄合同和时间表到工作室。

于是她半夜拟好合同,一大早去森微找陈墅签字,被告知他和孔小杰今早都没来。她将陈墅、孔小杰的电话轮流打了一遍,都没人接,这是感觉太没面子,带着秘书私奔了吗?

她只好发短信留言,然后打车去基地,半路上,陈墅终于回电了,语气很虚:

"我在人民医院,你带着合同过来吧。"

咦?气得进医院了?

她要不要拍一张陈总的"床照"给高老板,告诉他这是她攻略森微时打出的CG(计算机动画)。

出租车兜了个圈子回去,成功把车费翻了番。

小周路过水果摊,精挑细选了一个新鲜的水果篮。所谓伸手不打笑脸人,就算陈总气得胃出血,看在她有"礼"有据的分上,应该不会太刁难吧?

按着陈总的短信找到病房,靠近门口时,看到有个疑似陈总的背影正与医生说话。

气到住院了还亲自起床与医生讨论病情,陈总真是身残志坚的典范!必须留影纪念。

她悄悄摸出手机,对准陈总,正要按下快门,对方突然转身。

她惊喜地举着手机:"陈总,是你呀!我找不到病房,正想给你打电话呢!"

陈墅回头看看病房号牌,正好被自己挡住了,便没多想:"合同呢?"

小周殷勤地递上合同,顺便连水果篮一起给了。

他没收,表情纠结地说:"小杰在里面。"

啊?她探头往里看,因为拉着床帘,没看到人,只见孔小杰常穿的黑色羽绒服挂在衣架上。

经过一个晚上,陈总和孔小杰双双进了医院。孔小杰躺在病床上,陈总在外面向医生询问病情……在伊玛特"见多识广"的小周不免浮想联翩。

中间床的病人大概醒了,突然拉开帘子,吊着石膏腿的孔小杰顿时出现在了靠窗的病床上。他正抱着牛奶狂吸。

原来伤的是腿。

稍稍放心,她是知道孔小杰有老婆的。

"你怎么住院了?"

她提着水果篮往里走。

孔小杰见到她来,愣了下,嘴角往下一耷拉,满脸委屈,正要哭诉,看到随后进来的陈墅，表情立刻明朗起来："昨晚被人绊了一脚，纯属意外。医生说我缺钙，我想药补不如食补。"

小周遗憾地说："不是工伤吗？"不是工伤，陈总还这么积极地照料，可见他们昨晚是一起出去玩了吧？

陈墅脸色有些不大自在，他将合同递给小周："和方竞雄解约的事，我已与他的经纪人谈妥。你找法务出解约函，我会寄过去的。"孔秘住院，她就成了陈墅的差遣对象。倒没有不满，她也想事情越早解决越好。

因为陈墅在，小周与孔小杰讲话便十分做作，她问完病情，就匆忙地赶去上班了。再打车到基地，已经十点多了，孔小杰突然打电话过来。

她接起，打趣道："陈总终于舍得放你一个人啦？"

孔小杰苦笑道："这是我舍命护驾的赏赐。"

"你和陈总在昨晚果然发生了一段不可言说的故事！看你憋得慌，还不从实招来！"

"昨晚，我和陈总去找方竞雄的经纪人了。"

她哈哈笑："然后被揍了？"

对方竟诡异地沉默了。

小周跟着沉默了一会儿，才吃惊地说："不会吧？"

孔小杰说："方竞雄的经纪人知道抄袭的事，很好说话，我们解约的条件都快谈妥了，方竞雄突然半途杀来，胡搅蛮缠了一通不说，也不知道喝了多少酒，撩起酒瓶就往人身上砸。我为了阻止他，脚被桌脚钩了一下，骨裂了。"

她脱口道："年轻人，你骨质疏松啊。"

小周也觉得自己不厚道，忙补充了一句："这应该算工伤啊。"

"反正陈总出钱。"他大概心里也有气，"方竞雄来的时候，他经纪人一直叫我们走，偏偏陈总非耍和对方说清楚。"

如果受伤的是陈墅，小周大概会感叹一句报应啊！但牵连了无辜，她也只能给予同事最真挚的安慰了。

孔小杰说："不过这件事你不要说出去。"

她正想答应，一抬头，发现自己走到了声乐教室门口，方竞雄正逮着几个选手在那里开小课。他的助理守在门口，见到她时，还笑了笑。

"我尽量吧。"

小周假装有事，拿着电话继续往前走，离开助理视线后，联系王曦瑶问情况。

今天原定是演讲课，王曦瑶正和林杏菲一起给钟尧准备PPT，听她问起，茫然地说："方导师很早就来了，因为声乐组只有朱玉轩报了演讲课，所以被点名的选手都很空啊。"

小周又通知了陈墅此间情形。

陈墅忙了一晚上，好不容易在办公室打了个盹，又遇到这事，气得整张脸都和眼圈一样黑。此时，他对与方竞雄解约的事，再无半点不满，甚至觉得自己果然是瞎了眼，才找来这么个倒霉玩意儿。

他打电话给方竞雄的经纪人，对方回答正在路上。

等经纪人到时，方竞雄刚好上完一节课出来，看到小周时，竟好脾气地点了点头。

小周想起孔小杰说他昨晚砸酒瓶子，心里毛毛的，不自觉地用眼角余光查看周围是否有危险物品——他不会扛起自己的助理甩过来吧？

方竞雄也不管她怎么想，又跑去演讲课的大教室。刚好钟尧拖堂，他就站在门口听。

钟尧本想视若无睹，但摄影机在拍，总要做个和睦的样子出来，就匆匆结束课程，招呼他进来参观。

方竞雄和蔼地说："你课讲得真好，我也喜欢听。可惜年纪大了。"

钟尧顿时感觉到了小周感觉过的惊悚。

他是圈内人，自然知道方竞雄的传言，没想到和真人反差这么大，难道也是为了镜头？

方竞雄又看了一眼选手，本想说几句，最后又忍住了，只是挥手致意。

小周心中一动，忽然生出一个念头，难道他是特意来告别的？

果然，方竞雄后来去了食堂，与过来吃饭的其他选手打了个照面，看到声乐组选手们敷衍的笑容时,他的脸色变了变。一直观察他的小周正准备收凳子,他又恢复正常,从容地出门去了。

经纪人与陈墅终于赶到。

方竞雄抢在他们开口之前说:"我就是来道个别,没其他意思。有几个小孩的音准还是不行,找不到调……"他又点名评价了一番,"不知道下个声乐导师能不能教好。我管教太严,有时候又不讲理,可能真的不适合带这些孩子。"

他放下身段说这样的话,颇有英雄迟暮的意味。

临别在即,便是小周也不好说什么。王星语突然泣不成声,拽着方竞雄的袖子,依依不舍。孙兆麟提议合影,于是几个人就站在一起,对着镜头比了个茄子。

方竞雄走后,小周与陈墅忧心忡忡。只有他们知道昨晚发生了什么事,对方竞雄今日反常的表现,两人不约而同地闪过一个念头——鬼上身了吗?

方竞雄的离开并没有掀起太多水花。声乐组被压抑太久,几乎每个人都被劈头盖脸地骂过,他走后,有几个选手还偷偷敲饭盆庆祝。

接任老师也很快揭晓。

罗少的加盟无疑是重磅消息。正好集训已过半程,视频网站决定借着罗少的东风,开播海选环节。

消息推出的第一时间就冲上了热搜第一,其中当然有网站与森微暗中推力的功劳,但罗少个人人气和朋友圈实力也功不可没,与其有过合作的各大歌手都参与了转发。

沈慎元一个人转了三条:

@沈家地网:"回复@我罗最帅-不是火影粉:我怕被导师赶出去。//@我罗最帅-不是火影粉:我罗声乐课不好吗?//@沈家地网:节目有演技课!是陈德章导师!有旁听名额吗?//@沈家地网:我觉得我也很符合选手的条件。"

然后罗少晨回复了他:"不gǎn。"

是不赶还是不敢?

两家粉丝一阵狂猜。

就在网上的一片期待之声中,知名娱乐博主"娱你们乐"爆消息称,有位老音乐家参加综艺节目担任导师,因为退出乐坛太久,被节目中的其他人嫌人气低。老音乐家本就身体欠佳,复出参加节目也是看老友面子,当下气得旧病复发,节目趁机与他解约,转头就请了正当红的明星来。

他发了两张剪影照,配文:"但见新人笑,哪闻旧人哭。"

第42章

《明星天梯》上线在即,这个节骨眼上冒出这种消息,有脑子的人都知道来者不善。

还拖罗少下水,是可忍孰不可忍!小周默默地捋袖子,准备等森微众人冲锋陷阵的时候,混在里面下黑脚。

小号都申请好了,奈何迟迟等不到进攻的号角。

哦,吹号角的人是陈总,还是去喊他一声吧。不怕他错过这场战争,就怕他没错过,却站错。

重新放下袖子,她对着镜子寻找了一个礼貌得体的微笑,敲门进入总经理办公室。

陈墅正摆弄电脑,听闻来意,头也不抬地摆手:"我知道了。这件事你不要管,有人会处理。"

陈总居然先人一步?小周不知怎的,心中生出"望子成龙"的老怀甚慰,看来方竞雄事件还是有着极其深远的教育意义的嘛!

她高兴地问:"策划公司什么时候能出方案呢?是否需要我们这边配合?"

陈墅的脸唰地一拉。比窗帘还管用,办公室的亮度顿时就压下去一半。

他看着小周,努力地告诉自己,这烦人的家伙是蒋先生的女朋友!蒋先生确定不用看眼科吗?

他强忍住不耐烦:"方竞雄的经纪人刚刚跟我打电话,说他马上找人澄清。"

她说什么来着?不怕陈总错过,就怕出差错!指望陈总靠谱,不如指望母猪爱上树啊。

心里好气,小周依旧笑吟吟的:"那经纪人有没有说什么时候澄清?"

"他说先等一等。毕竟对方没有指名道姓,我们急吼吼地跳出来,倒像是做贼心虚。说不定这个博主只是虚张声势,就等我们上钩呢。"

听上去很有道理的样子,但……

他是不是猪头?微博描述得严丝合缝,分明有备而来,怎么可能是虚张声势?不对,据说猪的智商在动物界排名第十,不能误导大家对猪的印象。

她胸腔的怒火在燃烧,恨不能把自己的脑子以传功的方式分给对方十万分之一,身为节目的智商担当,想必他也受用无穷了。

幸好,在遇到陈墅之前,她先遇到了马瑞,总算有点攻略的经验:"陈总这么一说,我茅塞顿开。您说得非常有道理!"

陈墅吃惊地看着她,仿佛在思考她吃错了什么药。

还用问吗?当然是吃了治疗胃胀气的胃药,不然早就气死了。

小周微笑:"不过我们请策划公司花了这么多钱,不能白给。应急方案总要出几个吧!不然显得我们钱多人傻!"最后一个字如果能变成实体砸到对方脸上就好了。加上马瑞,凑齐三个,就能消除了。

陈墅当然听得出她的目的,这不拿他当傻子哄吗?

按原先的脾气,他肯定掀桌而起,大发雷霆一番,但前有蒋修文的警告,后有方竞雄的砸锅,他讲话底气不足,破罐破摔地说:"那这件事你负责,处理不好……谁保你都没用。"到底有顾忌,后面几个字说得很轻。

听他这么说,小周就放心了。

很明显，按照一贯的剧情套路，他立下flag，就等着被打脸吧。

出了办公室，她笑容一收，拿起手机联系策划公司。

策划公司也在跟进这条消息，双方一拍即合，约好在策划公司见面。之所以选策划公司，是怕在森微，遇到脑袋一抽进来指手画脚的陈墅。

小周原话当然不会这么说啦，毕竟，家丑不可外扬。

她路上也没闲着，将方竞雄事件的前因后果都说清楚了。

到了策划公司，负责人带着几个项目组成员严阵以待，略过客套，几人直入主题。

策划负责人说："微博一出来，我们就关注了。你到之前，这条微博已经转发过五千，看势头，很快就能上万。但对方没指名道姓，不好出去接锅。"

小周暗示说："有一个指名道姓的人不就行了吗？"

负责人试探道："方竞雄的经纪人应该想趁节目推出来碰瓷，压榨节目的剩余价值，等热度炒上去了，应该会出来澄清的。"

小周义正词严地说："碰瓷属于诈骗违法犯罪的一种表现行为，身为公民，我们有义务制止，绝不允许它得逞。"

负责人呆了呆，才苦笑道："这种事情太多了。网上造谣，成本低、收益高，才有人前赴后继。节目啊，明星啊，娱乐公司啊……谁红讹谁。"

小周心里有些不舒服，难道乱象丛生，就能演变成合情合法？她仍好脾气地问："你们一般怎么处理？"

"看客户的需求。坦率地讲，一般分两种，一种是确有其事，那我们只能按照顾客的要求，与对方周旋，尽量平息事态。一种是捕风捉影。对方一般说得含含糊糊，真真假假，你跳出来吧，像心虚，不跳出来吧，更像心虚，最恶心人了。"

他讲得滔滔不绝，小周听得头昏脑涨，半天才抓住重点——你说咋办就咋办。

这个重点就不能在第一句话里言简意赅地归纳出来吗？

她说："节目开播在即，对方既然好心送我们热度，我们不抓住机遇就太对不起他们的一番苦心了。"

"陈总方面？"

"我全权负责。"

"娱你们乐"的微博转发过万,有一名网友@《明星天梯》官微,并问:"是你们吗?"

《明星天梯》官微很快回复:

"我方的确曾邀请@谁与我竞雄 老师担任声乐组导师,也于日前解约,但其中缘由,涉及个人隐私,不便单方面透露,绝非有人对方老师不敬。另外,非常感谢@罗少晨001 救场。《明星天梯》节目将于本周六晚上八点上线,欢迎大家收看。想知道方老师与选手们相处如何,可购买网站VIP,于周日中午十二点观看花絮。"

一句"不便单方面透露"表明随时愿意正面刚的态度,果然引起不少"吃瓜"群众的好感。"吃瓜"这件事,一定要你来我往,才能"瓜"熟蒂落,还原真相。

于是,群众又跑去找"娱你们乐"爆料。

方竞雄的经纪人大概没想到自己竟然没有稳住陈墅,稍微乱了阵脚,很快反应过来,用方竞雄的微博号转发了《明星天梯》官微的声明,并放了一张大合照的照片,附言:"暂别的缘分,永远的真情。"

这是服软了?小周摸着下巴沉思。

蒋修文原本还美滋滋地欣赏女朋友认真工作的样子,但欣赏久了,就会感到冷落——尤其是,女朋友明显对着手机在发呆。他伸出手指,微微抬起她的下巴,改成对视的姿势。

小周眨巴眼睛,一脸疑惑。

他说:"反正是发呆,不如换张桌面。"

她的情话不假思索地脱口:"这张主题桌面肯定叫'帅呆了'。"

蒋修文微微一笑,心情明显好转:"还在为方竞雄的事情伤脑筋?"

小周托腮:"我本来都准备好了一套组合拳,就等着他出手了,谁知他突然就尿了。"

"我看看?"

她将手机递过去。

蒋修文随意浏览了几眼:"爆料的微博还没有新的消息吗?"

"雇主都举白旗了,他还能掀起什么风浪?"

蒋修文说:"未必。说不定他们只是等机会,准备一个唱黑脸,一个唱红脸。"

服务员上菜,他立刻介绍起这家店的特色菜来——依旧是上次预约好的私家菜馆,耽搁了几天,总算成行。

小周突然倒吸一口凉气,惊诧地看着他:"你要不要报一个数字,我让我爸去买彩票?"神预测啊!

"我脑子里的数字只有你的生日,买彩票大概是不够的吧?"他笑吟吟地凑过去,"有什么新进展?"

小周说:"那个娱什么乐发了条视频,打了很多马赛克,应该是方竞雄特意来告别的那天拍的,视频被重新剪辑过,看上去他特别委屈。"

第43章

本来想冤家宜解不宜结,如果方竞雄识趣地收手,就放他一马,但他要坚持下去,她愿意奉陪到底。

刚好服务员进来送菜,她豪迈地挥手:"来瓶二锅头,我明日要醉卧沙场!"

蒋修文握筷的手微微一顿,温文地说:"我家地方宽敞,可被征用。"

两人眼波对流,意味深长。

服务员忍不住按了暂停键,扫兴地说:"抱歉,我们只有茅台、五粮液、剑南春……"

小周想了想,叹了口气:"算了,不喝了。"

正准备照顾醉酒女友的男朋友遗憾地问:"为什么?"

小周说:"喝酒误事,喝得不安心。待我凯旋,再畅怀痛饮!"

蒋修文认真地问:"将军,你征兵吗?"

炉上酒已温,方竞雄凉否?

为免延误军机,小周略吃了几口,就去洗手间打电话给傅睿。

第一通不接，第二通不接……连续不断地打到第五通，对面才慢吞吞地接起来，一开口就说："你不要再打电话过来了，我不想拉黑你。"

小周说："方竞雄找你了？"

他没有正面回答："那张律师函你只能用一次，不要再拿出来用了，再用……我也不会承认了。"

"你知道方竞雄的槽点多如牛毛。他在网络上抹黑我们公司，作为爱与正义的斗士，我们不可能不反击。通过你，方竞雄还能下台得体面一点。一场师徒，这点面子你都不给他留吗？"

"随你怎么说吧。我什么都不管了，你不要再找我。"

小周瞪着被挂掉的手机两秒，编辑短信："能不能告诉我，除了你，方竞雄还抄袭了谁？"

对方回答得又快又冷酷："不能。"

不如被拉黑，还能节省点手机费。

回到包厢，菜已经打包好了，蒋先生正低头看手机。站在门口，只能看到他卷长的睫毛，但她知道，当他抬眸时，眼底会有怎样美丽的星光。

她的目光之炽烈，叫人难以忽略。

他的嘴角慢慢上扬，终究忍不下去："嗯，凑近看得更清楚。"

她看着他抬头，眼里有她。

小周想，脸可以输，脸皮不可以输！

"蒋先生在我的心里，不能更近。"

蒋修文正想说什么，服务员进来还卡和账单，于是那句话是什么，就成了小周辗转反侧的未解之谜。

服务员走之后，她原想问，但是看到包装精美的打包盒，又转移了注意力："你吃饱了吗？"印象中，他一直在夹菜，自己吃得很少。

"夜宵，一人一份。"他说，"微波炉稍微加热就能吃了，健康营养，晚上吃也不容易发胖。"

如此面面俱到、善解人意的男友何处有？小周美滋滋地想，我家独一份。

去取车的路上，两个女学生迎面走过，目光一下子凝固在蒋先生的脸上，直到擦肩而过，还能听到她们兴奋的讨论声。

"这个男的好帅！"

"难得的禁欲系帅哥……"

"感觉他的眼镜会闪过冷冷的光芒。"

小周已经笑得快直不起腰，他不得不伸手搀住，省得她蹲到地上去。

蒋修文无奈道："这么好笑？"

"我第一次知道，原来你的分类是禁欲系。"小周以前把他分在"腹黑系"，交往后重新归类到"暖男系"，现在想想，蒋先生在外人眼里，的确高冷话不多。

额头被不经意地亲了一下，她惊愕地抬头，罪魁祸首一脸无辜："对你，我禁不住。"

蒋修文送小周去策划公司加班开会。怕人多，万一他们也要吃，夜宵不够，就将自己的一份也给了她。因为吃的时候用的是公筷，动得又不多，倒也没有卫生问题。

小周被感动得不能自已："蒋先生，你为什么不早点出现？"那样他们又可以在一起很多很多年。

蒋修文意味深长地说："嗯……这是个好问题，我们以后可以认真、深入地探讨探讨。"

小周带来的夜宵果然无法独享。她礼貌性地问了下加班同人是否介意是晚餐的打包，被微波炉里的香气勾得馋虫乱爬的人纷纷回答不介意，吃完还问是哪家餐厅。

打包盒上有餐厅的名字，他们搜索了一下，顿时对小周肃然起敬！

"金主娘娘，求抱大腿。"

"突然希望方竞雄继续搞事情，我们继续夜以继日地加班，天天吃夜宵，变胖也无所谓！"

"这种想法太颓废了!我更希望金主娘娘和男朋友早点结婚,我们愿意当伴郎伴娘,当花童也行。要求只有一个,婚礼在这家餐厅举行。"

小周开玩笑地问:"如果我请方竞雄和他的经纪人吃饭,他们会不会从此就与我们化干戈为玉帛?"

策划公司一边回味夜宵的味道,一边认真地思考这个问题,一副大有可为的样子。

方竞雄有两大黑点。一是抄袭,一是蛮不讲理。抄袭的证据不在手里,收集起来费时费力,小周这么聪明的人,当然不会自讨苦吃,于是剩下的路就是揭露方竞雄的坏脾气、没口德。

但是,放视频会对节目造成负面影响,譬如隐私权。

节目本身有摄像资源,以此为证据,难免让人觉得恃强凌弱。

有人会认为节目组不厚道,明明是重金聘请回来的导师,一不合意,就翻脸不认人,尤其对方在微博的"态度"堪称良好;也有人会质疑节目组是真的还原了真相,还是进行了对己有利的剪辑。

方竞雄的有恃无恐,无非是看准了《明星天梯》刚推出,需要树立积极向上的正面形象,不敢撕破脸。

策划公司看小周想捋袖子大干一场,于是说道:"正面应对的话,肯定要出示证据。也不要遮遮掩掩的,要干脆利落,一针见血,我们商量来商量去……还是出视频。"

"根据你说的,方竞雄发脾气的点有两个,一个是骂你很难听,一个是阻止选手选修其他课。后面这个,方竞雄完全可以辩解,因为演讲和演戏都与音乐无关,他希望选手专注音乐。至于骂你这件事……"

几个人互相看了看,为难地说:"我怕对方买水军后,矛头会直接指向你,对你不利。"

这世上就有一种奇怪的理论,叫作"为什么不是别人,偏偏是你",而且有这种想法的不止一个人。他们评判的标准是自己,这件事自己不会做,于是别人做了,就是别人有问题。

"对方可能会引导舆论,经纪人有三个,为什么方竞雄不骂别人就骂你之类的,然后想方设法抹黑你。"

策划公司不仅要想己方的应对,也要模拟对方的还击。

"到时候我们底牌全出去了,只能打口水战,越搅越浑,全凭持久,造成八卦群众的审美疲劳,势必连累你的名誉。毕竟《明星天梯》上线之后,你就是公众人物了。"

小周眨眨眼睛,显然还没适应从经纪人走向"明星"经纪人的转型。

孙兆麟这时候打电话进来,说是节目出这么大的事,不能让一个经纪人扛着,是兄弟,有福同享,有难同当云云。

尽管小周不想与他做兄弟,感觉差着辈分,但有人找上门要加班,拒绝就太不近人情了——对不起自己的心情,于是欢快地等着了。

孙兆麟是和王星语一起来的,两人到的时候,快十点半了。

小周和策划公司的人正在玩"谁是卧底"的游戏。

孙兆麟他们站在门口,听到里面说:

"在歌坛很多年。"

"我认为他其貌不扬。"

"有原创才华。"

"性别男。"

最后是小周的声音。

"一二三,投票!"

"好,继续!"

因为不知道他们在玩游戏,孙兆麟和王星语又在门口听了一会儿。

"音乐教父。"

"脾气很坏。"

"为很多歌手出过唱片,但栽在了一个人身上。"

小周话音刚落,又开始了一轮投票。

然后主持人宣布:"阿发出局,卧底胜利!小周真厉害啊!"

卧底小周举着茶杯,接受众人的表扬。

策划公司的人内讧:

"方竞雄以前是有原创才华的啊!为什么投我出去!"

"别说了,你那个原创才华太有讽刺意义!你看我,说性别男的没被投出去,我说脾气坏就被投出去了……"

还有人问小周:"你底牌是谁……罗少?罗少什么时候栽在了一个人手上?"

小周反问:"你们听过沈慎元的个人专辑吗?"

还真有人听过:"不是出过儿歌专辑吗?我女儿特别喜欢听。"

小周慢悠悠地说:"之前他还出过一张情歌专辑。"

众人一副孤陋寡闻的样子。

"为挽回尊严,罗少才重新给他出了一张儿歌专辑。"中间省略八万字罗少晨的艰苦心路。为了卧底成功,小周出卖朋友毫不手软。

孙兆麟与王星语在这个时候推门而入。

大家又恢复了工作会议应该有的端正态度。

小周直接总结会议内容:"我们决定……"

第二天,《明星天梯》官微非常无奈地表示,因为网上存在来路不正的不实视频,有损"音乐教父"的霸气,为了维护方竞雄导师的形象,他们决定放出完整视频,涉及选手的部分,会打马赛克,敬请谅解。另外,对"娱我们乐"断章取义的行为,将保留追究的权利,望对方悬崖勒马,不要一错再错。

下面放上了后期连夜编辑的方竞雄特意跑来道别的那一天的视频。他点评选手的那些话当然剪掉了,理由是为免剧透节目内容,只放了他那句"我管教太严,有时候又不讲理,可能真的不适合带这些孩子。"

之后,三大经纪人统一发了那天的大合照。

得益于方竞雄那日故作和善大方,网友看了视频,虽然脸还是那张脸,但因为视频清晰度高,画面更明亮,背景音乐充满了热血沸腾的激情,使得整体画风一下子转向了一代高手功成名就、决定退隐江湖的意气风发。

很多吃瓜群众都去"娱你们乐"的微博下面吐槽:"当事人都相安无事,偏你挑拨离间,见不得人好。"

陈墅很满意结果,认为自己慧眼如炬,没有看错人——指的当然不是小周,而是方竞雄的经纪人。他好似到现在都没看穿套路,一心一意以为方竞雄经纪人信守承诺,积极澄清。

小周就呵呵了。

她发现,自从她把他和马瑞相提并论之后,陈总的智商就呈跳水式下降。

或许,自欺欺人也是维护脸面的重要技能吧。

反正陈墅到底怎么想的,她也不关心,因为——

《明星天梯》正式上线了。

播出的第一集,是三大经纪人从家里出发,抵达各自赛区,然后进行海选。情节普普通通,但后期选的内容很好,的确突出了三大经纪人原有的定位:王星语时尚,孙兆麟搞笑,小周聪明。

播出没多久,乔以航转发了官微的播出信息,再@《明星天梯》周晶晶,附言:"盖章确认,这个爱讲道理的女孩的确是当年那个'凶狠抢镜'的小助理。"

这句话里,还藏着一个在大乔粉丝里广为流传的典故。

想当年,小周还是大乔的助理,大乔的脾气还很暴躁。每次他被记者围追堵截的时候,她怕他控制不住发脾气,就用自己的身体挡镜头……有几次直接用胸给挡上了。

于是,就有了"凶(胸)狠(很)抢镜"。

乔以航的粉丝们纷纷跑去给小周留言:

"感谢小姐姐当年照顾我们大乔,现在换我们守护小姐姐!"

"爱大乔,爱小周!给姐姐打call,姐姐加油!"

"虽然姐姐要成为别人的经纪人了,但大乔后援团永远为姐姐敞开大门,欢迎姐姐回来。希望姐姐也永远不要忘记和大乔的友谊!"

第44章

王星语的微博当年买过粉,如今有一百二十几万,但活跃粉很少,节目播出后,用颜值吸引了一批喊"美美美"的观众,总算热闹起来。

小周的粉丝在大乔发博之后疯涨,很快超过孙兆麟,上了六位数。其中有一位新粉是刚开微博,正在研究功能的蒋先生。

虽然粉丝量不如乔以航这样的当红明星,但是作为家属,他要有所表示。他先挨个给小周的微博点赞,再在最后一条转发节目的广告下留言——

衣多藏之笱:"愿你冉冉升起,成为新的天狼星。"

将修文睡觉前,突然收到女友惊恐的短信:"有个人在微博让我升天当星星!"

这个套路听起来很耳熟。他镇定地问:"他的原句是什么?"

小周:"我忘记了他的原句,但记得他的意思!"

蒋先生觉得自己可能镇定不起来:"什么意思?"

小周:"升天当星星不就是去死吗?电视剧都是这么演的,你的爸爸妈妈升天当星星了,会在天空保佑你……这分明是诅咒啊诅咒!我要不要把他拉黑?"

升任微博巫师的蒋先生:"是你的微博粉丝吗?如果是粉丝,应该是好意,希望你变成明星。不要随便拉黑,伤了粉丝的心。"

小周:"不太可能。"

蒋先生内心郁闷得快吐血,依旧好声好气地问:"为什么?"

小周:"他的微博ID很少见,我高中时见过一个,他向我告白,被我拒绝了——绝对不是吹牛。"

蒋先生:"为什么拒绝?"

小周说情话简直信手拈来:"为了将来遇到蒋先生啊!"

但是,蒋先生并没有很开心。

他想坦白,又觉得现下说了,小周尴尬,自己难堪,还是挑个风和日丽的良辰吉日再说吧。

微博重逢高中告白男的事并没有让小周困扰太久,因为,万众期待的罗少晨终于在一个寒风冷冽的日子,隆重登场。作为邀请人,她盛装出席。

送的花,虽然饱受争议,但为了一视同仁,她依旧落落大方地送了出去。

罗少晨比钟尧机智,压根不接:"帮我找个瓶子,插到办公室里,谢谢。"

小周苦思,要怎么委婉地告诉罗少,他并没有办公室呢?

罗少晨出现在声乐组的那一刻,隔壁组的人也跑来围观,三个经纪人、三个助理全部到齐。十几个摄影组齐聚一堂,教室里充满了令人窒息的二氧化碳。

被围观的罗少晨处变不惊,问隔壁组:"你们也要上声乐课的吧?"

一溜点头的脑袋。

"那进来吧。"他一挥手,教室成了春运火车站的候车室,一眼望去,到处都是黑压压的头发。

罗少晨很满意:"看大家求学之心如饥似渴,说明……是真的饿着了。"

噗。小周内心喷了。

没想到罗少居然这么大大咧咧、不遮掩地黑了方竞雄一把，虽然她也没打算就这么放过他。

"娱你们乐"微博事件的平息，正是她反击之始。她手里拽着方竞雄的黑料，怎么可能不用？

在大众面前营造他们关系良好的氛围之后，视频播出的内容可不会客气了。方竞雄骂人、威胁选手的雄姿都会以日常内容的形式放出。

人有先入为主的印象。

先认为方竞雄犯了大错，如果放出的黑料不够大，便觉得你小题大做。

先认为方竞雄为人和善、治学严谨，那他上课时喜怒无常的黑料就会被放大，让人格外不舒服。

反正节目组不站边，是非曲直由观众自己评断吧。

两组声乐课分开上，罗少晨自我介绍完毕，舞蹈组就回去了，声乐组继续听课。他稍微摸了下底，将六十八个选手按各自缺点，分为三组，做不同的练习，下课前，又找了三个尖子生当课代表，如有问题，让他们代为解答。

朱玉轩是其中之一。

王曦瑶告诉小周时，难掩得意。

小周说："你什么时候变成了他的监护人？"

"不是监护人就不能为他高兴吗？"

"不是有三个课代表吗？你只高兴他一个？"

王曦瑶大大方方地说："因为我喜欢他呀。"

小周的牙齿磕到了舌尖，看上去比王曦瑶还紧张。

王曦瑶说："你不觉得他人好看，歌好听，性格还很酷吗？"

小周由衷地说："我觉得你更酷。我记得，他好像比你小几岁？"

"那没办法的。你看我这个年纪，男神们初长成的时候，我在国外勤学苦读。等我学成归国，男神们都被人骗光了。"说着，她望了小周一眼。

小周很无辜。蒋先生明明靠着自己的机智，躲过各种骗局，等老大不小的时候才便宜了她。

王曦瑶理直气壮地说:"那我只能往下发展了呀,总比去别人的坑里拔萝卜好吧!"

小周被说服了:"哦,那他怎么想呢?"

王曦瑶说:"不用想。他正在为事业冲刺,我安心当他背后的女人就好了。"

"不,我是问他知道你的心意吗?"

"所谓背后的女人,就是在他看不到的地方,默默付出关怀。"

小周:"那和粉丝有什么区别?"

王曦瑶被问住了,想了想说:"呃,近水楼台先得月,我的希望比较大?"

看她说得这么坦荡,小周也不知道说什么好了。

朱玉轩还不是森微正式签约的艺人,她没资格对他们的恋情指手画脚,何况就算正式签约,只要正当恋爱,她也不觉得有阻挡的必要。

她说:"精神上默默关怀就好了,工作上务必一视同仁。"

王曦瑶说:"放心好了!我除了没事写写日记,有事找厚厚聊聊心事,也没留下什么痕迹了。"

一下子人证物证都齐全了,还要什么痕迹?

节目上线后,小周要忙的事情更多。

一会儿陈总要开个节目进展会议,一会儿后期做好了第二集,又叫他们一起去看,一会儿几个选手一起发烧,匆匆忙忙地将人送去医院……陀螺般一阵转,很快就把王曦瑶那天的话抛到脑后了,所以当朱玉轩母亲找上门的时候,她先是一阵蒙,随即惊恐地想,难不成王曦瑶按捺不住,做出什么事情来了?

朱玉轩母亲的眼角鱼尾纹和法令纹虽然很明显,看得出年纪,但气质温婉,叫人如沐春风。

与她坐在一起,小周忍不住怀疑自己可能是个男孩子。

"我来得太冒昧了,没有打扰到你的工作吧?"她讲话的声音如银铃般,极为悦耳动听,"我看节目,看到你是南赛区的经纪人,所以猜测玉轩大概在你这里。"

小周不知她的来意，回答得很谨慎："他的确是我通过的。"

"这样啊……"她沉吟了下，小声道，"那你可不可以……让他离开呢？"

小周怀疑自己听错了："为什么？"

朱玉轩母亲眼眶微微一红，吸了吸鼻子说："嗯，是这样的。因为他父亲的工作有点特殊，所以我们家不大希望他出来。他这次报名，纯属是个人意愿，是瞒着我们家里的。"

小周试探着问："他父亲的工作属于国家机密的那种吗？"

朱玉轩母亲身体僵了僵，有些尴尬地说："这倒没有。"

小周顿时放松了："既然这样……"

小会议室的门被重重地敲了两下。她记得自己没有关门，一抬头，朱玉轩气喘吁吁地站在门口，冷漠地看着自己母亲的背影。他身后，王曦瑶悄悄往里探头，看到小周，立刻缩了回去。

不用问了，朱玉轩能及时赶来，全靠他"背后的女人"。

小周无奈地站起来："你快进来吧，正好你母亲来看你。"

朱玉轩三两步走到他母亲的面前。他母亲慢悠悠地站起来。两人的身高差近三十厘米，面对面站着，倒像是儿子要向母亲训话。

事实……也差不多。

朱玉轩说："因为你上次装病，我差点错过了海选。"

他母亲低着头："我觉得你的性格不太适合参加这种节目。"

"你觉得我不适合？是你觉得我不适合，还是他觉得我不能来？"他的语气傲慢得近乎无理了。

自觉多余的小周说："你们母子好久不见了，不如慢慢聊，我还有点事，先出去了。"

"你不要走。"朱母直接抓住了她的手，眼泪汪汪地说，"你就让他走嘛，好不好？"

小周终于知道男人为什么总是对梨花带雨、楚楚可怜的女人分外怜惜……真的把持不住！

后来她还把自己的感想告诉了蒋先生,他毫不犹豫地说:"我不会。"

小周表示不信:"如果嘤嘤嘤嘤的是我呢?"

蒋先生温柔地说:"我不会让你哭。"

输了输了。

朱玉轩看着他母亲柔弱无助的样子,颈项上的青筋暴起,放在身体两侧的手狠狠地捏紧,突然说:"我爸是左耀山。"

"玉轩!"朱母的音调突然拔尖。

小周吓了一跳。

声音的冲击力太强,她缓了缓,才意识到朱玉轩说了什么。

左耀山?不是经常换女友,闹花边新闻的那个影帝吗?

王星语没有骗她?朱玉轩真的是私生子?

小周吃了个大八卦,有点消化不良。

朱母已经哭起来了。

小周只能说,她明白了什么是朱母……狼马疯。她哭起来,真的让人又心疼又心烦,狼啊马啊也要疯。

对此情形,朱玉轩驾轻就熟:"我妈妈哭一会儿就能想通的。你先去忙吧,我看着她。"

小周求之不得,说了几句场面话,就匆匆从里面出来。

王曦瑶还守在外面,小声说:"没人经过。"

她又不是在里面偷情。

屋漏偏逢连阴雨,厚厚突然打电话通知小周,有个叫张豆豆的小选手把自己反锁在房间里哭,几个室友都被关在门外,正隔着门板吵架,王星语和孙兆麟都不在,只能找她调解。

小周对张豆豆颇有印象,昨天发烧的那一批,吊盐水还哭,折腾到凌晨才回来。

难道是病得厉害，难受得哭了？

她又匆匆赶去救火，宿舍门已经打开了。张豆豆人如其名，像颗小豆子，缩成一团，坐在床上，旁边围了一群大哥哥劝解。他的室友们不在，问了其他人才知道被劝去隔壁了。

一问起因，选手们都说得很含糊，还是跟拍的摄像师偷偷跟她解释，张豆豆和另一个寝室的老乡玩得好，和室友关系一般。他昨天生病，今天缺席了舞蹈课，几个室友都没替他向导师请假，被不知情的庞朵雅批评了一通，还是他在隔壁组的老乡课后跑去解释的。他本人知道后气坏了，就报复性地把室友锁在了门外面。

确定不是小学生才会发生的剧情吗？成年人小周也是无语。

这种小朋友之间闹别扭的事，她实在不愿意多管，就把他们寝室的人叫到一起，清走其他选手，让他们面对面地说清楚。

一开始没人开口，后来张豆豆憋不住了，数落起来，几个人也跟着抱怨，没有摄像师在，他们说话无所顾忌，什么鸡毛蒜皮的小事都往外抖。

小周看张豆豆气得人都抖了，才喊了暂停，问他："你愿意独自搬去其他寝室住吗？"

张豆豆憋红了脸，半天才说："我可以和我朋友一起住。"

"他愿意的话，没问题。"小周拍拍手，解决问题。

其他选手听得目瞪口呆，那眼神仿佛在问她为什么不坚持让他们言归于好？

小周暗暗摇头。又不是七八岁的小孩子，一定要在老师的引导下高唱友谊天长地久。人是年纪越大，个性越突出，喜恶越分明，喜欢不喜欢哪是由别人说了算的？与其让他们压抑本性、虚与委蛇，催生阴暗的情绪，倒不如早早分开，各自安好。

"都是成年人，合则聚，不合则散，非要争个输赢给谁看？"小周说到最后，俨然是严师之姿，"你们还有时间吵架？知道什么叫本末倒置吗？歌唱得很好了？舞跳得完美了？笃定自己能通过考核，进入特训了？"

几个选手被训得抬不起头。

小周让张豆豆收拾东西，另外给他开了个空房间，他说的那个朋友果然跑来陪他了。

她等他们安顿好了才离开。

回到小区,在楼下碰到了一个邻居,居然在追《明星天梯》,非拉着她拍照,小周对着手机忽左忽右、忽上忽下的摄像头干巴巴地笑完,觉得从身体到精神更疲倦了。

一进家门,周妈正眉飞色舞地插花,她疑惑地看向屋内另一位长者。

周爸小声说:"庞老太今天来过了,主动说要给你介绍对象。"

小周讶异地挑眉。

她的很多相亲资源都是周妈通过庞老太介绍的,周妈也经常上门送东西。但是,自从上次庞老太上门索要蒋先生的照片不成,两人的关系就直接进入了冬眠期。

她也小声地问:"那妈妈怎么说?"

周爸掐着嗓子学她妈的口气:"你妈听完了对方的条件,才一脸为难地说,男方条件也蛮好的,可惜我闺女已经有男朋友了,实在不凑巧。然后客客气气地送了庞老太一大箱苹果,让我直接扛到了她家里去。还说等你结婚了,一定送喜糖过去。"

小周听得一阵胆寒:"万一我们分手了……"

眼观六路、耳听八方的周妈突然回头,给了一个眼神杀!

周爸跟着胆寒了一下,更小声地问她:"你们最近是不是出现了什么问题?你怎么这么早回家?不用出去约会?"

晚上十点,早在哪里?

"那倒没有,就是他忙我忙……每天见面的时间太少了。"

每当想念蒋先生,她的身体里就会冒出一个爱情至上的颓废人格,每天工作这么辛苦有什么用?也不能变成世界首富!还不如嫁个好老公,每天过着甜蜜蜜的幸福生活。

但是,这个人格每次都被事业人格、热血人格、独立人格等,联合起来暴打。

周爸皱着眉头:"他什么工作,这么忙?"

小周搂住他的肩膀:"老爸,虽然你的语气很自然,表情很平静,但是这种当我真的上了太多了,身体已经长出了防御系统。"

周爸第N次用眼神向太座大人汇报出战失利的消息。

太座大人叹气,不知为自己选老公的眼光,还是为自己生女儿的水平。

回房的小周突然又蹦回来:"过年带他回来会不会不太合适?"

周爸和周妈都是一惊,还来不及表达意见,提出建议的人已经径自地摇头说:"说不定他也要回家过年呢?唉。"又轻轻松松地跑回去了,留下一对老父母为她的提议热血沸腾,久久不能平静。

小周第二天到基地,遇到了孙兆麟。他说:"昨天张豆豆给你添麻烦了。"舞蹈导师庞朵雅是他请来的,言语之间,似将舞蹈组划归为他的私人地盘。

小周懒得接茬,含糊带过:"你和王星语昨天走得倒早。"

"陈总让我们去公司开会。"像怕她心里有想法,他补充道,"主要是对我们最近的工作展开批评,看来陈总对你很满意。"

满意到"不想用语言来形容了吧"?小周打了个哈哈。

今天是演技课。

课间,朱玉轩特意跑来找她。因为周围人太多,他又带她去了昨天的那间小会议室。小周对这个房间产生了一些心理阴影,仿佛一进来就能听到朱母的哭泣声。

朱玉轩先为自己的母亲道了歉,然后才说出目的,希望她们为他的身世保密。他特意用了"们",是将王曦瑶也包括在内了。小周当然一口应承下来。她原本想问他和母亲谈得怎么样了,但见他一脸避而不谈的样子,就识趣地住了嘴。

她事后和王曦瑶说起此事,王曦瑶一脸遗憾:"你为什么不让他自己和我说呢?这样,我就能和他说几句话了。"

小周认真地回答:"大概是……我不想让我助理花痴的样子被别人看到吧。"

第45章

《明星天梯》第二集会出现周向野,小周提前就知道了,但没想到火眼金睛的观众第一时间就认出来了。尽管在南赛区,小周斩钉截铁地将人送走了,但是节目最后的预告里,周向野又出现在了东赛区,极大地吊起了观众的胃口。

于是,时隔两个多月,"马瑞 绿帽"和"周向野"又手拉手地上了热搜。

陈墅还跑来和小周说这件事:"马总会不会生气啊?"

不生气,难道还要高兴自己绿帽的知名度越来越高吗?

陈墅想了想,又有些满意:"节目的热度倒是上去了。"

小周心道,你遭股东嫌,不是没有原因的。

过了七八个小时,"马瑞 绿帽"的热搜被撤了,但"周向野"还挂着。

《明星天梯》节目主页有选手的人气投票。播出的节目里,经纪人每通过一个选手,他的投票选项就会出现。初期,每个手机号只能投三票,所以,很多观众握紧手里的票,在所有选手集体亮相前,不肯轻易投出。至今为止,选手中票数最高的也只有五百多票,场面很是凄凉。

周向野因为还未放到通过的那期,所以没有他的选项。

开例会的时候,小周还与网站、策划公司的人调侃,说开个付费投臭鸡蛋的选项,周向野一定一骑绝尘。

倒茶归来的陈墅听到之后,居然真的考虑起来,吓得小周急忙说自己是胡说八道。这年头,不怕陈总胡闹,就怕他认真思考。

陈墅这几天工作得很是积极。

过两天就是股东大会,他得罪的股东太多,再不积极表现一番,恐怕头顶乌纱不保。这几日,只要是罗少晨来基地的日子,他必定鞍前马后,全程陪同,态度之殷勤,与昔日判若两人。

罗少晨一向腹黑嘴毒,竟也没能驱开他,看得小周五体投地,钦佩不已。

开股东大会那日,三大经纪人都到了,总经理陈墅却请个假,据孔小杰说,是去附近的山上拜佛,为节目祈福。

快出第三集了才想到祈福,他是节目的后爸吧?

这么讲好像也没错。若论先来后到,罗少晨才是《明星天梯》的亲爹。

股东代表们陆续抵达公司。

最早来的是马瑞,一阵子不见,他看着又苍老了几岁,举手投足也少了几分当年傻白的意气风发。尽管龃龉不断,但小周到底是伊玛特派出来的人,双方一番问候,倒也做出了其乐融融的样子。须臾,罗少晨来了。他是小周请的导师,两人自然互动和谐。

一时间,小周的人际关系网赤裸裸地呈现出来,令另外两位经纪人黯然失色。

王星语冷眼旁观,等蒋修文到时,一个箭步冲上去,抢在小周面前问好。

蒋修文顿住脚步,与她礼貌地保持了半米距离,颔首致意,然后看向孙兆麟:"孙老师近来可好?"

孙兆麟笑呵呵地说:"劳您挂念,除了忙,什么都好。"

蒋修文笑了笑,意有所指地说:"森微最近的确很忙。"忙得他连女朋友都见不到。

小周心虚地目光游弋。

忙能怪她吗？只能怪天气太冷，选手接二连三地生病，她才要去医院进进出出地跑。

蒋修文不着痕迹地绕开王星语，与小周并肩往前走。虽然他们的关系在孔小杰、陈墅、王曦瑶、厚厚面前，不再是秘密，但是还没有在在场两位经纪人面前正式公开过。这几日没见面，他们还没讨论过是否正式公开的问题，此时都有些犹豫。

王星语将这别扭看在眼里，心里又有了其他想法。

等小周和蒋修文先一步出电梯，她拉住孙兆麟："他们是不是有过节？"

孙兆麟无语，这女人，看着挺精明，怎么脑子这么二呢？

蒋先生进去开会，小周回了经纪人办公室，王星语没从孙兆麟嘴里拿到答案，又过来试探小周："蒋先生好帅啊！"

小周冷静地点头："是很帅！"内心扇着小翅膀对天空高唱，我家蒋先生世界第一帅！

"不知道他有没有女朋友？"

小周瞟了她一眼："有。"反正是公开的秘密了，陈总的嘴巴也不像很小的样子。而且，她一直觉得孙兆麟早就看出了什么。

王星语惊讶地说："你怎么知道？他女朋友是谁？好不好看？在哪里工作？"

"问得这么清楚，你要去蹲点套麻袋吗？"

王星语说："我就是好奇，蒋先生这么优秀的人，女朋友一定也很完美吧？"

小周想了想："还好，就是脾气特别好。就算同事穷追猛打，追问不舍，她也能以礼待人。"

王星语有种不祥的预感："你怎么知道得这么清楚？"

小周微笑："因为我很有自知之明。"

办公室恢复了宁静。

股东大会很快结束，马瑞和罗少晨率先出来，点点头就走了，几个经纪人在门口等着欢送蒋先生，奈何会议室的门迟迟不开。王星语对小周说："你不是蒋先生的女朋友吗？你问问他是不是还有什么事？"

尽管"蒋先生的女朋友"几个字的语气很微妙，但小周的确想蒋先生了，便顺水推舟地揽下任务，轻敲了会议室门两下。

"请进。"

她探头进去——蒋先生正在看文件，金色的阳光勾勒着他侧脸的轮廓，英挺、英俊、英姿勃勃、英明神武，"英"得她目眩神迷。

他转头看来，阳光融于笑容中："进来。"

小周反手关上门，隔开了王星语窥探的视线，笑眯眯地走到他旁边："蒋先生独自留下，是准备对员工一对一训话吗？"

他托着下巴："本来不准备，现在在考虑。"

"哦，那请蒋先生训示。"

"称谓不对。"

咦？蒋先生这个称呼，她已经解释过一次了，他此时再提出，一定是不一样的理由。因为在公司，叫"蒋先生"让他有徇私之嫌？她试探着喊："蒋特助？"

他摇摇头，依旧不满意。

"蒋代表？"

他笑了笑："我们家的代表不是你吗？"

小周反驳："我今天早上才看过，我的户口还在周贵贤先生的户口簿上。"

蒋先生的心顿时痒痒了，想象着周大经纪人纡尊降贵，将户口迁到他家的那一日。

"正确的称谓到底是什么？"她拉回他的思绪。

"蒋……"

他刚说了一个字，门又被敲响了，陈墅带着一身香火味进来，看到小周在里面，愣了下想走，转身看到"会议室"的门牌又想起这里是公司，自己是总经理，哪有鸠占鹊巢的道理？于是回转身来，客气地叫了一声："蒋先生。"

小周识趣地出来，贴心地关上门。

王星语见她在里面待了这么久，总算相信她与蒋修文没有过节，可能是真的情侣，表情不禁有些呆。

总经理没发话，三人不好下班，只好回办公室等候。

突然，三只手机同时响铃。

过了一会儿，当会议室门再次打开时，门口的经纪人只剩王星语一个了。

笑容满面的陈墅还特意看了看她的身后："小周呢？怎么只有你一个人？"

王星语笑容可掬："基地有点事，他们回去处理了。"

陈墅对蒋修文说："哎，为了这节目，人人都是没日没夜地忙。好几次，我凌晨回去，刚好和提前上班的他们撞个正着。"

尽管邀功邀得很明显、很猖獗，王星语也很识时务地没揭穿，顺着话说："是呢。我留下来主要是听两位的吩咐，要是有什么事情，也尽可以叫我去做。"

陈墅说："我没什么说的，你问问蒋董事长有没有事情。"故意加强了"董事长"三个字。

王星语愣了下，连忙道喜。

蒋修文淡定地接受。

陈墅揣摩他的表情，对王星语说："你去基地替小周回来！正好我也有事要找她。"

蒋修文说："没关系，我正好想去基地看看。"

王星语自告奋勇："我来带路，正好我也想去帮忙。"

陈墅不由得看了她一眼。在这个圈子混了这么久，怎么看不出她的别有用心？但是，他与小周是撕破了脸又勉强缝合的关系，早就支离破碎，说塑料友谊都嫌塑料太厚。再说，蒋先生都没反对，他更不会傻得说什么。

蒋修文让王星语在大门等，自己开车从车库出来。已经过了下班时间，此时门口的车辆极少，黑色奔驰一出来，王星语就已经认准了，兴高采烈地过去开副驾驶的门，谁知门突然锁上了。

她一愣，就见车窗慢慢地落下，蒋修文生疏不失礼貌地说："抱歉，这是我女朋友的专座。"

后座很宽敞,但王星语的心就是空荡荡的,偷偷地瞄了后视镜好几眼,偶尔能看到蒋先生秀气的眉眼,只是从来不往她的方向看。

她气闷之余,内心又升起一股奇特的征服欲,想象着蒋修文日后对自己千依百顺的温柔,眼前的冷漠都是胜利前的小荆棘。

她俏皮地说:"都说工作的女人最美丽。我和小周认识的时间不长,却是一见如故、无话不谈的好朋友。她工作的样子真的超好看,蒋董事长想知道的话,尽可以问我。"

用女友当切入口,她不信还打不开话匣。

奈何蒋修文当定了话题杀手:"我知道。"

她锲而不舍:"那董事长和小周是怎么认识的呢?你说说嘛。"

蒋修文淡淡地说:"她没告诉你吗?看来也不是无话不谈。"

这个钉子又硬又冷,碰得她一鼻子灰,终于消停了下来,沉默地到了基地。

第46章

小周早早地从陈墅那里知道了消息，算着时间下来迎接。

王星语原本还想故作亲昵，硌硬硌硬小周，但是从后座下来的一刹那，气场已经弱爆，无法再振作起精神。同一时间，小周人还没走到车前，蒋修文已经大步迈去，将她的手揣进兜里，两相态度一经对比，另一方立即被秒成渣渣。

王星语慢吞吞地跟在他们后面，一边走，一边捡自尊心的残渣。捡到一半，好不容易拼凑起半颗，正想搞点幺蛾子的时候，小两口已经进入了"两人世界"的节奏。

小周解释自己手头上正在处理的事情："一个选手练舞练不会，被同组的选手嘲笑了，双方起了口角，渐渐演变成亲友大战，互相推搡了几下，不太严重。"

将修义皱眉，进大门后，将人拉到灯底下仔细地看了看。

小周动作配合，嘴上说："我到之前，他们已经被劝住了。"

蒋修文低声抱怨："这份工作真危险。"

落后一步的王星语就算乌龟爬，也爬到了他们身后，刚好听到这一句，差点仰天喷出一口老血。你不是这个公司的董事长吗?这么说自己公司的工作,良心不会痛吗?

蒋修文用实际行动表示:不会。

他小声问:"那我们什么时候走?"

小周说:"我和孙老师说一声……"

"嗯,说董事长已经批准了。"蒋修文说。

小周愣了下。她当然知道森微的董事长是占股份比例最大的EF董事长张复勋,蒋先生这么说,是假传圣旨?还是真的和张董事长打过招呼了?听起来,哪种都很吓人。

蒋修文看她惊讶的表情,微微一笑,低头靠近她的耳朵:"其实我……"

硬着头皮偷听的王星语终于待不住,决定去找孙兆麟。

这时候,只有他懂自己的苦。

总结几次选手不合事件的教训,小周提出了将选手们的思想品德计入总分的建议,很快得到蒋董事长的支持,并在第二天的例会上提出。

王星语下意识地反对:"我们毕竟是歌唱选秀节目,搞这么多东西,容易贪多嚼不烂。"

小周说:"很多用人单位会在招聘里写明无案底、无不良信用记录等条件,我们只是把标准定得更高。但我们需要的'员工'是以全民明星为目标,本来就应该高标准。"

王星语摇头:"我们是娱乐圈。"

小周一语双关:"娱乐圈更要脸。"

王星语语塞。

这是蒋修文第二次和女友一起开会。上次他是旁听,小周是新人,对森微的工作都不太了解,没有太大的发挥余地。而这次,女友充分展示了什么叫工作的女人最美。

他见没人反驳,一锤定音:"就这样。"

孙兆麟问:"那从什么时候开始算呢?"

蒋修文说:"法不溯及既往,从宣布之日开始算。"

《明星天梯》海选的每一集都制作得很用心,很有卖点。第一集卖三大经纪人的人设,第二集推出话题人物周向野,第三集放了搞笑集锦,还在结尾预告周向野转战东赛区,第四集揭晓周向野转站东赛区的结果,而第五集的预告……是小周闪腰的姿势与表情,以及打了马赛克的朱玉轩,并用大人物出场的音乐伴奏。

得到风声的朱玉轩粉丝已经提早狂欢。

第五集预告播出的那一天,小周收到了四面八方的来电关怀,纷纷询问她在哪里住院。

小周躲在房间里,将预告视频的画面定格在自己一瞬间扭曲的面容上,默默地看了很久,直到看顺眼了,才自欺欺人地想,自己最丑的样子也不过如此了,说明本尊还是美美哒!

这种自信只持续到蒋修文送护腰带给她之前。

她无语地接过礼物:"这不是送给老人家的吗?"

蒋先生机智地反问:"我们不是老夫老妻吗?"

小周想象许多年以后,她和蒋先生戴着同款腰带,在小河边拄着拐杖慢悠悠地散步,也是窘美窘美的。

网站页面的选手人气投票,已经平均破五千,最高的是刘现、张豆豆和阿范,都破了五万,按流量明星的人气度来说,不算高,但森微和摄制组的人都不急。节目的点击率已经破两亿,并持续走高,而预计人气最高的朱玉轩还没有登场。

与此同时,紧张的集训考核即将到来。

一百三十六名选手中,将直接淘汰一百名,只有三十六名进入特训。差不多四进一的概率,很是残酷!

更残酷的是,考核制度还在一遍遍的修改中。

根据原定计划,考核制度将由三名经纪人与六大导师共同决定。但计划容易实施难,光是三名经纪人之间的意见就很难统一,更不要说加上大牌艺人们。

电话扯了一次皮,谁都知道这事不靠谱,包括制定了这条规则的罗少晨——因为种种原因,他错过了全程参与节目的机会,也失去了最大的话语权。

新官上任三把火,陈墅急于在新上司面前有所表现,立刻向蒋董事长汇报情况,还附赠了厚厚一沓他写的考核制度建议书。

蒋修文虽然对娱乐圈不大了解,但是,有秘书。他将建议书丢给秘书查重,很快就找到了被抄袭的原作。那是个资历颇深、粉丝众多的选秀节目,凑巧,这个节目新的一季正与嘟啦视频的对家网站合作,要是被揭发出来,森微整张脸都会被丢在地上摩擦。

他没有直接把人叫过来训话,而是让秘书把原作和抄袭之作打包抄送回去。

之后,陈墅就退出了考核制定的讨论,安分地以吉祥物的身份出现在每个会议的现场。

会议效率太低,蒋修文干脆开了个不限时会议,三个经纪人,一个总经理秘书,一个总经理,一个董事长,六个人关在会议室里,持续讨论,直到有结果再散会。

会议一开始,王星语发言最为积极,但到凌晨三点以后,还能睁大眼睛说话的人就不多了。

小周和孙兆麟红着眼睛在讨论的基础上做最后的推敲。快早上七点的时候,他们终于在陈墅的呼噜声中,定下了方案。

因为蒋先生坐在位置上没动,所以小周也不急着离开,而是等其他人陆陆续续走光之后,才懒洋洋地站起来,伸了个懒腰,然后……腰就被抱住了。

蒋先生从背后贴着她,轻轻地亲吻她的发丝。

"注意影响……"软绵绵的语气,听起来并没有说服力。

"看。"蒋修文望着从落地窗透进来的晨曦。

小周看了一会儿,幽幽地说:"我们公司的景观真的不怎么样。"

蒋先生忍不住笑起来,低头亲了亲她的脸,深情地凝望着她:"我倒是觉得很美。"

小周脸微红，底气不足地嘟囔："妆都花了……你还亲。"

这时候，蒋先生和小周的脑电波显然不在同一个频道上："真希望每天都能和你一起迎接早晨。"

小周回家，卸妆后对着镜子照了半天。

周妈想用洗手间，在外面敲门："好了没有？你是不是吃坏肚子了？"

小周从里面走出来："妈妈，你每天看着我的素颜，有什么感觉？"

周妈说："投资这么多年，是时候享受回报了。"

"我的意思是说，你会觉得……我丑吗？"

"我是你妈。生产商嫌弃自己的产品，产品还能卖出去？"

小周跑去找周爸："我妈最近怎么了？听了什么经济讲座吗？"

周爸幽怨地说："你才发现？自从你说过年带男朋友回来又否定了以后，你妈就再也没有冷静下来过。"

小周感慨地搂着她老爸："爸爸，这些年，你真的……习惯了吧？"

正准备说"真的不辛苦"的周爸给了她一个大白眼。

第47章

　　集训考核制度终于公布。考核第一轮,一百三十六名选手将以声乐、舞蹈两组进行总分竞赛,每组所有选手的总分相加,分数较高的一组全体安全,低分组直接淘汰一半选手。淘汰后余下的一百零二名选手,将参加节目组举办的公演,由现场五百名观众投票,每个选手获得的现场票数与网站个人票数除以一千后的商相加,得票最高的三十人通过。

　　此外,三名经纪人手中有各两票的淘汰挽回权,一共可以复活六名淘汰选手。

　　考核内容和成绩都由各科导师决定。

　　声乐与舞蹈各占百分之三十,剩下的四门课各占百分之十,总分一百。思想品德分按个人表现,在总分的基础上加减。

　　声乐课最先考核,也最早公布内容,所有选手自由选择歌曲和歌唱形式。可以独唱、合唱,也可以唱跳、说唱。

　　选手有四天的时间准备。

　　考核一公布,基地哀鸿遍野。

两组比拼，输了就淘汰一半的规则，让每个学员压力倍增。

这一刻，他们是命运共同体，一荣皆荣，一损俱损，同组成员之间，不管平时有啥不对付，也都愿化干戈为玉帛，彼此间的学习气氛好得不得了，真正做到了互帮互助，共同进步。

因为成绩考核与经纪人关系不大，而挽回淘汰选手又是经纪人说了算，所以小周最近去基地，能明显感受到部分选手形式各异的马屁功夫。到第三天，她就不愿去了。

刚好嘟啦的对手网站的选秀节目全新上线，陈墅让森微的所有员工密切关注，小周借机留在公司，美其名曰研究数据。

厚厚特意打电话给她，恨铁不成钢地说："你不在的时候，不知道王星语对朱玉轩有多好！"

小周惊奇地说："难道我在，她就对他不好了？"

厚厚说："你难道不会'西施'效颦吗？你知不知道朱玉轩现在有多吃香？"

第五集节目还没上线，网上关于朱玉轩的话题已经讨论得火热，爆红指日可待。

孙兆麟表面还矜持，私底下没少让助理示好，也就小周，自己不放在心上就算了，还任由自己的助理乱来。

小周疑惑道："我怎么让曦瑶乱来了？"

厚厚说："王曦瑶暗恋朱玉轩的事情不知道被谁捅出去了，整个基地传得沸沸扬扬。"

小周皱眉："那她怎么说？"

"她居然认了！"厚厚夸张地吸了口气，"我明明跟她讲，八字都没有一撇，你就先撇清了，真有梦想成真的一天，再高调宣布不是更好？现在明星不都这样吗？她偏要特立独行，还大大咧咧地说，每个粉丝都有个女友梦，做做梦怎么了？"

小周觉得王曦瑶的态度像是破罐破摔，不大对头："谣言怎么传出来的？"

厚厚叹气："好像是她的日记被人瞧见了。"

"哦，那朱玉轩的态度呢？"

"没有态度,没事人一样继续准备考核。"

她的语气颇有不满,但小周很冷静:"所以,比你年纪小这么多的选手都这么努力,你怎么好意思在这里浪费时间打电话?"

厚厚看着电话思考,自己到底是在哪个瞬间被小周迷惑,居然会觉得她这个朋友还不错?

小周准时下班出来,黑色奔驰停在公司门口。

她惊讶地往驾驶座探头,车窗落下来,露出蒋先生含笑的脸。他指了指副驾驶座。

小周坐上车,一边系安全带一边说:"今天怎么有空来?"

"快过年了,该忙的事忙得差不多了。你呢?"

小周撇嘴:"明知故问。"不知道就不会来森微接她了。

蒋修文笑了笑:"带你去个地方。"

车往城外开去,越来越偏僻,夜色下的林荫道显得有些阴森,来往车辆隐没在黑暗中,只剩下车头灯晃动。

小周说:"我没有带化妆包。"

蒋修文说:"嗯?有什么需要买的吗?"

"你知道灰姑娘的行头只能维持到半夜十二点吗?"

"但王子的爱可以维持一辈子。"

副驾驶座突然没了声音,蒋先生好奇地转头看去,刚好有车从对面驶过来,擦肩而过的灯光照亮小周嘴角微微翘起的得意小弧度。

车开出林荫道之后,上了公路,没多久,又拐入一条弧形小道,前方是一座巨大的校门。

小周伸头,正好看到"中津大学"四个金字在车灯下闪烁。

"大学藏着什么美食吗?"她期待地问。

蒋修文眉毛一挑,打转方向盘,向美食街的方向驶去。

停车场离美食街有五六十米远,小周下车搓了搓手,立刻有双加绒手套递来。

小周看着明显大了几个号的手套,正想拒绝,左手已经被抬起,轻轻地戴上了手套。

手套戴得松,她调整了下,右手又被执起。

她立刻反抓住他的右手,在"我不冷"的微弱抗议下,将剩下的手套套了上去。

手套掩盖了两只手掌的大小差距,看着就是天生一对。

小周满意地将右手揣兜,左手牵起他的,还美其名曰:"作为一对手套,你知道它们有多不容易才能牵在一起?"

蒋修文笑道:"是挺不容易的,不知道周大善人什么时候也可怜可怜我?"

小周对他的明示暗示日渐产生抗体:"你哪里可怜?"

"我不可怜?"

蒋先生正准备举例,就听她很小声地说:"你明明是可爱。"

他憋着笑,低声问:"有多爱?"

啧,这个人……

小周岔开话题,指着前面:"哇!这就是美食街吧?"

她撒开腿想跑,奈何被人牢牢地牵着,像拖着雪橇的哈士奇。她扭头瞪他:"蒋先生?"

蒋先生看着她,知道今天是得不到想要的答案了,将叹息收入心底,反过来拉着她往前走。

"这里有家老米线店,汤头炖得极好。"

然而,本是老米线店的位置,开了家颇具规模的新面包奶茶店。

奶茶小妹热情好客,小周和蒋先生人手一杯从奶茶店出来。

甜腻的口感让蒋先生微微皱眉,却听身边的人满足地舒出一口长气:"总算真正地享受了一次买一赠一的优惠。"

手中奶茶的甜顿时没那么腻了,他好心情地问:"以前没享受过吗?"

"以前也享受过啊。"

他唇边的笑意一僵,又听她叹气:"我的胃就是这么撑大的。"

他伸出空闲的那只手，捏了捏她的耳垂，为她不经意间撩拨起自己的情绪："以后你的胃可以适度，余下有我。"

她仰头看他。

奶茶的甜香时不时飘散开来，弥漫在两人之间。

温情脉脉的时刻，偏有肚子不识趣。

她捂住鸣叫的腹部，理直气壮地说："我的胃说它内部亏空，急需注资。"

老米线店虽然关了，不远处却冒出了一家相似的新店，味道却大不一样，蒋修文吃了两口就放下了筷子。

小周倒是呼噜呼噜吃完了："不好吃吗？"

"倒也不是，只是……更喜欢老店的味道。"

她总算意识到他对那家店不同寻常的感情了："你吃过很多次？"

"在这里读书的时候，经常来吃。"

咦？为什么她记得蒋先生是海龟？

她好奇眨眼的样子莫名地戳中蒋先生的萌点，他解释："但大二出国后就没吃过了。"

"那真的是很多年了啊。"

"晶晶，我没有那么老。"

这下轮到小周机智了："我们不是老夫老妻了吗？"

饭后散步回停车场。天虽然冷，但有情人心怀暖宝宝。

蒋修文在寒风中抓紧时间科普了一下大学校园里除米线店之外的几个记忆点。小周果然若有所思。

蒋修文问："你在想什么？"

"唔，"她犹豫了下才说，"还记得我说过的那个高中告白男吗？"

"嗯。"蒋先生听上去很冷静。

"他好像也是这个学校的。"那时候她认定对方是邱奕宇，以为那些个人信息都是瞎编的，现在想想，那个邻居哥哥讲的应该是实话吧。

她很快摇头:"也不一定。大学校园大多雷同,说不定碰巧就相似了呢。他还说他们学校有个天台,能看到前面几幢教学楼组成了个大叉叉呢,哈哈。"

"我带你去天台。"

老楼没有电梯,六楼全靠脚走。

小周走到一半就后悔了,为什么和男朋友约会的时候,要多嘴提自己与告白男的聊天内容?提就提吧,校园这么大,为什么非提天台?

天台门没锁,外面灯光明亮。教学楼外墙装了灯带,照得天台亮如白昼。不知谁发现了此间美景,带了藤椅、小方桌和花盆上来,布置成户外聊天场所,只是天寒地冻的,倒便宜了他们。

可惜踏上天台的那一刻,小周气喘如牛,无心欣赏美景,只是往身边飞刀。

女友发脾气的时候,沉稳淡定如蒋先生也要退避。他走到当年常看风景的位置,四座教学楼楼顶的灯光组成了亮闪闪的大叉叉。

那时候有个有趣的谣言,说这是一座受诅咒的死亡之楼,只要在这里考了第一名,下学期就一定会被大叉叉诅咒挂科。他大一下半学期在这里考了好几个第一,就在全院都翘首等待他大二的考试成绩时……他转学了。

第48章

"以前这里没有灯,上天台要走木梯,来的人很少……"

"我总在晚饭后来,四周很黑,静悄悄的,好像整个世界只有我一个人,又好像我拥有了整个世界。"

"这种想法会不会很傻?"

身后久久没有回音,蒋修文扭头,发现她竟然仰着头睡了。

才几句话的工夫,有这么困吗?

他哭笑不得地走回来,轻声问:"睡着了?"

天台风大,刚刚蒋先生的自言自语传到半路就散了,小周以为他在发呆,想稍微眯眯眼,没想到被抓个正着,不禁有些僵。她正思索着如何不着痕迹地"醒过来",肩膀和脚踝一紧,人就被抱了起来。

这……被抱得很舒服啊,叫人醒也不是,不醒也不是。

蒋先生抱起人的一刹那,臂弯一沉,心里同时一沉。

周小姐的体重当然是很标准的,蒋先生的身材和体力也很优秀,但现实不是言情剧，像男主抱起女主狂冲五千米的剧情并不能上演。

他很快对自己的体力、小周的体重和地球引力做了个全面的判断，一口气抱下六楼不大可能，可以在三楼缓口气，休息一下，然后一鼓作气冲下去。

决定之后，他走到大楼里面，将小周放在楼梯扶手上，准备调整一下抱姿。

小周觉得屁股被放在一根硬硬的东西上面，不由得好奇地睁开眼睛——自己好像悬空在楼梯的上方。理智还没想明白处境为何如此危险，行动上已经死死地搂住了蒋先生的脖子！

正准备将人放下的蒋先生立刻暂停了动作，静静享受女友的依赖。

小周沉思了一会儿，低声道："我为什么在这里？"

深谙声东击西战略的蒋先生反问："没睡着？"

心虚的小周避开话题，用手轻轻地挠他的后颈："放我下来。"

蒋先生额头微微冒汗，飞快地将人放下。

她有些奇怪地看他。

蒋修文狼狈地避开她的注视，差点溢出喉咙的呻吟让他意识到，自己引以为傲的自制力很因人而异。

"我们走吧。"

他牵起她微凉的手，步下楼梯。

几经波折，蒋先生分几步走的坦白计划再而衰、三而竭，终究胎死腹中。

回程，蒋先生一如既往地温柔备至，但小周总觉得他情绪低落。

临分别，小周关上车门走了两步，转身——黑色奔驰依旧停留在原地，如一座坚定不移、矢志不渝的大山。

而蒋先生就驻守在山里，孤独而落寞。

她被自己脑海里突然冒出的词吓了一跳。

人生赢家蒋先生怎么可能……但脑海中刚刚的念头怎么都挥之不去。

见她站在原地，迟迟不动，蒋修文下车来，三步并作两步到她面前。

"怎么了？"

"蒋先生,你过年有空吗?"脱口而出,她才惊觉自己问了什么,不由得紧张地咽了咽口水。

他的眼睛倏地亮起,定定地望着她,似乎在寻求确定。

于是,本来不那么确定的,此时也确定无疑了。

小周脚尖在地上点了点:"我的爸爸妈妈都很想见见你。"

蒋修文明亮的目光落在她的脸上:"除夕到大年初三,我妈妈也在国内。"

当然不能打扰蒋先生难得的团圆。她问:"那就大年初四?"

见她领会错了意思,他干脆直言:"或者,我和妈妈一起登门拜访?"

她呆住。

双方见家长的结果,想也知道会促进她的人生提前进入下一个阶段。而她在两个月前,明明还是条单身狗。

她斟酌着回答:"登堂入室之前,总要先探探路。"

蒋先生认真地想了想,深觉有理,他的确想偷走对方呵护了二十几年的宝贝:"入室……总要谨慎点。"

小周总觉得他的入室……意在行窃?

约定蒋先生初二上门后,他顺势提出初三与蒋妈妈一起吃饭。

站在礼尚往来的立场,小周无法拒绝。

唉,还是觉得人生的下一个阶段在蒋先生的循循善诱下,不远矣!

声乐课考核的日子,经纪人悉数到场。

小周原本担心王曦瑶因为暗恋朱玉轩的事被曝光,会感到不自在,没想到她越发混得如鱼得水,与这伙选手说说笑笑,与那伙选手聊聊天,主动给朱玉轩倒水,别的选手起哄,就一起倒上,全程表现得坦率大方。

厚厚私下给她竖了个大拇指,敬她是条女汉子:"你也就这几天的蹦跶时间了,等节目播出,朱玉轩的粉丝一人一口唾沫,也能让你天天蒸桑拿。"

王曦瑶无语:"能不能不要这么恶心?我知道他们翻我日记图什么,不就希望我知难而退,与朱玉轩保持距离,顺带让小周痛失人才吗?我凭什么要让亲者痛仇者快？我偏要迎难而上，他们既然挑明，我就明目张胆。看他们搬起石头砸自己的脚，我开心，我乐意，我快活！"

厚厚呵呵笑："明天上的那集，方竞雄就要登场了，你说你还能快活几天？"

已经播到集训的内容了吗？王曦瑶吃惊地看向小周。

小周也是刚听说。因为嘟啦视频的节目创意总监嫌节目内部审核过程太冗长，就去掉了经纪人审核环节，最后的剪辑效果如何，她也不知道。

厚厚戳王曦瑶："你现在知道怕了吧？"

王曦瑶自我安慰："还好我英语不错，实在混不下去，还能到国外避避风头。"

厚厚无语地看向小周："你有什么想法？"

小周说："为免她走得太急，我们今晚提前办个践行宴？"

你们是不是疯了？能不能有点危机感？

厚厚生气地说："我要吃羊肉火锅！"

吃羊肉火锅的是小周她们，但吃完的第二天，又火又背锅的却是方竞雄。

当日埋下的定时炸弹，终于在预定的时间爆炸。

无须水军推动，方竞雄被节目处理了字的视频直接上了热搜。

小周坐在声乐考核教室的门口，一边等消息，一边刷消息。

因为方竞雄离开乐坛太久，身上挂着时间美化的光环，加上上次装可怜装得不错，网友的评论五花八门，虽然有人质疑他要大牌，疑似说脏话，但大多数人仍在观望，只好奇他到底被处理掉了什么字。

一小撮人猜出了正确答案，也有人说他说的是"饱了"，但被质疑"饱了"这么正常的词汇完全无须被禁。

王曦瑶看得抓心挠肝，恨不能亲自下场公布答案。

厚厚奸笑："这种事怎么能让民间力量去做呢？"

王曦瑶眼睛一亮："你们花公费请水军了？"

失敬失敬！嘟啦果然财大气粗！

厚厚说："花什么公费，我们明天有花絮。"

用电视剧的剪辑方式将事情前后说得明明白白,还不经意地带入几次墙上的时钟,预防了节目被喷乱剪辑,可以说是相当阴险毒辣!

两人说了半天,见小周没搭腔,不由得好奇地看过去,她正笑眯眯地低头看手机。

厚厚问:"骂方竞雄什么了?"

小周读了一条评论:"小周经纪人这么可爱,你们不要欺负她呀!"

厚厚和王曦瑶异口同声地说:"你家蒋先生发的吧?"

事实证明,真不是。

上次大乔发了微博之后,粉丝们就一直关注小周的信息,关键时刻还自发地发起声援。她们深知舆论经营之道,并不正面攻击方竞雄,而是花样地夸小周,没多久,"小周 可爱"也挂上了热搜的尾巴。

衣多藏之笥第一时间转发消息:"世界第一可爱。"

第49章

花絮出来之后,方竞雄的名字就彻底黑了。

差使头一回见面的经纪人端茶倒水还不喝,稍有不顺就黑脸骂人,喜怒无常、粗俗无礼,完全不符合网友脑补的德高望重、云淡风轻的人设。

期望越高,摔得越重。

时隔一日,"方竞雄 骂人"的热搜终于以碾压之势,一路过关斩将,出现在热搜首页。

他的微博下,一片血雨腥风。

偶有几个真粉出来卖力辩驳:"你知道方老师是什么地位吗?给他倒杯水怎么了?"

网友回复:"禀告娘娘,冷宫太偏僻,您可能没收到通知。陛下的龙椅捐给博物馆啦,后宫群已解散,望您早日迁离后宫,这里以后要养猫。"

真粉:"方老师红的时候,你们还在穿开裆裤呢!"

网友:"对不起,我们的开裆裤已经被淘汰了。"

真粉："三个经纪人，方老师为什么偏要让周晶晶倒水？你们怎么知道不是周晶晶不礼貌，让老师生气了呢？剧组有本事把前因后果放出来啊！"

网友："剧组为了清白，连钟都给了几次特写，还不放过……万一——气之下放未剪辑版本了怎么办？你们是要逼死你们的方导师吗？"

随着三架战斗机级别的真粉被网友拍死在沙滩上，方竞雄的微博下气氛一面倒地很和谐。

基地对这件事倒没什么看法，因为今天是声乐考核的最后一天，大家都紧张地等待宣判。

三位经纪人站在考场外，严阵以待。小周几次想拿出手机刷微博，都因为孙兆麟和王星语一脸严肃地站在旁边，找不到一个隐蔽的姿势而放弃。

助理和摄像组们也兢兢业业地守在旁边，厚厚和王曦瑶算少数放松的人，坐在角落里，凑着脑袋刷微博。

王曦瑶刷着刷着，生出兔死狐悲之感："你说，我的日记会不会被播出来？"

"啧，你总算有危机意识了。"厚厚欣慰自己潜移默化的灌输没有白费，没心没肺的傻大姐终于也有了忧患意识，"放心吧，这个事我们摄制组早就开会投过票啦，少数服从多数，决定……不播出。哎，你在刷什么？"

"机票。如果去国外避难，机票要提早买起来了，现在比较优惠。"

厚厚无语："你暗恋个人，为什么要操贪污几个亿的心？"

"吃不吃橘子？"甜美的声音突兀地插进来。

林杏菲不知什么时候结束了和康棠的谈话，递过来两个小砂糖橘。

她和王曦瑶是截然相反的两个极端，一个清纯可人，一个热情开朗。同为经纪人助理，她们在选手们中的人气不相上下，以往相处，总有些女人间的微妙排斥气场，但日记曝光之后，林杏菲私下为王曦瑶说了不少好话，两人的关系也熟稔起来。

王曦瑶道了声谢，接过橘子剥起来，边吃边说甜。

厚厚将手机装回口袋，也笑眯眯地接过来。

三个人坐在一起，安静得只剩咀嚼声。

考场门霍然打开。

声乐考核的最后一批学员从里面出来,有的脸色苍青,有的如释重负,在外面等消息的其他选手一哄而上,三五成群地聚在一起,叽叽喳喳地讨论起来。

三个经纪人被叫进教室,与声乐导师罗少晨一起给成绩排名。

根据规则,考核结束,成绩与排名会暂时封存,只有前三十名与后三十名的名单会公布在入门大堂的LED显示屏上。

为了烘托紧张的氛围,先公布第二十一名到第三十名,再公布第一百一十七名到第一百二十六名,依次类推。看到名字的,名次靠前的选手无不欢呼雀跃,排名靠后的个个面色难看。

三名经纪人领到了节目组分发的激励选手任务。

孙兆麟先说:"六门考核,这才是第一门。成绩好的,不要骄傲,暂时落后的,也不要气馁。万里长征第一步,谁能走到最后,还未可知。我们能做的,就是把握现在,决定未来。"

王星语说:"考完了,就忘记吧。收拾心情,为下一门考试冲刺!加油加油加油!我看好你们哟!"

小周最后一个上去,话都被前面的人讲完了。她想了想,说:"我以前读书的时候,每逢考试,班主任就喜欢说,是骡子是马,是时候拉出来遛遛了。那时候觉得骡子不好,想让自己成为一匹千里马。但后来才知道,骡子虽然是马与驴杂交的产物,生殖力差,但它身体好,抵抗力强,役用价值比马更高。我想说的是,是马是骡子都不要紧,遛遛就遛遛,重要的是,找到自己的方向,坚持下去,你一定会有所收获。"

随后,演讲、演技、作词作曲、乐器的导师,通过视频,分别发布了考试内容。

演讲考核将随机抽取题目,用三十分钟的准备,围绕题目阐述观点,演讲时间不能少于三分钟。

演技是即兴表演。

作词作曲的考核形式更像是论文,根据导师提供的歌曲,按曲作词或按词作曲。

乐器考核可以自由发挥，演奏曲目由自己定。

由于这四门是选修课，所以以三天为一期，分两期考核，每个选手每期必须报考一门。考核结束后，正好是除夕前一天，节目组早已订好了机票和车票，考核一结束，就送他们回家。

于是选手们摩拳擦掌，既紧张又期待。

小周亦然。

她到现在都不敢承认自己居然胆大妄为地将蒋先生邀请回家过年，还特意打电话确认这件事："你大年初二有什么活动吗？"

蒋修文低沉的笑声传来："拜访未来的丈人和丈母娘。晶晶，这么重要的事我怎么会忘？"

她笑声尴尬："我就是再确定一下。"

他从她的笑声中听出了勉强："是有什么不确定的事吗？"

"没有，当然没有。"小周说，"我只是很期待。"

讲出来以后，心似乎真的更确定了一点。

单身这么多年，忽然摸到了婚姻的门槛，怎么可能不紧张？但是，对象是蒋先生的话，好像拨开紧张的云雾，里面的的确确是期待的。

就如蒋先生说的那样，一起迎接每个早晨，她，其实也想的。

借着这股冲动，晚上吃饭的时候，她一鼓作气地说了："妈妈，初二的时候，我有朋友要来。"

周妈的手非常镇定地颤抖了一下："什么朋友？"

"性别男。"

周妈低头吃菜："嗯，我知道了。"

妈，你筷子什么都没夹住，咀嚼什么咀嚼得这么香？

看出老婆兴奋得大失水准，周爸急忙补救："初二什么时候啊？你男朋友喜欢吃什么，我们要准备点什么？他是一个人来，还是一家人来？"

小周一一回答："上午十点左右来，不用特意准备什么，他脾气很好的。就他一个人来。"

第49章

周妈消化了喜讯，脑子终于正常运作了："脾气好不好，你一个小姑娘婚前哪能看得出来？他到底做什么工作的，你现在总好说了吧？"

蒋先生的工作……现在算是她的老板了吧。

小周怕这么说，周妈会误以为自己被职场潜规则，就说了蒋先生最原始的头衔："他是张氏集团的总裁特别助理。"

周妈对特助的地位并没有具体概念，想着自家女儿以前也是个小助理，大概差不多，最多公司大点，薪水多一点。她不算满意，却也没有偏见："家庭情况怎么样？"

小周说："父母离异，他跟妈妈一起住，妈妈是舞蹈家。"

周妈有点发愁。和妈妈关系近的男人，婆媳关系就不大好处理了。至于舞蹈家什么的，她倒没往心里去。女儿都要带男人回家了，肯定会向着对方说好话。

综合以上印象，周妈对蒋先生的初始期待值并不高。

小周躺在床上的时候，突然想起周妈有蒋先生的照片，转念一想，还是让周妈亲眼看看他现在的模样吧。

毕竟，照片，照骗。现在的蒋先生一点都不天使。

这个想法在蒋先生大清早送来要开半个小时车才有的早点时，化为乌有。

她吃着朝思暮想的早点，幸福地想着，蒋先生是天使，六翼的。

在周向野和方竞雄前赴后继的"魅力"加持下，《明星天梯》的点击率持续走高，连嘟啦视频的对家上线的老牌选秀节目都不能敌。陈墅大喜之下，向蒋修文进言，快过年了，就算公司人少，撑不起年会，但聚餐还是要的。

蒋修文同意了，让他请上另外两位股东代表。

罗少晨推拒了，马瑞倒是一口答应。

聚餐的日子就定在选修课第一期考核结束的那一天。

第50章

今天收工早,三个经纪人带着助理,坐一辆车到餐厅,马瑞和陈墅都已经在了。小周偷偷给蒋先生发消息,问他的位置。蒋先生说自己还要半个小时,让他们先吃起来。

觥筹交错间,小周干了两杯啤酒。

马瑞发现的时候,她的杯子已经空了。他不敢置信地拿起杯子看了两眼,问旁边的王曦瑶:"你们给她倒的是啤酒还是冰红茶?"

王曦瑶咬着蟹脚,顺手又满了一杯:"啤酒啊,马总也要跟小周干杯吗?"

马瑞说:"我现在交给你一个紧急任务,严防她再碰一滴酒。"

他说得那么严肃,王曦瑶抓着蟹脚,不知所措:"她酒精过敏?"

"我对她喝酒这件事过敏!"

他说话声音太大,将小周的注意力吸引过来:"大老板!"中气十足的喊声,音量比平常高八度。

已经醉了?马瑞伸出两根手指,在她面前晃了晃:"这是几?"

小周呆呆地问:"你喝醉了?自己手指都数不清楚?"她抓住他的手腕,用力地上下晃动,"疼吗?"

马瑞没好气地将手抽回来:"不疼,你想干什么?"

她欣慰地舒出一口气:"'不疼'说明手指没掉,一只手五根手指,两只手十根手指,这个常识你要记住呀!"

意识有点迷糊,但说话条理还很清楚,他稍微松了口气,再度提醒王曦瑶,务必将人看住。

他一走,王曦瑶就问小周:"为什么马总不让你喝酒啊?"

小周叹气:"因为我酒量不好。不过没关系,我回家练过了,一点点酒,没关系的。"

王曦瑶狐疑地看着她。

小周说:"不信我们玩个游戏。"

"什么游戏?"

"比谁的男朋友更帅!"

尚处于暗恋阶段的王曦瑶忍不住抽了抽嘴角:"好,我相信你没醉。别,这是酒……不,这是冰红茶,我给你倒杯酒。"她转身倒了杯雪碧,正要递过去,小周已经将杯子里的啤酒咕噜咕噜地喝完了,还豪迈地打了个嗝。

王曦瑶心道,忘记问马总了,任务失败会有什么后果。

蒋修文赶至餐厅的时候,受到了热烈的欢迎,本该最热情的那位却不在其中。王曦瑶指了指包厢角落的沙发,一棵绿树的后面,小周正一脸严肃地席地而坐。

他走到她的面前,她看过来,脸颊鼓起红通通的两块,好像在跟谁生气。

四周静悄悄的,每个人都竖起了一对兔子耳朵。

蒋修文落落大方地蹲下身,拉起她的手:"我来晚了。乖,地上凉,快起来。"

"嘘!"小周说,"马总生气了,高老板不在,我要在这里躲躲。"

"哼。"疑似马大老板的冷哼声。

仿佛触碰到了什么禁忌话题,安静的包厢突然恢复了菜市场的热闹,众人连忙举杯、夹菜、大声说笑。

蒋修文看出小周的精神状况不太对，伸手摸她的脸，立刻被抓住。她将他的手贴在面颊上，微凉的触感让她发出舒服的呻吟。她的目光落在他的脸上，看了许久，突然高兴地说："啊，是bling bling的蒋先生！"

一直关注他们对话的王曦瑶将提起的心略略放下。幸好，醉酒也要比男朋友谁帅的人，果然将"重色"两个字镌刻在了灵魂深处。她拿着湿毛巾给小周擦脸。

蒋修文问："她喝了多少？"

王曦瑶比了个三。

蒋修文看到马瑞举着红酒杯走过来，皱眉道："三杯红酒？"

王曦瑶摇头："啤酒，最小的那个杯子。"

这个酒量……啤酒鸭不能吃了。

马瑞站在蒋修文身后，阴阳怪气地问小周："蒋特助是什么颜色啊？"

蒋修文还不知他没头没脑的一句从何而来，她已经笑嘻嘻地接上去："蒋先生是粉色的！会冒小心心的那种！"

她捏着手指，对蒋修文比了个小心心。

马瑞的面色好像更红了一点，直接将杯子递到了蒋修文面前。

虽然不知道小周怎么得罪了马总，但女友欠债男友还，天经地义。他面不改色地扛下众人的车轮战，放倒了带头的马瑞和陈墅，霸气地震慑住其他"图谋不轨"的人不敢再犯。

散席的时候，小周已经睡了一觉，醒来时头晕沉沉的，但神志清醒了不少，看马瑞和陈墅抱在一起胡言乱语，还感慨了一句："喝酒伤身啊。"

蒋修文站在她身后，帮她围好围巾："冷不冷？"

小周吓了一跳，后知后觉地问："你什么时候来的？"

"在你'伤身'的时候。"

小周很清楚自己喝酒之后的德行，顿时蔫了吧唧的，等蒋修文去结账的时候，她立刻拉住王曦瑶问："我喝醉的时候，没说错什么话吧？"

王曦瑶无力地问："你问的是哪一句？马瑞绿？还是高勤黑？"

绿？！小周颤声问："那马总有没有……有没有……听见？"

王曦瑶说："你指着角落那棵树的叶子，称赞这个颜色真高级的时候，马总就在面前。"

小周在绝望中祈祷最后一缕的希望之光："他那时候醉了吗？"

王曦瑶狠心戳破她的幻想："他后来还问你，蒋先生是什么颜色的。"

有马瑞绿和高勤黑"珠玉在前"，小周更绝望了："我怎么回答的？"

"你说bling bling的蒋先生是粉色的。"

小周用迟钝的脑袋慢吞吞地想了想："这个听起来好像不太坏？"

王曦瑶说："你还对蒋先生比了个小心心，他当时笑得很开心。"

喝醉了还懂攘外安内，这算是不幸中的大幸吗？

王曦瑶安慰她："事业失意，情场得意，千古道理。"

小周想，她和马瑞的关系已经变成渔网了，到处都是漏洞，无从弥补，倒是高老板，很有必要挽回一下。在蒋先生回来之前，她默默给远在千里之外的高勤发了条微信："我刚刚发明了一种很高级的颜色！特别适合您！"

高勤大概正无聊，回复得很快："什么颜色？"

小周："高勤黑。"

高勤问了和马瑞一模一样的问题："那蒋修文是什么颜色？"

小周："闪粉。"

高勤觉得，相较之下，自己这个颜色不管是哪种黑，大概真的算很高级了。

小周醉得快，醒得也快，坐出租车到家后，坚决拒绝了蒋先生送上楼的服务，自己慢悠悠地扶着楼梯，爬到了家门口，掏了半天钥匙，又对了半天的锁孔，总算打开了门。

门后，周爸周妈举锅盖等着。

小周："这个欢迎仪式看上去很高级。"

"你怎么开门开这么久？我还以为是小偷。"周妈突然凑到她面前，深吸了口气，"你喝酒了？"

"嗯。"

周妈满意地说："喝了酒还没找错家门，看来我对你的喝酒训练很有效果！"说完哼着歌去煮醒酒汤了。

周爸留下来数落女儿："就算能喝了，也尽量不要喝。女孩子喝酒，容易吃亏。"

小周说："爸爸，你放心，我已经戒酒了。"她身边总共这么几号能一起喝酒的人，马瑞都被翻来覆去坑了两遍了，再喝下去，很容易孤独终老。

除夕前一天，为期六天的选修课考核终于结束！

尽管节目组一如既往地公布了前三十名和后三十名，但选手们沉浸在回家的喜悦中，心情起伏不大，拍摄结束后，基地就开始放为期八天的春假。

小周与厚厚闲聊，提起自己过年要见家长，厚厚立刻来精神了，非要带着她逛商场。厚厚说："女人的衣柜里，永远少一身合宜的衣服。"

小周说："我少两身……还少一份见女性家长的礼物。"

赶飞机的王曦瑶远程参与："你和蒋先生的结婚证就是给婆婆最好的礼物！"

小周回复："机场好像信号不好，你发过来的是乱码。"

王曦瑶："小周最美丽！"

小周："虽然是乱码，但我破译了。"

厚厚满怀壮志地站在商场里："我们现在要解决以下两个问题。一、两身端庄又不失时尚的行头；二、一份见女性家长的礼物。请问你能拨出多少资金？"

小周咬咬牙，报了个大数目："八千！"

"项目的启动资金很紧张啊，稍微像样点的首饰都要好几千。"

"项链和手镯已经有赞助商提供了。"她露出脖子和手腕。

厚厚早就见过："它们不是一个系列的……不过没关系，东西在贵不在多。正好你要两件行头，我们可以把两件首饰分别搭配！"

逛街到天黑，小周像只八爪鱼，屁股牢牢地吸着冰淇淋店的椅子不肯离开。

厚厚拉她的胳膊："你才买了一套衣服……"

"穿给蒋妈妈看，够了。"

"蒋先生上门那天呢?你打算穿睡衣迎接吗?"

"我想过了。那天我穿得越普通越好,你看,我这么普通,蒋先生还这么喜欢我,是不是大大增加了我爸妈对他的印象分?"小周完全被自己说服了,一点都感觉不到是逃避逛街才匆忙想出来的理由。

回到家,她才想起给蒋妈妈的礼物还没买,于是在房间里哀号,引来了周爸周妈的围观。问清楚原因后,周妈气得打她:"你怎么没说你初三要见家长?"

小周呆呆地揉着大腿:"我没说吗?"

周妈又打周爸:"你的基因怎么这么傻?"

周爸很委屈:"结婚的时候你明明说我淳朴。"

"是那时候的我太淳朴。"

周爸与周妈讨论了一会儿那个年代的风土人情之后,终于把话题绕回了礼物上。

趁他们自顾不暇,小周已经向线人打听过情况了:"蒋先生说他妈妈喜欢有民族特色的东西,而且平时喜欢吃燕窝。"

周妈说:"你男朋友的思路倒是很清晰。"前者投其所好,后者实用易买。

她回房间找了半天,掏出一条色彩斑斓的印度纯手工围巾来。

周爸感慨:"你妈这次下血本了,这条围巾她买了好多年,一直舍不得用。"

周妈说:"是我舍不得用吗?明明是没有场合能用。"

两人干脆坐在小周的房间里,争论起周爸平时的社交活动有多么接地气。

小周看着他们发呆。什么时候,她和蒋先生的关系会发展到这个程度呢?

实在想象不出来,蒋先生穿着睡衣,被她撑得说不出话来,嘴里只能不断重复"能怪我吗?能怪我吗?"的样子。她"扑哧"笑出来。

周妈停下来,瞪她:"你笑什么?"

小周随意找了个借口,奈何周妈火眼金睛,见应付不过去,她只好实话实说。

周妈冷笑道:"你反过来,把你代入你爸的角色,剧情是不是顺畅多了?"

小周无言以对。

第 51 章

除夕夜,照惯例去奶奶家。两个姑姑到得早,正在厨房里帮忙,周妈卷起袖子在外面布置碗筷。没多久,其他叔叔婶婶也到了,坐在一起闲聊。去年积攒的私人话题早在元旦说完了,短短一个多月,哪来得及滋生新的话题?于是讲起时事来。

小周责无旁贷地担任起孩子王的职责,招呼弟弟妹妹们吃东西。

小堂妹将她悄悄拉到一边,骄傲地拿出期末成绩单,数学是醒目的九十二分。

小周从口袋里掏出一把糖:"奖励你!"

小堂妹嫌弃地说:"这不是奶奶家的糖吗?"

小周理直气壮地说:"奶奶家的糖不也是商店里买来的吗?我买也是从商店里买,货源都一样啊!"

小堂妹皱着眉头,若有所思地接过了糖。

晚上吃饭,小周正剥蟹,突然被小堂妹捶了胳膊,蟹脚蹦到了转台上,一路转到奶奶面前。奶奶打趣:"哎呀,六日真孝顺,这么好的蟹脚还要留给奶奶吃。"

其他人哄笑。

小周无奈地说:"奶奶,我改名啦,现在叫周晶晶。"

奶奶说:"晶晶叫的人太多了,不如六日好记!"使用大家长的权威,在家庭范围内维持了大孙女"周六日"的美名。

周爸美滋滋的:"我起名水平还是可以的!"

亲兄弟姐妹们纷纷点头赞赏。

小周好生气,还不能表现出好生气,真的让人好、生、气!

小堂妹怯生生地递过来一只蟹脚。

小周毫不手软地收下了赔礼:"你打我干吗?"

小堂妹说:"我想通了。奶奶的糖是大家的,你拿来当奖励,就是空手套白狼。"

小周说:"你个小白狼。"

"哼!"

小周吃掉蟹脚,擦擦手,给她发了个6.66的微信红包。小堂妹顿时满意了。

小周觉得自己不能厚此薄彼,干脆给弟弟妹妹们建了个小群,在里面玩抢红包。红包金额虽小,耐不住僧多,抢着抢着,微信钱包就瘪了。

她偃旗息鼓,正要退出江湖,蒋先生携一大波红包杀到。

三十个两百元红包……

不知道蒋先生发了多久,反正,她收了很久。

小堂妹在旁边看着,问:"姐,谁给你发的红包?老板发年终奖吗?"

蒋董事长好像的确算老板,但……她更想这么说:"你未来的堂姐夫。"确定了双方家长见面的时间之后,他们的未来似乎有迹可循。

小堂妹吃惊地捂着嘴巴:"姐,你是怎么办到的?"

"这是魅力。"

"小狗仔"上线:"姐夫是个怎么样的人啊?"

小周尽力控制上扬的嘴角:"英俊潇洒、风度翩翩、学识渊博、有钱有品。"

小堂妹沉默了很久,问:"姐,你能详细介绍一下你的魅力吗?我可能年纪太小，看不出来。"

小周一阵无语。

《春晚》开始，家人坐在电视机前嗑瓜子看电视。小周挑了个角落，偷偷给蒋先生发微信："吃晚饭了吗？"

蒋先生："正在吃。"

发了张年夜饭的图。

这照片……分明是个大型晚宴啊。

小周："你等等！我的南瓜车还没来，不要太早选王妃！"

蒋修文："太迟了，我已经被拴住了。"

附图一张，骨节分明的手腕上，露出一条纯黑的手链。

小周："嘻嘻嘻嘻……"

小堂妹嫌弃地看了眼抱着手机傻笑的堂姐。

奶奶家到十点多散席，回家洗洗弄弄，就熬到了十一点多，周家三口再瞪着眼睛继续看《春晚》。将近十二点，周爸嚷肚子饿，周妈去厨房热了点夜宵，十二点倒计时的钟声响起，周爸跟进了厨房，顺手关上了门。

小周缩在沙发上，掐着点给蒋先生发短信。

"蒋先生新年快乐！万事如意！财源滚滚！平安康泰！"

"新年快乐，我很快乐。"

两条短信同时发出与接收——在新年第一秒。

大年初一去外婆家拜年，小周被周妈里里外外地打扮了一遍，化妆的时候，还叮嘱她要成熟端庄。小周疑惑："以前不是让我尽量保持青春活力吗？"

"你没男朋友的时候，我当然希望你冻龄。现在有男朋友了，造型上也要有所调整，才能体现出被爱情滋润的魅力啊。"

还没抵达战场，周妈已经开始了战略部署。

小周在外婆家的亮相，果然引发了关注。

小姨妈说:"真的是年纪大的人穿这种成熟的衣服才能撑得起来,我家的就太小,大冬天的还要穿什么百褶裙,走出去都不像是工作的人。晶晶就好了,早该这么打扮了,出去相亲,男方看了,觉得是个过日子的,以后把家交给你也会很放心。"

周妈微笑:"原来你家相亲是这么个套路,我家晶晶就不行。她每天面对的都是媒体啊,导演啊,歌手演员什么的,太不接地气了,看脸看气质就知道不是干物业的料,哪能放心让她管家?"

大姨妈说:"这个不行那个不行,晶晶哪年才能嫁出去哦?"

终于说到这个话题了!

周妈眸中精光一闪,克制住满腔的兴奋和激动,笑眯眯地说:"是啊,我也着急啊。可惜这事又不是我一个人说了算的,总要和未来的亲家一起坐下来,好好商量商量。"

"啊?晶晶有男朋友了?什么时候交的?靠不靠谱啊?"

"元旦的时候不是还没有吗?"

姨妈们惊叫起来。

周妈说:"交往几个月了。我这个孩子就是太老实,非要两个人互相了解,能定下来了,才带回家来。不过也对,如果交往一个月就随随便便往家里带人,就显得太不讲究了。"

曾经带女儿和她交往一个月的男友上周妈家炫耀的小姨,脸黑如漆。

大姨妈问:"晶晶男朋友是做什么的?"

周妈含糊地说:"在大集团工作。"

"大集团肯定高薪,多少钱一个月啊?"

周妈迟疑。聊天已经聊到这个气氛了,讲低是不行的,但讲高了……吹牛一时爽,天天要圆谎,也很心累。

小周出来解围:"年薪七位数,不算年终奖。"按照自己脖子上项链的价格是蒋先生一个月的薪水为标准,她说得很谦虚。

姨妈们将信将疑:"那年纪很大了吧?他什么职务啊,薪水这么高?"

小周微笑道："比我大几岁,是张氏集团的总裁特助。"

"总裁特助?那不是助理吗?什么助理,薪水这么高?你自己也当过助理,不知道吗?你不要被骗了,现在很多这样的人,看你们小姑娘年纪轻经验少,骗财骗色。"

小周说："白宫幕僚长也一样是总统的助理,但他被誉为华盛顿第二有权力的人。"

听不懂,姨妈们决定放弃这个高端的话题。

回家的路上,周妈眉飞色舞地哼起了歌。

小周趴在驾驶座后面,小声问周爸:"妈妈为什么和姨妈们的关系这么差啊?"

周爸偷瞄了一眼周妈,见她没反应,才压低声音回答:"你外婆家以前条件不好,孩子多,你妈小时候又聪明又好看又懂事,特别招大人喜欢……"

所以被嫉妒了?

小周说:"但我记得小时候姨妈们对我还好啊。"

周爸面露难色,周妈主动说:"那是因为我嫁给了你爸!她们一个个觉得我眼光不行,然后拼命地找公务员,找大款,一心一意地压在我头上。呵呵。"

后来的结果也不用说了。不是忍,就是离,到最后,每次回家都有老公陪的,也只有周妈一个人。

所以又被嫉妒了吗?

周爸高兴地说:"所以这应该是你妈有生以来,过得最开心痛快的年。"说罢,又有些心酸。

"胡说。"周妈翻了个白眼,"最多第二开心。"

"那第一开心是哪年?"小周探头看她。

周妈扭头看窗外,好半晌,才忸怩地说:"当然是带你爸回去的那一年。"

不管别人怎么看,那时的她,就是觉得自己带了最好的回家。

大年初一的晚上,小周失眠了。

轮到她带自己觉得最好的人回家了呢。

她关上灯，在床上翻来覆去了一会儿，始终睡不着，又打开灯重新读了一遍自己和蒋先生的微信对话，然后开始数绵羊，越数越清醒，脑袋里还开始给自己出应用题……

实在睡不着了！她干脆坐起来写明天招待蒋先生的计划。

明天穿红毛衣——这件毛衣显起色又显瘦，最重要的是，蒋先生还没见过。

蒋先生敲门之后，自己数三下再开门，显得矜持。那时候周妈一定在厨房干活，以她的个性，一定会更加矜持——拿着锅铲，状若不经意地出来，将人上上下下尽收眼底。

当然，以蒋先生的品相，周妈一定……咦？她突然想起，自己好像还没跟周妈交代蒋先生就是优质相亲男的事。

她摸出房间，悄悄跑到周妈周爸的房间门口，侧耳倾听了一会儿，里面静悄悄的，应该已经睡了。

她倒了杯水回房，继续睡……

啊！更加睡不着了！

初二的清晨，周家一片忙碌。

周妈炖鸡的时候，终于发现百忙之中少了点什么，立刻拿着锅铲杀到小周的房间。小周裹成一团，缩在被子里。

"起床了！你记不记得今天是什么日子？"

周妈气得掀被子。

小周从被窝里钻出一个乱糟糟的脑袋，有气无力地说："再让我睡一会儿，我昨天失眠，天亮了才睡着。"

"你知道你为什么失眠吗？因为今天是你男朋友上门的日子！"

"哦。"小周眼睛一眯，又准备睡过去。

周妈去洗手间搅了块冷毛巾，直接飞过去！

随着一声惨叫，小周清醒了。

一阵兵荒马乱，小周边做面膜边换衣服，然后边刷牙边梳头……周爸拿着报纸在旁边走过："不要急。今天主要是我们看你男朋友，又不是看你，你好不好看不要紧的。"

周妈冲出来打他："别说风凉话！站在这里干什么？地这么脏也不知道扫一扫！想让女儿男朋友看笑话吗？"

于是，唯一的闲人也被发配当苦力了。

等小周梳妆打扮完毕，站在厨房看着周妈发呆："我昨天晚上好像要做一件什么事，忘记了……"

周妈哪有工夫管她要做什么，将人拉过来，仔细端详妆容："黑眼圈没遮住，再去补补。"

小周颠颠地跑去补妆。

十点整，门铃响起。

"来了！"小周深呼吸，然后打开门。

蒋先生一向斯文儒雅，品位出众，今日更是精心修饰了一番，显得格外温润沉稳，尤其是抱着满满两箱年货的样子，绝对是丈母娘心目中最佳女婿的典范！

小周来不及高兴，就猛然想起自己忘记的是什么事，她"啊"了一声，转身用身体挡住蒋先生，对着从厨房里出来的周妈干笑："妈，我有件事忘记告诉你了……"

第52章

周妈的目光越过头顶,落在她身后的年轻男人脸上。初印象,器宇轩昂,一表人才,于是女儿的呼唤声都成了浮云,满心满眼都是满意。

等男人走进屋里,面容完全袒露在灯光下,她才觉得眼熟。毕竟,一张照片来回品鉴,五官面容,早烂熟于胸。她用眼神质询小周。

小周默默地举起两只爪子,做可怜巴巴的讨饶状。

周妈一面请蒋修文入座,一面狠狠地掐了把总是隐藏关键剧情的傻女儿。

小周倒吸一口凉气,疼得跺脚。

蒋修文回头看她。

周妈也在看她。

小周挤出笑容:"今天外面好冷啊,嗖嗖……真冷啊。"

锅里还煮着东西,周妈不能逗留太久,就把周爸拉出来陪客。周爸出来后,眼神定定地看着这名有可能成为女婿的年轻男人很久,突然说:"我们是不是在哪里见过?"

小周大大咧咧地说："爸，人都在屋里了，就不用搭讪了吧？"说完，才发现蒋先生看自己的眼神有些怪异。

"不对，我们一定见过。"周爸的身上仿佛响起了福尔摩斯的音乐，就差拿出一个放大镜凑到蒋修文面前端详了。

蒋修文从容道："有次晶晶半夜发烧，是您送去医院挂水的。事出突然，未能上前问候，是我失礼了。"

他这么一说，大周小周都露出恍然大悟的表情，然后大周瞪小周。

他那时候就说，这个男人看自家女儿的眼神不正常，他女儿还否认呢！原来是明目张胆的暗度陈仓！真真是女大不中留！

今天过后，她不知道周爸周妈满不满意蒋先生，反正是一定不会满意她的了。

蒋先生带来的年货，有一箱是海鲜，要搬进厨房放进冰箱。

周爸在周妈的眼神示意下，奉旨旁观，只有小周苦哈哈地蹲在边上帮忙。打出生以来，周家的厨房就是周妈的传统领地，一橱一柜，都陌生得很。她看着已经塞满的冷冻箱，头大如斗。

蒋先生为什么要买这么大的梭子蟹，怎么放得进去？

然后蒋先生就展示了魔术般的整理术，把一大箱东西，神奇地塞进了已经满了的冷冻箱里。

小周目瞪口呆。

周妈看在眼里，满意地点头。周家其他基因可能一般，但魅力基因还不错，总能吸引优秀能干的人。

中午吃饭，周妈不着痕迹地打探蒋修文的家庭和工作，蒋修文不遗余力地夸奖周妈的手艺与周爸的游戏天赋，饭桌气氛，其乐融融。

吃到最后，周妈谈及小周明天与蒋妈妈的会面，说了句掏心窝的话："她读书怕老师，工作怕老板……第一次见家长，不知道表现怎么样。"

刚刚还津津有味啃鸡腿的小周顿觉嘴里香喷喷的肉变得索然无味了。明天就是初三了……担心！紧张！

第52章

蒋先生立刻送上女婿牌贴心定心丸:"我妈妈性格很随和,而且她在国内停留时间很短,几乎没时间探讨我的生活,所以养成了只要我喜欢她都支持的习惯。"

周妈又开始心疼:"那经常上家里来坐坐!小周和她爸都不太能吃,你多来捧捧场,我做菜也有动力。"

正准备再啃一个鸡腿的小周与刚拿了一只蟹的周爸,同时僵了下。

蒋先生将鸡腿夹到小周饭碗里,微笑道:"是太瘦了,应该多吃一点。"

这么知情识趣的女婿上哪儿找来的!回头一定给庞老太包个大媒人红包。

周妈对蒋修文真的是"丈母娘看女婿,越看越中意"。

饭后,周妈就把小情侣"赶出去"看电影,于是蒋先生也对周妈的情商大为赞赏。

他根据小周的口味,挑了部贺岁片。因为看电影的人太多,他们买票太晚,只剩下了边边角角的位置。

小周感慨:"自从认识你以来,我就没正面看过电影。"

他轻笑着说了句:"不一定是认识我之后……"

"不许推诿。"

贺岁片还是很好笑的,但小周的注意力时不时被自己与蒋先生交握的手拉过去。他一会儿挠挠手心,一会儿亲亲手指,难道不知道这是一种骚扰吗?电影票这么贵,怎么可以浪费?

她对他怒目而视。

蒋先生虚心地凑过头来:"怎么了?"

小周说:"认真看片,我一会儿要出题考校的。"

蒋先生笑道:"好啊。"顺势亲了亲她的脸。

如此屡教不改,一定要他好看。

小周憋着劲,努力在电影中寻找不容易被注意的细节。

从电影院出来,两人坐在旁边的小咖啡店里,开始了测试。

"男主角为什么从楼梯上滚了下来?"

"被女主角用拖把捅的。"

咦？那时候他明明在亲她的手指，竟然注意到了？

不过没关系，她还有大招！

小周问道："男主角和女主角谈判的时候，女主角咖啡杯上面的图案是什么动物？"

蒋修文答不出来了。

小周来不及得意，就被蒋先生拉起来："我不记得了，那我们再去看一遍吧！"对热恋中的人来说，所有黑漆漆的地方，都是好地方。

大过年的，能走的地方实在不多。两人又看了一部枪战片，这次小周学乖了，买了一大堆零食，将座位塞得满满当当，连转身都困难。两个人、四只手，因为抱着东西，很难做多余的动作。

电影看到一半，坐在后面的小哥突然凑过来问："你们的零食……卖吗？"

小周正要笑出来，随后就听蒋先生斩钉截铁地回答："卖。"

她的笑卡住了。

两场电影看完，差不多到了晚饭时间，周妈特意打电话过来，说她和周爸要过两人世界，让她就近解决。

就近解决……是直接吃爆米花吃到饱吗？

大年初二要找一家正在营业的餐厅并不是件容易的事情，小周不知道蒋先生晚上有没有饭局，如果有的话，她只好一个人在电影院旁边的咖啡店里解决了。

正要问，蒋先生已经从她打电话时单方面的应答中，猜出了过程："要不要去我家吃火锅？"再次感慨未来丈母娘实在英明神武、善解人意。

"哎？"

他说："你答应过的。"

小周的思绪顿时被引向了她什么时候答应过，蒋先生趁机将人拐进了超市。

即使是大型连锁超市，到了年节也难免物资匮乏，好在高价商品的库存还很充足。

第52章

蒋先生带着小周开开心心地逛了一大圈,东西装了满满一车,正准备提前体验一把"夫妻双双把家还"的乐趣,一眨眼,女朋友不见了。

等结完账,还不见人,他摸出手机准备打电话,她又不知道从哪个角落里冒出来,手里还提着一个袋子。

"买了什么?"他低头想看,被她飞快地藏到了身后。

她眨着眼睛:"时间不早了,我们快走吧,再过一会儿停车场要收费了。"

蒋先生扬眉:"我不能看?那我能用吗?"

"可以啊。"小周说完,才觉得他的笑容意味深长,顿时反应过来,轻轻地捶了他一下,"你在想什么?"

他咕哝:"想所有男人面对自己心爱的人都会想的事。"

见家长以后的蒋先生已经不是那个亲亲就会脸红的蒋先生了。

去蒋先生家的路上,小周突然想起一个问题:"你家里有人吗?"

他逗她:"我敢带女朋友回家突击检查,你说我家会有什么人?"

"我是说你妈妈,礼物还在家里。"

蒋修文笑了:"放心,我妈妈另外有房子。她不和我一起住。"

小周放心的同时,又有些心疼,暗下决心,一定要把这顿火锅宴布置得情调十足。

到了蒋先生的家,趁他进厨房处理食材,小周飞快地拿出袋子里的香薰蜡烛、干花和玫瑰花瓣布置起来。

蒋先生透过厨房门看到外面的动静,特意放慢了准备的速度。

等小周点好蜡烛摆好花,还用花瓣铺出了一颗小心心,他才端着火锅出来。

在暧昧的烛火下,火锅热气的氤氲中,一对有情人互诉祝福。

没有酒,两人干了一杯饮料,伸出筷子,将食材放入沸腾的火锅中,然后发现……烛光火锅,美则美矣,但视野太差,完全看不清楚从锅里捞起了啥。

连吃了好几块豆腐的小周,终于忍无可忍地站起身,默默地打开了电灯。

第 53 章

蒋先生的自制火锅,味道完全不输各大热门火锅店。

小周吃得双颊通红,真心实意地称赞他可以开店出道了,于是接下来的时间,蒋先生认真地探讨起开店事宜来。

等她吃得肚皮滚圆,蒋先生的"店"已经选好了地段,分析了目标客户群,甚至连启动资金都有了。

这行动力……小周目瞪口呆。

传说中的精英都这么可怕吗?普通人吃完一顿火锅,剩下的是汤底,他们吃完一顿火锅,多了一家店。

被打上"可怕"标签的蒋先生还不自觉,问她喜欢什么装修风格。

小周问:"你是认真的吗?"

外表精英的蒋先生居然去开火锅店……呃,好像也没什么不可以?他围着围裙在厨房里处理食材的样子,的确又帅又暖。

她又问:"张复勋会同意你在外面开店吗?"很多企业不是规定不能兼职吗?

蒋修文对着她笑。

她察觉不对劲，没好气地说："你逗我的吧？"

"不尽然。如果你真的喜欢，我们可以开一家。"蒋修文认真地说，"眼下人流量大的地段，火锅店需求都已经达到饱和。我们开店的话，就要和其他店竞争。我刚才说的店面最近出租，临近的两家火锅店，一家停车难，一家地方小，只要我们店的火锅物美价廉，不愁拉不到客人。"

"你怎么知道得这么清楚？"

"刚好，我是这家店铺的房东。"蒋修文说，"租约到期，店主准备回乡，我正在考虑它的未来走向。"

"这样啊。"

小周突然理解了蒋精英的苦恼。产业太多，一个人打理，就像现实版的大富翁游戏，的确辛苦得很幸福啊。

她脸上的羡慕太明显，让蒋先生忍不住笑起来："嗯，如果有人愿意早日加入我家户口，我就能少操心很多。"

小周佯作不敢置信地瞪大眼睛："什么？加入你家户口还要操心？"

"不操心，所有操心的事都可以让老公来。"

他声音轻轻的，好似有点害羞。

但她更害羞，收拾碗筷就躲进厨房里去了。

蒋修文将剩下的锅盘拿进去，小周正贤惠地洗刷刷，顺手将洗好的碗晾起来，人就被抱住了。

温热的吻从耳朵一路往下，她差点拿不稳手里的盘子，转头要抗议，嘴唇却被乘虚而入。

盘子从指尖滑落，发出巨大的声响，她吓得身体一缩，被搂得更紧。蒋先生清冽的气息扑面而来，如收网的猎人，将她牢牢锁定在洗手台前的小小空间里。

她吓得睁开眼睛："唔，别……"

蒋先生将剩下的字句悉数吞噬。

这，这么快的吗？

小周双手虚虚地搂着他的腰,在迎与拒之间纠结。而彷徨的时间很短,因为是蒋先生,所以心理防线脆弱得不堪一击,她稍作挣扎,就随波逐流地闭上眼睛。

而掀起狂风巨浪的蒋先生却缓缓停了下来,搂着她轻轻地喘息。

她的眼睛睁开一条缝隙,悄悄地看了他一眼。

蒋修文轻啄着她的脸,柔声道:"早点嫁给我好不好?"

这样就能名正言顺地将人留下来。

他当然知道,自己坚持的话,以小周的性格多半不会拒绝。但他刚取得她父母的信任,就突破极限,怕是以后都没有好脸色看了——图大业者,当小忍也。

欺负她没谈过恋爱吗?小周小声地回应:"本来打算八十岁嫁人的,既然你这么诚心诚意地问了,我就勉勉强强七十岁好了。"

蒋修文虚心求教:"那亲多久可以减十年?"

她竖着眉毛威胁:"你是不是少说了一个'寿'字?"

两人在厨房里笑闹了一会儿,蒋先生就提出送小周回家。

她也不敢多待。逃离一次虎口是侥幸,再来一次,就算蒋先生还能维持正人君子,她也要化身采花大盗了。

送小周到楼下时,刚好九点,周妈打电话过来,问她什么时候回家,蒋修文暗松了一口气,幸好自己经受住了最后一道考验。

小周进家门之前已经做好了被全面盘问的准备,哪知自家父母忙着打情骂俏,完全没有搭理她的意思。她端着牛奶在客厅里走来走去,碍眼的次数多了,周妈终于在百忙之中赏了她一眼:"明天见家长,早点睡,别熬夜。"

小周抱着牛奶,蹲在她面前:"妈妈,你没什么话要说的吗?"

周妈嗑着瓜子:"欠的那份打,看在小蒋的分上抵消了,你还想怎么样?"

"我就想说,妈妈爸爸,晚安。"

小周拿着牛奶,灰溜溜地跑走,走到门口,周妈慢悠悠地来了句:"老公选的好不好,不是看别人今天羡不羡慕你,而是看你老的时候别人羡不羡慕你。"

小周当晚就做了个"孤舟蓑笠翁,独钓寒江雪"的梦,早上差点又起不来。周妈提前一小时叫早,总算在规定时间内,将她收拾得人模人样。

新买的衣服得到了周妈的赞赏:"新单位不错,有女同事了。"

小周为男同事们平反:"男同事哪里不好?"

"很好,但那时候你单身。"

她努力挖掘男同事的优点:"大乔还送过我墨镜呢。"

周妈说:"你平时戴过吗?"

不是她不想戴,实在是墨镜太秀,不染个彩虹头都不好意思出门。

十点钟,蒋先生准时开车在楼下等,小周提着燕窝和围巾下楼,周妈跟在后面。

蒋修文连忙下车,周妈将周爸的弟弟带来的乡下特产放进后备厢:"乡下自己种的东西,纯天然无污染,你尝个鲜,好吃的话,回头我再叫他带。"俨然将他当作了自己人。

小周坐进副驾驶座,观摩蒋先生应对周妈的礼仪。

送周妈上楼后,他坐进车里,见小周靠着窗户发呆,侧身帮她系好安全带:"在想什么?"

小周说:"背句子。"

"我妈虽然常年待在国外,但她说中文。"

小周说:"不,我在背高级的句子。"

蒋修文很有兴趣:"比如说?"

"'贵脚踏于贱地,蓬荜生光'。"

路上,蒋修文努力说服她,他妈真的是个很接地气的人。

小周对这句话的信任,只维持到了与蒋妈妈见面之前。

到餐厅之前,他就发了消息,蒋潇云提前从餐厅出来。

小周一下车,就看到一个满身珠光宝气的贵妇人挽着披帛迎上来:"哦!天哪,这世上怎么会有这么可爱的小姑娘?真真是琼浆玉液养出来的人。"

小周:"……"让她想想,那句高级的句子怎么说来着?

她主动拉住小周的手:"外面冷吧,快进来。我让他们上了汤,先喝一碗暖暖身子。女孩子身体娇贵,要好好保养。"一路絮絮叨叨地进了餐厅。

小周原本怕冷场,如今完全插不上话,好不容易在进门的时候,把礼物送上了。

蒋潇云惊喜地说:"我最喜欢吃燕窝啦,特别喜欢这个牌子。哇,这围巾太好看了吧!是我梦寐以求的呀。真的是'梦里寻它千百度,蓦然回首,原来怪我儿追女朋友太慢速'!你在哪里买的,我马上试试你不介意吧?"

她戴上围巾,对着窗户打量了半天,让蒋修文给她拍照,看完后十分满意:"我儿子的拍照技术真的好,怎么看妈妈怎么美!哎呀,晶晶,你也过来,我们一起合个影。儿子,你别过来,你过来干什么?自拍容易变大脸,你老老实实拍照去!"

蒋修文很委屈:"那是我媳妇。"

蒋潇云霸气地回应:"那是我儿媳妇!"

被夹在中间的小周兢兢业业地当着背景板。

蒋潇云扭头帮她整理衣服,看她面红耳赤,还笑道:"小姑娘就是气色好!"

蒋修文拆台:"嗯,是气出来的颜色。"

蒋潇云呵斥:"不许气妈妈,不然我给晶晶介绍外国帅哥,气死你。"

小周内心默默感慨,天下亲妈一般黑啊。

虽然蒋妈妈的形象与想象中有很大的差别,但如此开朗好相处,的确让小周结结实实地松了口气。

蒋潇云极健谈,幽默地说着自己在国外的经历,饭桌始终没冷过场。

就是上甜品的时候,她冷不丁地提到蒋修文的小时候:"你不知道,他以前还有个……"

小周来不及竖耳,就被蒋修文打断:"妈妈,追你的那个布兰顿怎么样了?"

蒋潇云挑眉:"怎么,不能提你小时候的糗事?"

蒋修文毫无羞赧地承认:"把老婆骗进门以前,总要维持些许光辉形象。"

《周末修禧1》完